크리스마스 미스터리

KB075409

JULEMYSTERIET
크리스마스 미스터리

요슈타인 가아더 글 | 스텔라 이스트 그림 | 손화수 옮김

아숲

목차

12월 1일

···어쩌면 시곗바늘은 매일 같은 방향으로 돌아가기가 너무도 지겨워서
어느 날 갑자기 반대 방향으로 돌아가기 시작했는지도 모른다···

석양이 내려앉을 즈음이었다. 불을 밝힌 가로등 사이에선 커다란 눈송이들이
춤추듯 펄럭였고, 거리는 사람들로 빈틈이 없었다.

바쁘게 걷는 사람 중에는 아버지와 요아킴도 있었다. 그들은 대림절 달
력(북유럽에서는 전통적으로 12월 한 달 동안 집집이 어린이를 위해 대림절 달력을 걸
어놓는다. 매일 아침 일어나 해당 날짜 칸을 열어보면 그 안에 작은 선물이 들어 있는
데, 이 달력에 표기된 마지막 날짜는 12월 24일이다)을 사려고 가게를 둘러보는 중
이었다. 내일이면 벌써 12월이 시작되니 시간 여유가 없었다. 그런데 동네 작은
구멍가게는 물론, 시내 큰 서점에도 대림절 달력은 이미 동났는지 찾아볼 수가
없었다.

요아킴은 어느 작은 가게 쇼윈도 앞에 서서 아버지 팔을 힘껏 잡아끌었
다. 거기에는 산더미처럼 쌓여 있는 책 사이로 다양한 색으로 선명하게 인쇄된
대림절 달력 하나가 삐죽이 나와 있었다.

"저것 좀 보세요, 아버지!"

아버지가 몸을 돌렸다.

"드디어 찾았구나. 인제 안심했어."

그들은 손바닥만 한 작은 서점으로 들어갔다. 요아킴은 서점 안이 너무 오래되고 낡아서 자못 실망했다. 벽의 서가에는 천장부터 바닥까지 책이 빽빽이 들어 차 있었다. 가만히 보니 그중에서 같은 책은 하나도 없는 것 같았다.

계산대 옆에는 두 종류의 대림절 달력이 가득 쌓여 있었다. 하나는 사슴이 끄는 눈썰매에 앉아 있는 산타클로스의 그림으로 장식되어 있었고, 다른 하나는 외양간 앞에서 커다란 그릇에 담긴 죽을 먹고 있는 자그마한 니세(북유럽 전래 동화에 자주 등장하는 인물로, 크리스마스에 집 앞에 죽을 내놓으면 그 죽을 먹고 일 년 내내 그 집을 보호해준다고 한다. 산타클로스가 니세에서 유래했다고 주장하는 사람도 있다) 그림으로 장식되어 있었다.

아버지는 양손에 두 개의 대림절 달력을 집어 들고 말했다.

"이 달력에는 초콜릿 인형이 들어 있네? 치과 의사 선생님이 별로 좋아하지 않으실 것 같구나. 이쪽 달력에는 플라스틱 모형이 들어 있어."

요아킴은 두 달력을 가만히 들여다보았다. 어느 것을 골라야 할지 결정하기가 쉽지 않았다.

"내가 어렸을 때하곤 참 많이 달라졌어." 아버지가 말을 이었다.

요아킴은 아버지를 쳐다보았다. 아버지 어린 시절 이야기가 듣고 싶었기 때문이다.

"그때는 어땠어요, 아버지?"

"그때는 날짜가 적혀 있는 칸을 뜯어보면 작은 그림 한 장밖에 없었지. 매일 다른 그림이 들어 있었어. 그래도 우리는 아침이 되면 오늘은 어떤 그림이 들어 있을까 하는 기대에 마음이 들떠서 새벽같이 눈을 떴단다. 그리고 마침내 날짜가 적힌 칸을 열어볼 때면… 전혀 다른 세상으로 통하는 문을 여는 것 같은 기분이 들었지."

그 순간 요아킴은 책이 빽빽이 들어찬 한쪽 벽을 가리키며 말했다.

"저기에도 대림절 달력이 있어요."

소년은 얼른 벽 쪽으로 달려가 아버지를 향해 달력을 들어 보였다. 거기엔 허리를 굽히고 구유 안에 누워 있는 아기 예수를 내려다보는 마리아와 요셉이 그려져 있었다. 마리아와 요셉 뒤에는 동방박사 세 사람이 무릎을 꿇고 아기 예수에게 경배하고 있었고, 외양간 밖에는 양 떼를 지키는 양치기와 하늘에서 내려오는 천사들이 보였다. 천사 한 명은 나팔을 불고 있었다.

달력은 마치 여름 내내 햇볕에 방치되어 있었던 것처럼 색이 바래 있었다. 하지만 달력의 그림은 너무도 아름다워서 요아킴은 숨이 가빠질 만큼 흥분했다.

"아버지, 이걸 갖고 싶어요."

아버지는 미소 지었다.

"이건 파는 물건이 아닐 거야. 몹시 낡았잖니. 아마 내 나이만큼이나 오래된 것 같구나."

하지만 요아킴은 계속 고집을 피웠다.

"좀 낡긴 했어도 아무도 손대지 않았으니 새것이나 다름없어요. 열린 칸도 없고…."

"이건 전시용으로 쓰던 것 같은데…."

요아킴은 그 낡은 내림절 달력에서 눈을 뗄 수 없었다.

"이걸 사 주세요, 아버지. 다른 아이들한테 없는 특별한 대림절 달력을 갖고 싶어요. 저한테만 있는 아주 특별한 달력을 갖고 싶단 말예요."

그때 점원이 다가왔다. 그는 머리가 하얗게 센 노인이었다. 노인은 요아킴이 들고 있는 대림절 달력을 보자 깜짝 놀라 눈이 휘둥그레졌다.

"아, 정말 멋지군!" 그가 탄성을 질렀다. "너무도 순수하고… 뭐라고 해야 할까, 이건 진짜 같구나. 집에서 손으로 직접 만든 것 같은 정성도 보이지 않니?"

"아이가 이 달력을 꼭 사고 싶어 합니다." 아버지는 요아킴을 가리키며 말했다. "이건 파는 물건이 아닐 거라고 말했는데도…."

서점 주인으로 보이는 백발노인은 눈썹을 치켜세웠다.

"이 달력을… 우리 가게에서 찾았습니까? 저는 못 보던 것인데…. 지난 몇 년 동안 이런 달력은 한 번도 본 적이 없어요."

"저기 책 사이에서 발견했어요." 요아킴이 벽 쪽 서가를 가리키며 말했다.

노인은 고개를 끄덕였다.

"그렇다면 요한네스 그 친구가 가져다 놓은 게 틀림없어."

아버지는 노인의 얼굴을 바라보았다.

"요한네스라고요?"

"예, 아주 기묘한 사람이지요. 가끔 시내에서 장미꽃을 파는데, 그 장미꽃을 어디서 가져오는지 아무도 몰라요. 가끔 우리 가게에 들러 물 한 잔 얻어 마시기도 하지요. 날이 몹시 더울 때면 컵에 남은 물을 머리에 뿌리고 간답니다. 한 번은 내게도 물을 뿌려준 적이 있어요."

아버지는 고개를 끄덕였다. 그러자 백발노인은 말을 이었다.

"그 친구는 시원한 물을 얻어 마시고는 감사의 뜻으로 계산대에 장미꽃을 한두 송이 놓아두기도 한답니다. 아주 오래된 고서를 두고 간 적도 몇 차례 있어요. 참, 한 번은 젊은 여인의 사진을 창가에 놓아두고 가기도 했어요. 외국에서 찍은 사진 같더군요. 난 그게 요한네스가 자기 나라에서 가져온 사진일지도 모른다고 생각했습니다. 사진 아래에는 '엘리사벳'이라는 이름이 적혀 있었지요."

아버지는 노인의 얼굴을 뚫어지게 바라보았다.

"이 대림절 달력도 그 사람이 두고 간 것이라는 말씀이군요?"

"예, 그런 것 같습니다."

"이 달력에 뭔가가 적혀 있어요." 요아킴은 달력에 적힌 글자를 소리 내어 읽었다. '마법의 크리스마스 달력. 75외레.(우리 돈 100원에 해당한다)'

노인은 고개를 끄덕였다.

'틀림없이 아주 오래된 물건이야'라고 생각한 요아킴이 노인에게 물었다. "제가 이 달력을 75외레에 살 수 있을까요?"

요아킴의 말에 백발노인을 소리 내어 껄껄 웃었다.

"너한테는 한 푼도 받지 않을 테니 그냥 가져가렴. 아마도 요한네스가 이 달력을 네게 주려고 여기 가져다 두었던 것 같구나."

"정말 고맙습니다." 요아킴은 기뻐 어쩔 줄 모르며 출입문을 향해 종종걸음 쳤다.

아버지는 서점 주인과 악수하고 나서 밖으로 나왔다.

요아킴은 대림절 달력을 가슴에 꼭 안은 채 발걸음을 옮겼다.

"내일 아침에 일어나자마자 열어볼 거예요."

그날 밤, 요아킴은 여러 번 잠에서 깼다. 소년은 백발의 서점 주인과 시내에서 장미꽃을 판다는 요한네스에 대한 생각을 머릿속에서 지울 수 없었다. 한밤중에 일어난 요아킴은 욕실로 가서 수도꼭지에 입을 대고 벌컥벌컥 물을 들이켰다. 그 순간, 컵에 남은 물을 머리 위에 부었다던 요한네스가 떠올랐다.

요아킴의 머릿속에는 아버지 나이만큼이나 오래된 대림절 달력에 대한 생각이 떠나지 않았다. 그토록 오래된 달력인데도 색이 바랬다는 것 말고는 전혀 손상된 부분이 없다는 점이 참으로 이상했다. 요아킴은 자리에 누워 대림절 달력의 마지막 날짜인 24일을 찾아보았다. 크리스마스 전날인 24일의 문은 달력에 그려진 구유 전체를 거의 덮을 정도로 컸다. 다른 날짜의 문보다 네 배는 더 커 보였다.

이 마법의 대림절 달력은 도대체 지난 40여 년 동안 어디 있었던 것일까? 그리고 첫 번째 문을 열면 무슨 일이 벌어질까? 아버지와 어머니는 대림절 달력을 요아킴의 머리맡에 걸어두었다.

아침 7시쯤 다시 잠에서 깬 요아킴은 몸을 일으켜 달력에 '1' 자가 있는 곳의 첫 번째 문을 열어보려고 했다. 하지만 마음도 급하고 무척 긴장한 요아킴은 손이 떨려 문을 열 수 없었다. 마침내 소년은 작은 틈으로 손가락을 집어넣어 간신히 문을 열었다.

달력의 첫 번째 문이 열리자, 안쪽에 장난감 가게 그림이 보였다. 수북이 쌓인 장난감 중에는 작은 양 한 마리와 어린 소녀가 서 있었다. 하지만 요아킴은 그 그림을 더 자세히 보지는 못했다. 달력의 문을 여는 순간, 종이쪽지 하나가 바닥으로 떨어졌기 때문이다. 요아킴은 허리를 굽혀 그 쪽지를 주웠다.

얇은 종이를 여러 차례 접은 종이를 펼치자 양면을 빽빽하게 채운 글자들이 나타났다. 요아킴은 글을 읽기 시작했다.

방울 달린 어린 양

"엘리사벳!" 어머니가 소녀의 이름을 소리쳐 불렀다. "얼른 돌아와, 엘리사벳!"

엘리사벳 한센은 어머니가 토텐에 사는 사촌들에게 보낼 크리스마스 선물을 사는 동안, 진열대에 산더미처럼 쌓여 있는 인형들을 구경하고 있었다. 그 순간, 작은 양 한 마리가 인형들 사이에서 갑자기 뛰쳐나왔다. 바닥으로 내려온 아기 양은 낯선 곳을 살펴보듯이 주변을 이리저리 둘러보았다. 목에 달린 방울에서는 백화점 여러 계산대 금전출납기에서 나는 소리처럼 딸랑딸랑하는 소리가 울렸다.

엘리사벳은 전에도 목에 방울을 단 아기 양을 본 적이 있었다. 하지만 아기 양 인형이 갑자기 살아 있는 양으로 변하는 모습은 한 번도 본 적이 없었다. 깜짝 놀란 엘리사벳은 자기도 모르게 상점에서 나와 에스컬레이터 쪽으로 달려가는 아기 양의 뒤를 따랐다.

"메~ 메~" 엘리사벳은 양 울음소리를 내며 아기 양을 꾀어보려 했다.

목에 방울을 단 아기 양은 에스컬레이터를 타고 아래층으로 내려가는 중이었다. 에스컬레이터는 꽤 빠른 속도로 움직였지만, 아기 양은 그 위를 달리기 시작했다. 아기 양을 따라가던 엘리사벳도 힘껏 달리는 수밖에 없었다.

"얼른 이리 오지 못하겠니, 엘리사벳?" 어머니는 화난 목소리로 엘리사벳을 불렀다.

하지만 엘리사벳은 이미 에스컬레이터에 올라탄 뒤였다. 아기 양은 어느새 일 층에 다다라 속옷과 넥타이를 파는 상점을 지나 출입문을 향해 달리고 있었다. 에스컬레이터에서 내린 엘리사벳도 아기 양을 따라 계속해서 달렸다. 아기 양은 백화점 문을 지나 눈 내리는 크리스마스 분위기가 가득한 거리로 뛰어갔다. 그러나 급히 뒤따라 달리던 엘리사벳은 장갑이 쌓여 있는 진열대를 넘어뜨리고 말았다.

아기 양보다 조금 늦게 백화점 문을 나선 엘리사벳은 사방을 둘러보았다. 그때 멀리 시르케베이엔 거리에서 아기 양의 방울 소리가 들려왔다. 엘리사벳은 소리 나는 쪽을 향해 달리기 시작했다. 꼭 아기 양을 잡아서 그 보들보들한 털을 쓰다듬어보고 싶었기 때문이다.

"메~ 메~"

신호등에 빨간불이 들어왔어도 아기 양은 방울을 울리며 달리기를 멈추지 않았다. 어쩌면 아기 양은 신호등 파란불이 멈추라는 뜻이고 빨간불이 길을 건너라는 뜻으로 알고 있을지도 몰랐다. 엘리사벳은 언젠가 양들은 모두 색맹이라는 말을 얼핏 들은 것 같기도 했다. 어쨌든 아기 양은 빨간불에도 계속해서 달려갔기에 엘리사벳도 빨간불에 멈출 수가 없었다. 소녀는 아기 양을 세상 끝까지라도 따라갈 자신이 있었다.

엘리사벳과 아기 양을 치지 않으려고 자동차들과 오토바이들이 급정거했고, 급히 방향을 틀어 인도로 올라온 차들도 있었다. 크리스마스 선물을 사려고 서둘러 걸어가던 사람들은 눈썹을 추켜세웠다. 백화점에서 도망쳐 나온 아기 양이 신호등도 무시하고 달리고, 소녀가 뒤따라 달리는 모습은 매일 볼 수 있는 장면이 아니었기 때문이다. 적어도 한겨울에 아기 양을 쫓아가는 소녀를 흔히 볼 수는 없었다.

달리는 동안 엘리사벳은 교회 시계탑에서 종이 세 번 울리는 소리를 들었다. 가만히 생각하니 이상하기 짝이 없었다. 엘리사벳은 어머니와 함께 다섯 시 버스를 타고 시내에 왔다. 그렇다면 시곗바늘이 매일 같은 방향으로 돌기가 지겨워서 반대 방향으로 돌기 시작했다는 걸까? 엘리사벳은 넝원히 같은 방향으로민 움직여야 한다면 시곗바늘도 얼마든지 지겨워할 수 있겠다고 생각했다.

그런데 이상한 점이 또 있었다. 엘리사벳이 백화점에 들어갔을 때는 이미 거리가 어둑해져 있었다. 그런데 지금은 사방이 대낮처럼 환했다. 그사이에 하룻밤이 후딱 지나가 버린 것도 아닐 텐데…. 정말 이상했다.

아기 양은 어느새 도심의 길을 벗어나 외곽의 숲길로 들어섰고 키 큰 소나무 사이로 난 오솔길을 달리기 시작했다. 하지만 발이 푹푹 빠질 만큼 많이 쌓인 눈 때문에 아기 양은 속력을 내지 못했다. 엘리사벳도 쌓인 눈 때문에 발을 옮기기가 어렵기는 마찬가지였지만, 아기 양은 발이 네 개, 엘리사벳은 두 개밖에 없으니 어쩌면 눈길을 달리기에는 엘리사벳이 더 유리한지도 몰랐다.

멀리서 들려오던 어머니 목소리는 이미 도시의 소음에 묻혀버렸고, 이제는 도시의 소음조차 이내 사라져버렸다. 하지만 여전히 엘리사벳의 귓전을 울리는 소리가 있었다.

"이걸 살까, 저걸 살까? 엘리사벳, 너는 어떻게 생각하니? 아니야 두 개 다 사버릴까?"

어쩌면 인형이었던 아기 양은 계산대의 딸랑딸랑 시끄러운 기계 소리와 수많은 사람이 모여 왁자지껄 떠드는 소리가 듣기 싫어서 살아 있는 양으로 변해 백화점을 뛰쳐나왔던 것은 아닐까? 어쩌면 엘리사벳도 같은 이유로 아기 양을 따라 백화점을 뛰쳐나왔는지도 모른다. 솔직히 엘리사벳은 번잡한 백화점에 가는 걸 그리 좋아하지 않았다.

요아킴은 마법의 대림절 달력에서 떨어진 얇은 종이쪽지에 적힌 이상한 글을 읽는 동안 입을 다물지 못했다. 요아킴은 늘 비밀을 좋아했다. 언젠가 할머니가 폴란드에 다녀올 때 사다 준 비밀 상자에 그 쪽지를 넣어두기로 했다. 열쇠를 돌려 꼭꼭 잠가둘 생각도 해 보았다. 어머니와 아버지는 요아킴의 비밀 상자는 무슨 일이 있어도 열어보지 않겠다고 약속했다. 심지어 요아킴이 자고 있을 때나 학교에 갔을 때도 열어보지 않겠다고 했다. 다른 사람의 비밀을 몰래 훔쳐보는 것은 편지를 몰래 읽는 것이나 다름없다고 했다.

그때까지는 소년에게 비밀이랄 것이 없었기에 비밀 상자도 텅 비어 있었다. 하지만 이젠 대림절 달력에서 얻은 얇은 종이쪽지를 그 상자에 넣어둘 수 있어 좋았다. 요아킴은 상자 뚜껑을 닫고 나서 열쇠로 잠그고, 열쇠는 베개 밑에 숨겨두었다. 그러니 이제 어머니와 아버지가 방에 들어와 대림절 달력을 본다고 해도 달력에 그려진 장난감 가게 아기 양 인형밖에 볼 수 없었다.

"당신도 기억해요?" 어머니가 아버지를 쳐다보며 말문을 열었다. "우리가 어렸을 때도 이랬잖아요."

아버지는 고개를 끄덕였다.

"맞아. 우리는 달력에 그려진 작은 그림을 보면서 옛날이야기를 지어내기도 했지. 그 뭐냐… 독일식 플라스틱 장난감을 끼워 파는 요즘 대림절 달력은 왠지 마음에 들지 않아. 그 작은 플라스틱 장난감은 언젠가 진공청소기 속으로 빨려 들어가 버릴 테니 말이야."

소년은 터져 나오는 웃음을 꾹 참았다. 대림절 달력에 들어 있던 신비로운 종이쪽지에 대해 알고 있는 사람은 요아킴밖에 없었다.

소년은 목에 방울을 달고 있는 아기 양의 그림을 가리키며 말했다. "이 아기 양은 백화점 계산대에서 나는 시끄러운 소리도 듣기 싫고, 사람들이 왁자지껄 떠드는 소리도 듣기 싫어서 장난감 가게에서 도망쳐 나왔어요. 그때 가게 안에 있던 '엘리사벳'이라는 여자애도 가게를 뛰쳐나가는 아기 양을 보고 뒤따라 달려갔죠. 아기 양의 부드러운 털을 쓰다듬어보고 싶어서요."

"이것 봐! 내가 말한 대로지?" 아버지가 고개를 끄덕이며 말을 이었다. "플라스틱 장난감은 아무짝에도 쓸모없다니까!"

요아킴은 그날 온종일 다음 이야기가 궁금해 참을 수가 없었다. 과연 엘리사벳은 아기 양을 따라잡아 그 복슬복슬한 털을 쓰다듬어볼 수 있었을까? 내일이 되면 그다음 이야기를 알 수 있을까? 내일도 달력을 열면 작은 종이쪽지 하나가 들어 있겠지?

12월 2일

···지름길을 알고 있어. 지금 우리가 가는
이 길이 바로 그 지름길이란다···

늘 그러듯이 다음 날 아침에도 요아킴은 부모님보다 먼저 잠에서 깼다. 침대에서 몸을 일으킨 소년은 머리맡에 걸려 있는 커다란 대림절 달력을 바라보았다.

　　그때 양치기 발치에 앉아 있는 작은 아기 양 한 마리가 눈에 들어왔다. 요아킴은 이상한 느낌이 들어 고개를 갸웃했다. 대림절 달력에 그려진 천사들과 동방박사, 양치기들과 양 떼를 이미 여러 번 보았지만, 이 작은 아기 양은 본 적이 없는 것 같았다.

　　어쩌면 요아킴이 지금에야 아기 양을 발견하게 된 것은 어제 아기 양에 대한 이야기를 읽었기 때문이 아닐까? 그렇다면 그림 속 아기 양은 쪽지에 적혀 있던 이야기에 나오는 아기 양과 같은 양이 아닐까? 하지만 이야기에 나오는 아기 양은 요즘 세워진 백화점에 있었고, 대림절 달력 그림에 있는 아기 양은 아주 오래전 베들레헴에서 살지 않았던가? 그때는 자동차도, 신호등도 없었을 것이다. 상점은 더러 있었을지 모르지만, 요즘처럼 에스컬레이터나 계산대를 갖춘 대형 백화점이 있었을 리 없다. 그런데 엘리사벳은 교회 시계탑에서 세 시를 알리는 종소리를 들었다. 2천 년 전에도 교회 시계탑에서 종소리가 울렸을까? 그런 일은 없었을 것이다. 요아킴은 아기 예수가 태어났던 때가 까마득히 오래전이라는 것쯤은 알고 있었다.

소년은 대림절 달력에서 '2' 자가 쓰인 곳 덮개를 조심스럽게 열었다. 아니나 다를까, 이번에도 여러 번 접은 종이쪽지 한 장이 눈에 띄었다. 요아킴은 열린 종이 문을 통해 안에 있는 푸른 숲 그림을 들여다보았다. 숲 속에는 천사 한 명이 작은 소녀를 품에 안고 있었다.

요아킴은 허리를 굽혀 침대에 떨어진 종이쪽지를 주워들었다. 접혀 있던 쪽지를 펼치니 깨알 같은 글자들이 양면에 빼곡히 들어차 있었다. 소년은 서둘러 그것을 읽기 시작했다.

에피리엘

엘리사벳 한센은 시끌벅적한 백화점을 뛰쳐나와서 목에 방울을 단 아기 양의 뒤를 따라 얼마나 오랫동안 달렸는지 기억할 수 없었다. 이상한 점은 소녀가 백화점에서 막 나왔을 때는 앞이 보이지 않을 정도로 눈이 많이 내리고 있었는데, 지금은 눈이 그쳤을 뿐 아니라 길에 쌓였던 눈도 녹아버렸는지 전혀 보이지 않았다. 그뿐 아니라 가로수 사이에서 노란 민들레꽃과 하얗고 파란 아네모네 꽃도 볼 수 있었다. 엘리사벳은 이상해서 견딜 수 없을 정도였다. 며칠만 있으면 크리스마스인데 거리에 꽃이 피어 있다니.

소녀는 파란 아네모네 꽃을 꺾어 꽃잎을 뚫어지게 들여다보았다. 한겨울에 꽃을 꺾을 수 있다니! 그건 한여름에 눈싸움하며 눈덩이를 던지는 것만큼이나 이상한 일이었다.

문득 엘리사벳은 그동안 너무나 오랫동안 멀리 달려왔기에 사시사철 여름만 계속되는 이름 모를 나라로 온 것일지도 모른다고 생각했다. 그게 아니라면 달리는 데만 집중했기에 어느새 겨울이 가고 여름이 온 것을 느끼지 못했는지도 모른다. 그렇다면 여전히 노르웨이에 있을지도 모르는 일이었다. 그런데 그새 크리스마스도, 눈 내리는 겨울도 다 지나가 버렸단 말인가?

제자리에 꼼짝도 하지 않고 서서 생각에 잠겨 있던 엘리사벳은 문득 멀리서 들려오는 아기 양의 방울 소리를 들었다. 소녀는 소리 나는 쪽으로 달리기 시작했다. 곧 작은 잔디밭에서 게걸스럽게 풀을 뜯어 먹고 있는 아기 양이 시야에 들어왔다.

그 모습이 그리 이상해 보이지는 않았다. 틀림없이 아기 양은 무척 배가 고팠을 테니까. 긴 겨울에는 어디를 가도 배를 채울 만한 풀을 발견하기 쉽지 않았으리라. 인형 모습을 하고 있을 때는 더더욱 배가 고팠을 것이다.

엘리사벳은 아기 양을 향해 살금살금 다가갔다. 부드러운 털을 쓰다듬으려는 찰나, 아기 양은 재빨리 몸을 피해 달리기 시작했다.

"메~ 메~"

엘리사벳은 아기 양을 뒤따라 달리다가 그만 나무둥치에 발이 걸려 넘어지고 말았다.

넘어진 것은 문제가 아니었다. 아기 양을 또 놓쳤으니 언제 다시 그 부드러운 털을 쓰다듬을 수 있을지 알 수 없었다. 소녀는 아기 양을 쓰다듬을 수만 있다면 지구 끝까지라도 따라가리라고 마음먹었다. 하지만 지구는 둥그니까 영원히 아기 양의 뒤를 따라 달려야 할지도 모른다. 아니, 적어도 어른이 될 때까지는 말이다. 어른이 되고 나면 방울을 단 아기 양에 대한 관심도 사라져버릴지 모르니까.

문득, 나무 사이에 빛을 발하는 무언가가 보였다. 놀란 엘리사벳은 눈이 휘둥그레졌다. 그것은 동물도 인간도 아니었다. 그것이 두르고 있는 긴 옷은 아기 양의 털처럼 흰색이었고, 양옆에는 한 쌍의 날개가 삐죽이 솟아 있었다.

엘리사벳은 아직 어렸기에 세상을 모른다고 해도 지나친 말이 아니었다. 소녀는 흔한 동물들의 이름은 알고 있었지만, 예를 들어 박새와 멧새를 구별할 정도는 아니었다. 등에 혹이 두 개 달린 낙타와 하나만 달린 낙타도 제대로 구별하지 못했다. 하지만 소녀의 눈앞에서 빛을 발하고 있는 존재에 대해서는 의심의 여지가 없었다. 책에서도 너무도 자주 보았던 그 존재를 실제로 보는 것은 처음이었지만 말이다.

"두려워하지 마라." 천사는 부드러운 목소리로 소녀에게 말했다.

엘리사벳은 몸을 반쯤 일으켰다.

"제가 두려워한다고 착각하지 마세요." 엘리사벳은 넘어질 때 부딪힌 곳이

아파 얼굴을 찡그리며 말했다.

천사는 소녀에게 가까이 다가왔다. 천사의 몸은 땅에서 몇 센티미터쯤 뜬 채 공중에서 미끄러지듯 움직이고 있었다. 그 모습을 보자 엘리사벳은 발끝으로 서서 춤추던 사촌언니 안나가 생각났다. 천사는 무릎을 꿇고 앉아서 날개 끝으로 조심스럽게 소녀의 목을 어루만져주었다.

"내가 두려워 말라고 했던 것은 혹시나 해서 그랬던 거란다. 우리가 사람들 앞에 모습을 드러내는 것은 그리 흔한 일이 아니라서, 아주 가끔이긴 하지만 사람들을 만날 때면 조심하는 게 버릇처럼 되어버렸지. 그래도 사람들은 천사와 마주 보고 있다는 사실을 깨달으면 몹시 놀라고 두려워하거든."

엘리사벳은 갑자기 울음을 터뜨렸다. 천사가 무섭기 때문도 아니었고, 넘어져 다쳤기 때문도 아니었다. 소녀는 자기가 왜 눈물을 흘리는지 몰랐다. 울음을 그칠 수 없었던 엘리사벳은 결국 딸꾹질하듯 어깨를 들썩이기 시작했다.

"저는… 저는요… 아기 양을… 쓰다듬어주고 싶었을 뿐이에요."

천사는 너그러운 얼굴로 고개를 끄덕였다.

"하느님이 아기 양의 털을 그토록 부드럽게 만드셨던 데에는 다 그럴 만한 이유가 있었을 거야. 어쩌면 너한테 아기 양을 쓰다듬고 싶은 마음이 드는 것도 하느님의 뜻이 아닐까?"

엘리사벳은 다시 흐느끼기 시작했다.

"아기 양은 저보다 훨씬 빨리 달려요… 다리도 저보다 두 배나 많고… 이건 너무 불공평한 일이라고 생각하지 않으세요? 아기 양이 왜 그렇게 바쁜 척하는지 저는 이해할 수가 없어요."

천사는 엘리사벳을 조심스럽게 부축해서 일으켜주었다.

"아기 양은 베들레헴으로 가는 길이란다."

엘리사벳은 울음을 멈추고 천사를 향해 궁금한 표정을 지었다.

"베들레헴이요?"

"그래, 베들레헴으로 가는 중이지. 예수님이 태어나신 도시 말이야."

엘리사벳은 천사의 말에 놀라지 않을 수 없었다. 하지만 놀란 마음을 애써 감추고 바지에 묻은 풀과 흙을 털어냈다. 자세히 보니 빨간 외투에도 여기저기 얼룩이 묻어 있었다.

"그렇다면 저도 베들레헴으로 갈래요."

천사는 땅에 발을 디디지도 않고 미끄러지듯 길 위에서 움직이기 시작했다.

"좋아. 나도 마침 그곳으로 가는 중이니까, 우리는 함께 가면 되겠구나."

평소에 낯선 사람을 절대 따라가면 안 된다고 배운 엘리사벳은 천사도 낯선 사람에 포함된다고 생각했다. 그래서 천사를 올려다보며 조심스럽게 말문을 열었다.

"그런데… 이름이 뭐에요?"

엘리사벳은 천사가 남자라고 짐작했지만 확신할 수는 없었다. 천사는 소녀의 질문에 마치 발레 무용수처럼 무릎을 살짝 굽히며 대답했다.

"나는 에피리엘이라고 해."

"마치 나비 이름 같군요. 이름이 정말로 에피리엘인가요?"

천사는 고개를 끄덕였다.

"그래, 에피리엘. 천사들은 부모님이 없단다. 그래서 성도 없어. 우리한테는 이름밖에 없지."

엘리사벳은 마지막으로 코를 한 번 더 훌쩍이고 나서 말했다.

"베들레헴으로 간다면 지금 여기서 이렇게 시간을 낭비하면 안 될 것 같아요. 베들레헴은 아주 먼 곳 아닌가요?"

"맞아, 아주 먼 곳이지. 그리고 아주 오래된 곳이기도 하지. 하지만 내가 지름길을 알고 있으니 그 길로 가도록 하자."

그들은 함께 발길을 재촉했다. 맨 앞에는 아기 양이 달렸고, 그 뒤에는 엘리사벳이, 그리고 맨 뒤에는 천사 에피리엘이 미끄러지듯 뒤를 따랐다.

엘리사벳은 왜 갑자기 여름이 되었는지 천사에게 물어보지 않았던 것을 후회했다. 하지만 손을 뻗으면 닿을 것 같은 거리에서 달리는 아기 양을 보니 걸음을 멈추겠다는 생각이 사라져버렸다.

"메~ 메~ 메~"

요아킴은 비밀 상자에 서둘러 종이쪽지를 숨기고 열쇠로 잠갔다.

이 대림절 달력을 서점에 가져다놓은 사람은 꽃장수 요한네스가 틀림없었다. 그렇다면 그는 달력에 숨겨져 있던 이 비밀스러운 쪽지에 대해서도 알고 있었을까? 어쩌면 이 비밀을 아는 사람은 이 세상에 단 한 사람, 요아킴뿐인지도 몰랐다. 대림절 달력을 열어보았던 사람은 요아킴밖에 없었으니까.

요아킴은 문득 엘리사벳을 떠올렸다. 서점 쇼윈도에는 요한네스가 가져다놓았다는 여인의 사진이 있었다. 그 사진 속 여인의 이름도 엘리사벳이 아니었던가?

요아킴은 장담할 수 없었다. 사진 속 엘리사벳과 대림절 달력 이야기에 나오는 엘리사벳은 같은 인물일까? 이야기 속 엘리사벳은 어린 소녀였지만, 대림절 달력은 아주 오래전에 만들어졌으니 지금쯤 엘리사벳은 어른이 되어 있을지도 몰랐다.

부모님은 오늘도 달력의 그림을 보러 요아킴의 방에 들어왔다.

"천사 그림이잖니!" 어머니는 한 손을 입가로 가져가며 놀란 듯 기분 좋게 말했다.

"천사가 엘리사벳을 위로해줬어요." 요아킴이 어머니에게 설명했다. "엘리사벳은 아기 양을 따라 달리다가 넘어져서 다쳤거든요."

어머니는 아버지에게 한 눈을 찡긋해 보였고, 아버지는 은밀하게 미소 지었다. 아버지는 요아킴이 달력 그림 하나만 가지고도 이렇게 이야기를 지어내는 것이 대견했을 것이다. 물론, 부모님은 요아킴의 말이 결코 지어낸 것이 아니라는 사실을 전혀 모르고 있었다.

그날은 다른 날보다 더 일찍 수업을 시작하는 날이었기에 요아킴은 부모님과 길게 대화할 시간이 없었다. 학교로 가는 길에도 요아킴의 머릿속은 대림절 달력에서 읽은 이야기로 온통 가득 차 있었다.

넓은 학교 운동장에는 지난 며칠 동안 내린 눈 때문에 걷기가 쉽지 않았다. 요아킴은 잠시 걸음을 멈추고 생각에 잠겼다. 엘리사벳이 아기 양의 뒤를 따라 달리기 시작했을 때는 거리에 눈이 쌓여 있었다. 그런데 갑자기 사방이 여름 풍경으로 변해버렸다. 그런 일이 정말 가능할까?

학교에서 돌아온 요아킴은 여느 때와 마찬가지로 잠긴 대문을 열고 안으로 들어갔다. 소년은 늘 어머니보다 먼저 집에 도착했다.

요아킴은 방으로 들어가서 벽에 걸린 마법의 대림절 달력을 바라보았다. 달력은 여전히 제자리에 걸려 있었다. 소년은 하루에도 몇 번씩 달력을 떠올리면서 그것이 꿈일지도 모른다고 생각했다. 왜냐면 요아킴은 평소에 이상한 꿈을 꽤 자주 꾸었기 때문이다.

'3'이라는 숫자 아래에는 어떤 그림이 숨어 있을까? 요아킴은 가만히 서서 달력을 뚫어지게 바라보았다. 엘리사벳과 천사 에피리엘에게 무슨 일이 일어날지 궁금해서 참을 수가 없었다.

모르는 척하고 3일 자 문을 살짝 열어볼까? 살펴본 뒤에 아무도 눈치채지 못하게 다시 감쪽같이 붙여놓으면 되지 않을까?

하지만 그것은 속임수를 쓰는 것이나 다름없다. 심지어 카드놀이를 할때도 속임수를 쓰면 안 되는데, 대림절 달력을 두고 속임수를 쓴다는 것은 있을 수 없는 일이다. 그건 크리스마스 선물을 몰래 미리 열어보는 것과 비슷한 짓이다. 자기에게 돌아올 선물을 스스로 훔치는 것과 무엇이 다르단 말인가?

퇴근한 어머니는 부엌에서 감자와 당근을 손질하고 있었다. 곧이어 퇴근해 집에 돌아온 아버지는 운전 면허증을 잃어버렸다고 투덜거렸다.

"어디 뒀는지 전혀 생각이 안 나. 차 안에도 없고, 회사에도 없어. 코트 주머니에도 없어."

"아버지는 정신을 어디 다른 데 두고 다니시는 거예요?" 요아킴은 필통을 잃어버리거나 장난감으로 방을 어질러 놓을 때마다 아버지가 자기에게 했던 말을 그대로 따라 했다.

그날 저녁 요아킴은 부모님이 시키지도 않았는데 자발적으로 먼저 자러 가야겠다고 말했다. 가만히 생각해보니 태어나서 처음 있는 일인 것 같았다.

"어디 아픈 건 아니지?" 어머니가 걱정스럽게 물었다.

"아니에요. 내일 아침에 대림절 달력을 열어보려면 시간이 빨리 갔으면 좋겠다는 생각뿐이에요."

12월 3일

…마치 바람을 타고 달리는 것 같았다. - 움직이는 에스컬레이터에서
뛰어 내려가는 것 같기도 하고…

12월 3일, 요아킴은 이른 아침에 눈을 떴다. 침대 옆 작은 탁자에 있는 도널드 탁상시계에 눈을 흘깃 던져보니 6시 45분이었다. 부모님이 일어날 때까지는 30분 정도 시간이 있었다.

소년은 밤새 이상한 꿈을 꾸었던 것이 생각났다. 하지만 그 꿈의 내용은 자세히 기억할 수 없었다. 천사 에피리엘과 아기 양에 대한 꿈일지도 몰랐다.

소년은 몸을 일으켜 백발의 서점 주인이 준 마법의 대림절 달력을 쳐다보았다. 가장 위쪽에는 여러 명의 천사가 하늘에 뜬 구름 위에서 지상으로 내려오는 모습이 그려져 있었다. 그중 한 명은 나팔을 불고 있었다. 아마도 잠든 양들과 양치기를 깨우기 위해서였을 것이다.

요아킴은 그림의 오른쪽 끝에 보이는 천사가 에피리엘이라고 짐작했다. 나무둥치에 걸려 넘어진 엘리사벳을 일으켜주고 위로해주었던 바로 그 천사. 적어도 그림 속 천사는 요아킴이 상상했던 모습과 똑같았다.

그 순간, 그림 속 천사가 요아킴을 향해 미소 지으며 손을 흔드는 것이 아닌가? 마치 어제 이후에 새 생명을 얻어 되살아난 것만 같았다.

그런데 그림 속의 저 구식 자동차는 크리스마스와 무슨 관련이 있을까? 요아킴은 속으로 궁금해하며 침대 위로 떨어진 종이쪽지를 주워들었다. 그리고 이불을 덮고 편안하게 누워 종이에 적힌 글을 읽기 시작했다.

두 번째 양

엘리사벳과 천사 에피리엘은 백화점에서 도망쳐 나온 아기 양의 뒤를 따라 쉬지 않고 달렸다. 그들은 곧 숲을 빠져나와 작은 오솔길로 접어들었다. 멀리 높다란 공장 굴뚝에서 연기가 모락모락 피어오르고 있었다.

"저기 도시가 보여요." 엘리사벳이 말했다.

"맞아. 저건 '할덴'이라는 도시란다." 천사가 말했다. "스웨덴에서 멀지 않은 곳이야. 우리는 스웨덴을 거쳐 베들레헴으로 갈 거야."

그때 등 뒤에서 들리는 덜걱 덜걱하는 소리에 천사는 미처 말을 맺지 못했다. 엘리사벳이 뒤를 돌아보니 구식 자동차 한 대가 다가오고 있었다. 차 안에는 구식 모자를 쓰고 긴 코트를 입은 남자가 앉아 있었다. 콧수염이 덥수룩한 그의 얼굴은 벽난로 위에 걸려 있는 사진 속 증조할아버지와 많이 닮은 것 같았다. 차가 일행을 지나칠 때 운전대를 잡고 있던 남자는 모자를 벗어 흔들며 경적을 울렸다.

"구식 차네요!" 엘리사벳이 소리쳤다. "엄청나게 오래된 것 같아요."

천사 에피리엘은 웃는 모습을 보이지 않으려고 한 손으로 얼굴을 가렸다.

"내 생각엔 공장에서 금방 나온 신형 차 같은데?"

엘리사벳은 답답하다는 듯이 한숨을 내쉬었다.

"저는 천사가 인간보다 훨씬 똑똑한 줄 알았는데…. 이제 보니 천사도 차에 대해선 아무것도 모르는 것 같군요."

엘리사벳은 천사가 기분 나빠할까 봐 얼른 말을 이었다.

"어쩌면 당연한 일인지도 몰라요. 천사들한테는 날개가 있으니 차를 타고 다닐 일도 없잖아요. 하느님이 공해를 일으키는 모든 걸 금지하셨을 것 같기도 하고요."

에피리엘은 길가에 쌓여 있는 통나무 더미를 손가락으로 가리켰다.

"저기 앉아서 잠시 쉬었다 갈까? 너는 좀 쉬어야 할 것 같아. 쉬면서 베들레헴으로 가는 여정에 관해 중요한 이야기를 해줄게."

엘리사벳은 통나무 더미 위에 앉아 천사를 바라보았다.

"천사님은 피곤하지 않으세요?"

천사는 고개를 저었다.

"아니, 천사들은 피로를 모른단다. 왜냐면 우리는 피와 살로 이루어진 존재가 아니거든. 인간들이 피로를 느끼는 이유는 몸이 피와 살로 이루어졌기 때문이야."

엘리사벳은 천사들도 피곤해할지 모른다고 생각했던 자신이 부끄러웠다. 만약 천사들도 피로를 느낀다면 아무렇지도 않게 하늘과 땅 사이를 그토록 자주 오르내리지는 못할 것이다. 하늘과 땅 사이 거리는 엘리사벳의 집에서부터 베들레헴까지 거리보다 훨씬 더 멀 것이 분명했다. 하지만 엘리사벳은 다른 것은 몰라도 방금 지나간 차가 아주 오래된 구식 자동차라는 것만큼은 잘 알고 있었다.

소녀를 바라보던 천사가 입을 열었다.

"너는 우리가 가려는 곳이 어디인지 정확히 알고 있니?"

"우리는 지금 베들레헴으로 가는 중이잖아요." 엘리사벳이 당차게 대답했다. 천사가 묻는 순간에 바로 그 생각을 하고 있었으니 금세 대답이 튀어나왔다.

"그래, 맞아. 그런데 우리는 거기 가서 무엇을 할까?"

"저는 거기 도착하면 아기 양을 쓰다듬어주고 싶어요."

천사는 고개를 끄덕였다.

"그리고 우리는 이 세상에 오신 아기 예수님께 인사할 거야. 아기 예수님은 하느님의 어린 양이시란다. 털이 부드러운 아기 양처럼 순수하고 착한 분이지."

엘리사벳은 전혀 생각지도 않았던 말을 들었기에 조금 당황한 나머지 어깨를 으쓱했다.

천사는 다시 말을 이었다.

"베들레헴에 가려면 그저 길을 따라가는 것만으로는 부족해. 시간도 뛰어넘어야 한단다. 네가 백화점에서 아기 양을 뒤따라 달리기 시작했을 때는 아기 예수님이 태어나시고도 아주 오랜 시간이 흐른 뒤였어. 우리는 아기 예수님이 태어나신 시각에 정확히 맞춰 그곳에 도착해야 해."

이번에는 엘리사벳이 놀라 얼떨결에 손으로 입을 가렸습니다.

"뭐라고요? 시간을 거슬러 여행해야 한다고요? 그건 불가능한 일이 아닌가요?"

에피리엘은 고개를 저었다.

"아니, 완전히 불가능한 일은 아니야. 하느님한테 불가능한 일은 없어. 그리고 나는 하느님의 심부름꾼이니 내게도 불가능한 일은 없단다. 우리는 이미 시간과 공간을 거스르는 여행을 시작했어. 저 아래에 보이는 도시는 할덴이고, 우리는 지금 예수님의 탄생을 기원으로 본다면 1900년대 초쯤에 와 있단다. 이해할 수 있겠니?"

엘리사벳은 눈을 휘둥그레 뜨고 고개를 끄덕였다.

"이해할 수 있을… 것 같기도 해요. 그렇다면 조금 전에 보았던 그 골동품 자동차도 따지고 보면 그리 오래된 차가 아니겠네요?"

"네 말이 맞아. 아주 새 차지. 그래서 그 차 운전자가 으스대면서 경적을 울리며 지나갔던 거지. 그 시절에는 차를 가진 사람이 그리 많지 않았으니까."

엘리사벳 한센은 꼼짝도 하지 않고 앉아서 흰옷을 입은 천사를 뚫어지게 바라보았다. 에피리엘은 다시 말을 이었다.

"베들레헴까지 길을 따라 달린다면 엄청나게 많은 시간이 걸릴 거야. 하지만 우리는 그 길을 따라 달리면서 동시에 역사의 시간을 가로질러 올라가고 있단다. 마치 바람에 떠밀려 경사진 길을 내려가거나 움직이는 에스컬레이터를 타고 달리는 것과 비슷하지."

엘리사벳은 고개를 끄덕였다. 천사가 한 말을 제대로 이해했는지는 확신할 수 없었지만, 매우 현명한 방법 같다는 생각이 들었던 것은 사실이었다.

"그런데 천사님은 어떻게 지금이 1900년대 초라는 걸 알죠?"

천사는 한쪽 팔을 들어 손목에 차고 있던 황금 시계를 들여다보았다. 반짝반짝 빛나는 진주 알로 장식된 그 시계의 바늘은 1916을 가리키고 있었다.

"이건 천사들이 차고 다니는 시계란다. 인간들의 시계와 비교하면 그리 정확하지 않지. 하지만 하늘나라에서는 분과 초를 정확히 알아야 할 일이 거의 없단다."

"왜요?"

"하늘나라에서는 모든 게 영원하니까. 인간들처럼 아침에 직장이나 학교에 늦지 않게 가려고 시간 맞춰 버스를 타야 할 일도 없고."

엘리사벳은 천사의 말에 놀라지 않을 수가 없었다. 문득 백화점을 뛰쳐나왔을 때는 여섯 시나 일곱 시쯤 되었지만, 교회 시계탑 종소리는 세 번밖에 울리지 않았던 사실이 떠올랐다. 그렇다, 소녀는 시간을 거슬러 달렸던 것이다….

"너는 아기 양을 뒤쫓기 시작했을 때부터 이미 시간의 길을 가로지르면서 달렸던 거야. 시간과 공간을 거슬러 올라가며 날리기 시작한 거지."

맞은편 길에서 또 한 대의 구식 자동차가 지나갔다. 엘리사벳은 차가 뿌리고 지나간 매연과 흙먼지 때문에 콜록콜록 기침했다. 먼지 구름이 가라앉자, 소녀는 손가락으로 길 위쪽을 가리켰다.

"저기 아기 양이 가고 있어요. 그런데 그 옆에 엄마 양도 보이네요."

천사는 고개를 끄덕였다.

"저들도 베들레헴으로 가는 것 같구나."

그들은 다시 달리기 시작했다. 엘리사벳과 에피리엘이 양들을 따라잡자, 양들도 다시 속도를 내어 달리기 시작했다.

"메~ 메~ 메~" 엘리사벳이 큰 소리로 외쳤다.

하지만 엄마 양과 아기 양은 엘리사벳의 외침을 무시한 채 걸음을 멈추지 않았다. 그들도 베들레헴으로 가는 중이었다. 베들레헴으로!

할덴의 외곽 지역에 당도한 그들은 잠시 걸음을 멈추고 언덕 아래에 있는 광장과 오가는 행인들을 내려다보았다. 여자들은 발목을 덮는 오색의 긴 옷을 입고, 형형색색의 커다란 모자를 쓰고 있었다. 구식 자동차도 몇 대 보였지만, 그 도시에는 아직도 마차가 더 많은 것 같았다.

도시를 뒤로하고 걷던 그들 앞에 국경선이 보였다. 커다란 팻말에 '스웨덴 방향 국도'라고 적혀 있었다.

엘리사벳은 갑자기 걸음을 멈추었다.

"우리가 정말 스웨덴 국경을 넘어갈 수 있을까요?"

천사는 거대한 나비처럼 날개를 펄럭이며 소녀의 주변을 맴돌았다.

"국경 수비대가 순례를 막지는 않을 거야. 게다가 몇 주 전에 스웨덴 국왕이 노르웨이의 국왕을 겸임한다는 법도 생겼단다."

"천사 시계를 좀 봐도 될까요?"

에피리엘은 손목을 들어 소녀에게 시계를 보여주었다. 시곗바늘은 1905를 가리키고 있었다.

그들은 국경을 지키고 있던 두 명의 병사를 지나쳤다. 엄마 양과 아기 양이 앞에서 걸었고, 엘리사벳 한센과 천사 에피리엘은 뒤에서 걸었다.

"멈추시오!" 병사 한 명이 소리쳤다. "법의 이름으로 명령합니다!"

하지만 일행은 이미 스웨덴 영토로 들어온 뒤였다. 아기 예수의 탄생에 몇 년 더 가까워진 셈이었다.

요아킴은 침대에서 몸을 일으켰다. 그러니까, 대림절 달력의 그림에서 느닷없이 구식 자동차가 보였던 것은 바로 그 때문이었던 것이다. 갑자기 여름이 된 이유도 알 것 같았다.

요아킴은 엘리사벳과 에피리엘의 이야기가 적힌 종이쪽지를 서둘러 비밀 상자 속에 넣었다. 잠에서 깬 부모님이 언제 자기 방으로 들어올지 몰랐기 때문이다. 요아킴은 침대에 앉아 방금 읽었던 이야기를 곰곰이 되씹어보았다.

인제 모든 걸 이해할 수 있을 것 같았다. 적어도 어제보다는 훨씬 더 많은 걸 알게 된 것 같았다. 엘리사벳은 백화점에서 뛰쳐나간 아기 양의 뒤를 쫓아간 것만이 아니라 시간을 거슬러 달리기 시작한 것이었다. 소녀는 이미 1905년에 도착하지 않았던가? 하지만 갈 길이 아직 멀고도 멀었다. 목적지는 예수가 태어난 베들레헴이었다. 요아킴은 아기 예수가 태어난 지 2천 년도 훨씬 더 지났다는 사실을 잘 알고 있었다.

소년은 또한 시간을 거슬러 과거를 여행한다는 것이 불가능하다는 사실도 잘 알고 있었다. 하지만 생각으로는 무엇이든 가능하지 않은가? 언젠가 요아킴은 인간의 천 년은 하느님에게 단 하루에 불과하다는 말을 학교에서 들은 적이 있었다. 천사 에피리엘은 하느님에게 불가능한 일이 없다고 했다. 그렇다면 엘리사벳과 에피리엘은 정말로 시간을 거슬러 과거로 여행하는 중일까?

문밖에서 부모님 발소리가 들리고 곧 어머니가 문을 열고 들어왔다.

"대림절 달력을 열어보았니?"

요아킴이 고개를 끄덕이자, 어머니는 몸을 굽혀 달력을 들여다보았다.

"오! 오늘은 아주 오래된 자동차 그림이네!" 어머니가 소리쳤다.

어머니의 목소리에는 실망감도 조금 묻어 있는 것 같았다. 어쩌면 어머니는 천사나 크리스마스를 연상시키는 그림을 기대했는지도 모른다.

"왜냐면 엘리사벳과 에피리엘이 스웨덴으로 갔기 때문이에요. 그때는 아주 옛날이어서 이런 구식 자동차도 최신형으로 여겨졌을 거예요. 그들은 지금 베들레헴으로 가는 중이에요."

"넌 상상력이 아주 풍부한 시인 같구나." 어머니는 요아킴의 머리를 쓰다듬어주었다.

요아킴은 부모님이 이 모든 이야기를 아들이 상상해서 지어냈다고 생각한다는 사실에 마음이 들뜨고, 아무도 모르는 비밀을 자기만이 알고 있다는 사실이 짜릿하게 느껴졌다. 요아킴은 문득 기발한 생각이 떠올랐다. 크리스마스이브가 되면 달력에 들어 있던 종이쪽지들을 모두 모아 정성 들여 포장한 다음, 크리스마스트리 아래 놓아두겠다고 생각했다. 포장지 겉에는 '이 세상에서 가장 훌륭한 나의 어머니와 아버지에게'라고 써놓기로 했다.

그런 생각을 하자, 조바심이 나서 크리스마스 때까지 기다리기가 어려울 것만 같았다. 그러나 요아킴은 조금 후회도 되었다. 솔직히 말해서 무언가를 들뜬 마음으로 기다린다는 것이 반드시 좋은 일만은 아니었다. 시간이 너무나 느리게 가는 것 같아 지루할 때도 있으니까. 그래서 요아킴은 무언가를 기대하고 기다릴 때면 머리가 지끈지끈 아프기도 했다.

저녁이 되자, 아버지는 아직 운전면허증을 찾지 못했다며 투덜거렸다. 어머니는 운전 면허증 없이 차를 모는 것은 불법 행위라고 말했다. 그 말을 들은 아버지는 마치 증기 기관차처럼 씩씩거리며 콧김을 내뿜었다.

12월 4일

⋯깜짝 놀란 소년이
눈을 휘둥그레 치켜뜨던 찰나⋯

요아킴에게는 이제 비밀이 두 가지나 생겼다. 첫 번째 비밀은 부모님이 아침에 일어나기 전에 마법의 대림절 달력에 들어 있는 종이쪽지를 몰래 꺼내 혼자만 읽어보는 일이고, 두 번째 비밀은 쪽지에 적힌 글을 읽고 나서 할머니가 폴란드에서 사 오신 상자에 감추어두고 열쇠로 잠그는 일이었다.

소년은 부모님을 위해 이 세상에서 가장 멋지고 진기한 크리스마스 선물을 준비하는 중이기도 했다. 이 일을 하려면 매일 아침 대림절 달력을 열고 그 안에 들어 있는 종이쪽지를 비밀 상자에 감쪽같이 숨겨두어야 했다. 그렇게 해서 크리스마스이브까지 모아둔 쪽지들은 어머니가 크리스마스 음식을 만드는 틈을 타서 포장지로 잘 싸두어야 했다.

하지만 뭐니 뭐니 해도 가장 멋지고 진기한 것은 요한네스가 서점에 두고 갔던 대림절 달력이었다.

그 신비로운 꽃장수는 어떤 사람일까? 그 사람은 대체 어떤 이유로 마법의 대림절 달력을 서점에 가져다 놓았던 것일까?

그는 언젠가 '엘리사벳'이라는 여인을 알게 되었을 것이다. 요아킴은 서점의 쇼윈도에 그가 가져다 놓았던 한 여인의 사진도 보았다. 그렇다면 그 사진 속의 여인과 대림절 달력 속의 이야기에 나오는 엘리사벳은 동일한 인물일까? 이야기 속의 엘리사벳은 작은 소녀에 불과했다. 하지만 지금은 요아킴보다 훨씬 나이 많은 여인이 되어 있을 것이 분명했다. 대림절 달력은 꽤 오래전에 만들어졌을 테니까.

12월 4일 아침, 요아킴은 눈을 뜨자마자 대림절 달력의 4일째 칸을 열어보았다. 물론 집 안이 조용한지 확인하고 매우 조심했다.

　　4일째 칸의 문 뒤에 그려져 있는 그림에는 잠옷처럼 보이는 하늘색 옷을 입은 남자가 보였다. 그는 손에 긴 지팡이를 들고 있었다. 종이 문을 열자마자 침대 위로 떨어진 종이쪽지 때문에 요아킴은 그림을 더 자세히 살펴볼 여유가 없었다. 소년은 얼른 여러 번 접힌 종이쪽지를 펴서 읽기 시작했다.

요스바

엘리사벳 한센과 천사 에피리엘은 엄마 양과 아기 양을 뒤따라 달렸다. 일행은 숲 속 불그스름한 통나무 집 한 채와 널찍한 들판을 지나 언덕에 다다랐다. 에피리엘은 언덕 높은 곳에 서서 아래쪽의 커다란 호수를 가리켰다.

"저것은 스칸디나비아에서 가장 큰 호수야. 지금 시점은 1891년이고, 우리는 이제 막 국경을 넘어 스웨덴 영토에 들어왔단다."

호수와 연결된 가파른 강줄기 위에는 작은 다리가 놓여 있었다. 그들은 다리를 건너 강 건너편으로 갔다.

"우리가 지나온 강은 여기서 '외타엘벤'이라고 부른단다. 여기서부터 강가의 오래된 마찻길을 따라서 걸어가도록 하자."

"메~ 메~ 메~." 엘리사벳은 아기 양을 향해 소리쳤다. 하지만 엄마 양과 아기 양은 이미 저 멀리 훌쩍 뛰어가 버린 뒤였다.

일행이 작은 시골 마을 언저리에 도착하니, 붉은 벽돌로 지은 교회가 보였다. 길에는 많은 사람이 교회를 향해 걷고 있었다. 몇몇 사람은 마차를 타고 있었다. 남자들은 검은 옷에 검은 모자를 쓰고 있었으며, 여자들도 대부분 검은색 옷을 입고 있었다. 몇몇 사람들은 손에 찬송가책을 들고 있었다.

"오늘이 일요일인가 봐요." 엘리사벳이 말했다.

일행은 행인늘을 살펴보기 위해 잠시 발을 멈추었다. 그 순간, 행인 중에서 작은 소년이 일행을 발견하고는 깜짝 놀라 눈을 휘둥그레 치켜떴다. 천사 에피리엘은 서둘러 발걸음을 옮겼고, 엘리사벳도 천사를 놓치지 않으려고 얼른 그의 뒤를 따랐다. 계속해서 걸어가다가 슬쩍 뒤를 돌아보니, 행인들로 가득하던 길은 이미 텅 비어 있었다. 마차를 끌던 말들도 어디로 갔는지 보이지 않았다.

일행은 시골 마을을 뒤로하고 계속 걸었다. 엘리사벳이 천사에게 말했다.

"우리를 발견했던 사람은 작은 소년 한 명뿐이었어요."

"그래, 되도록 사람들의 이목을 끌지 않는 게 좋아. 가끔 사람들 눈에 띌 때도 있겠지만, 잠깐뿐일 테니 그리 걱정할 일은 아니야."

일행은 숲과 들판을 가로질러 계속 걸었다. 가끔 벌판에서 곡식이나 건초를 낫으로 베고 있는 사람들을 만나기도 했지만, 일행은 그들이 놀라지 않도록 옆길로 접어들어 에둘러 가기도 했다.

엄마 양과 아기 양은 눈앞에 펼쳐진 커다란 풀밭을 보고 걸음을 멈추었다.

"지금이 절호의 기회에요." 엘리사벳이 나직이 속삭이듯 말했다. "조심해서 다가가면 아기 양을 쓰다듬어볼 수 있을 것 같아요."

소녀가 말을 마치기도 전에 맞은편에서 낯선 남자가 걸어왔다. 그는 푸른색 코트를 입고 있었고, 한 손에는 끝 부분이 둥근 긴 지팡이를 들고 있었다. 그는 감격스러운 표정으로 일행을 향해 다가왔다.

"외타엘벤을 따라 방랑하는 여러분에게 평화를 기원합니다! 저는 양치기 요스바라고 합니다."

"그렇다면 당신도 우리 일행이군요." 에피리엘이 대답했다.

엘리사벳은 천사가 무슨 뜻으로 그런 말을 했는지 이해할 수 없었다. 소녀의 속마음을 알아차리기라도 한 듯이 양치기 요스바는 말을 이었다.

"저도 신성한 영광의 나라로 가려고 합니다. 천사들이 아기 예수님의 탄생을 알리는 기쁜 소식을 가지고 내려올 때 저도 그곳에 있어야 하기 때문입니다."

문득 엘리사벳에게 좋은 생각이 반짝하고 떠올랐다.

"아저씨가 진짜 양치기라면, 저 아기 양을 이쪽으로 데려올 수 있겠네요?"

양치기는 허리를 굽히며 대답했다.

"진짜 양치기는 그쯤이야 문제없이 할 수 있지."

그는 엄마 양과 아기 양을 향해 다가갔다. 그리고 곧바로 아기 양을 데려왔다. 아기 양은 엘리사벳의 발치에 얌전히 앉았다. 소녀는 무릎을 꿇고 앉아 아기 양의 부드러운 털을 쓰다듬었다.

"너는 이 세상에서 가장 재빠른 동물 같아." 엘리사벳이 아기 양에게 속삭였다. "하지만 나는 결국 너를 잡아버렸어!"

양치기가 지팡이로 땅바닥을 내리치며 외쳤다.

"베들레헴으로! 베들레헴으로!"

아기 양과 엄마 양은 다시 달리기 시작했고, 양치기, 천사, 그리고 엘리사벳이 그 뒤를 따랐다.

곧 그들 앞에 또 다른 작은 마을이 나타났다. 언덕에서 내려다보니 마을에는 붉은 통나무집들이 가득 들어차 있었다. 에피리엘은 그 마을 이름이 '쿵엘브'라고 알려주었다.

"왕의 판석이라는 뜻이지. 북유럽 왕들이 중요한 결정을 내려야 할 때 늘 이곳에 모여 회의를 해서 그런 이름이 붙은 거야. 그중 한 명이 바로 시규르 요르살파르였단다."

요르살파르! 엘리사벳은 그 이름이 너무도 웃겨서 웃음을 터뜨리고 말았다.

"그렇다면 그분은 틀림없이 '요르살'이라는 아이의 아버지('파르'에는 '아버지'라는 뜻이 있다)였겠군요."

천사는 엘리사벳의 말에 고개를 저었다.

"요르살파르는 '예루살렘으로 향하는 순례자들'이라는 뜻이란다. 시규르 왕이 이 이름을 얻었던 이유는 그 사람도 역시 아기 예수님이 태어나셨던 나라로 순례 여행을 했기 때문이야."

양들과의 거리는 더욱 멀어졌다. 양치기 요스바가 두 마리 양을 뒤따르고 있었다. 그 장면을 본 엘리사벳과 에피리엘도 서둘러 발걸음을 옮겼다.

그들은 곧 외타엘벤 상류에 있는 큰 도시에 도착했다. 언덕 오른쪽 아래에 있는 그 도시의 거리는 온몸을 덮는 긴 옷을 입은 여자들과 지팡이를 들고 모자를 쓴 남자들로 붐볐다. 어떤 이들은 멋진 이두 마차를 타고 달렸다.

"이곳은 '예테보리'라는 곳이란다." 천사 에피리엘이 설명해주었다. "지금 시점은 1814년이지. 덴마크가 노르웨이를 포기하고 스웨덴에 넘겨주었던 해야. 노르웨이는 진정한 독립국이 되어 자국의 헌법을 제정했지."

양치기 요스바가 등을 돌려 그들에게 손짓했다.

"베들레헴으로!" 그가 큰 소리로 외쳤다. "베들레헴으로!"

일행은 스웨덴의 남쪽을 향해 발길을 옮겼다.

요아킴은 어머니가 방에 들어오기 직전에 간신히 종이쪽지를 상자에 숨길 수 있었다.

"오늘은 어떤 그림이었니?" 어머니가 물었다.

요아킴은 대답할 필요가 없다고 생각했다. 왜냐면 어머니는 항상 그림을 직접 확인했으니까.

어머니는 두 손을 맞잡으며 소리쳤다.

"광야의 목자로구나!"

요아킴은 어머니를 쳐다보았다.

"광야라고요?"

어머니는 전통적인 대림절 달력에는 항상 광야에 서 있는 목자들의 그림이 하나쯤은 들어 있다고 말해주었다. 하늘에서 내려온 천사들이 예수 탄생 소식을 가장 먼저 전해준 사람들은 광야의 양치기들이었다.

"목자는 양치기와 같은 말이란다. 이 사람들은 양 떼를 지키고 보살피는 일을 하지."

"이제 일행은 예테보리에 도착했어요." 요아킴이 말했다.

"예테보리라고?"

어머니는 어리둥절한 표정으로 소년을 바라보았다.

"그리고 일행이라니… 도대체 누구를 말하는 거니?"

"엘리사벳 한센, 천사 에피리엘, 양치기 요스바 말예요. 이들은 지금 베들레헴으로 가고 있어요."

어머니는 입을 벌리고 놀라움을 감추지 못했다.

"흠… 대림절 달력에 너무 빠진 건 아니니? 이건 단지 그림일 뿐이야."

요아킴은 부모님에게 더는 달력에 이야기를 해서는 안 되겠다는 생각이 들었다. 이야기를 계속하다 보면 결국 달력 속에 숨겨진 비밀의 쪽지도 발각될 것이 틀림없었다. 그렇게 되면 종이쪽지를 모아 부모님에게 크리스마스 선물을 하겠다는 계획에도 차질이 생길 것이다.

소년의 머리에 떠오른 생각은 또 있었다. 언젠가는 요한네스를 만나 자세한 이야기를 들어야 했다. 왜냐면 마법의 내림질 딜력을 이디시 얻었는지는 오직 그만이 알고 있었기 때문이다. 어쩌면 그는 엘리사벳 한센에 대해서도 더 많은 사실을 알고 있을지도 몰랐다. 하지만 어떻게 하면 요한네스를 만날 수 있을까? 부모님은 어린 아들이 혼자 시내에 가는 걸 절대 허락하지 않을 것이다.

그날 오후, 요아킴이 막 학교에서 돌아왔을 때 누군가가 대문의 초인종을 눌렀다. 어머니가 초인종을 누를 일은 없었다. 왜냐하면 어머니는 요아킴은 혼자 있을 때 대문을 잠근 적이 거의 없다는 걸 잘 알고 있었기 때문이다. 그렇다면 대체 누가 찾아왔을까?

소년은 현관으로 나가 대문을 열었다. 대문 앞 계단 위에는 놀랍게도 백발의 서점 주인이 서 있었다.

"안녕? 내 짐작이 맞았구나. 나는 네가 이 집에 살 거라고 짐작했지."

"무슨 일이죠?" 요아킴은 서점 주인이 대림절 달력을 돌려달라고 할까 봐 슬슬 겁이 나기 시작했다. 그런데 서점 주인은 소년이 여기 산다는 걸 어떻게 알고 찾아왔을까?

노인은 코트 주머니에서 운전 면허증을 꺼냈다.

"네 아버지가 이걸 계산대에 두고 가셨어. 그날 늦게야 눈에 띄었지. 주소를 보니 우리 집에서 아주 가깝더구나. 나는 클뢰버베이엔 12번지에 살고 있단다."

정말 멀지 않은 곳이었다. 요아킴은 같은 반 친구가 클뢰버베이엔 7번지에 살고 있어서 그 동네를 잘 알고 있었다.

요아킴은 서점 주인을 쳐다보았다.

"고맙습니다. 그런데 대림절 달력에 신기한 종이쪽지도 들어 있어요."

"오, 그래?"

서점 주인은 환하게 웃으면서 아버지의 운전 면허증을 요아킴에게 건네주었다.

"바빠서 가봐야겠다. 크리스마스가 가까워지면 서점을 찾는 손님도 부쩍 많아진단다."

얼마 후 아버지와 어머니도 직장에서 돌아오셨고, 세 사람은 저녁 식탁에 둘러앉았다.

요아킴은 아버지가 먼저 운전 면허증 이야기를 꺼내기 전에는 아무 말도 하지 않기로 마음먹었다. 그리고 전혀 다른 질문을 던졌다.

"그런데 순례 여행이라는 건 무엇이죠?"

부모님은 아들이 갑자기 순례 여행에 관심을 보이는 태도가 이상해 보였다. 왜냐면 '순례 여행'이라는 말은 어린 아들이 쓰기에는 꽤 어려운 말이었기 때문이다. 아버지는 그라탱을 다 먹고 나서 말문을 열었다.

"순례 여행은 신성한 장소에 찾아가는 여행을 말한단다. 그곳에 찾아가는 사람을 '순례자'라고 하지."

"시규르 요르살파르처럼요? 그 사람은 예루살렘까지 여행했어요. 그래서 '예루살렘을 찾는 사람'이라는 이름을 얻었죠."

어머니와 아버지는 서로 의미심장한 눈길을 주고받았다.

"학교에서 시규르 요르살파르에 대해 배웠니?" 어머니가 요아킴에게 되물었다.

요아킴은 고개를 저었다. 소년은 이제 운전 면허증 이야기를 꺼낼 때가 되었다고 생각하며 아버지에게로 시선을 돌렸다.

"아버지, 운전 면허증 찾으셨나요?"

"아니, 아직 못 찾았단다." 아버지는 조금 짜증 난 표정을 지었다.

"제가 가지고 있어요."

요아킴은 자리에서 일어나 방에 두었던 운전 면허증을 가지고 나왔다. 소년은 그것을 아버지에게 건네며 의기양양한 미소를 지어 보였다.

그러나 아버지는 이맛살을 잔뜩 찌푸렸다.

"도대체 이걸 어디서 찾았니? 요아킴, 설마 네가…."

요아킴은 아버지가 후회할 말을 내뱉기 전에 얼른 선수를 쳐야겠다고 생각했다.

"대림절 달력을 사러 갔다가 서점에 두고 오셨어요."

그러자 아버지는 대낮에 천사의 방문을 받기라도 한 듯이 갑자기 낯빛이 환해지면서 기분 좋게 미소를 지었다. 따지고 보면 틀린 말은 아니었다. 천사가 서점 주인을 시켜 아버지 운전 면허증을 가져다주었다고 볼 수도 있지 않은가?

"오늘 서점 주인 할아버지가 오셔서 전해주고 가셨어요." 요아킴이 설명했다.

부모님은 그제야 영문을 알아차린 듯이 고개를 끄덕였다.

"참 고마운 분이구나." 아버지가 말했다.

"친절한 분이야. 당신도 그렇게 생각하지 않소?" 아버지는 어머니를 돌아보며 말했다.

"그리고 아버지는 정신을 다른 데 두고 다니시는 분이죠…." 요아킴도 끼어들어 한마디 했다.

12월 5일

…마침내 때가 되어
후손들은 선조의 길을 따를 것이다…

요아킴은 자기 대림절 달력에 다른 달력들과 달리 초콜릿이나 플라스틱 장난감이 아니라 전혀 다른 것이 들어 있다는 사실이 무척 흐뭇했다. 게다가 아버지는 아직도 요아킴의 달력에 단지 그림만 들어 있는 줄 알고 있었다.

이 마법의 대림절 달력은 75외레밖에 하지 않을 정도로 아주 쌌지만, 거기에는 2천 년 전 베들레헴에서 태어난 아기 예수를 맞이하러 가는 엘리사벳과 아기 양의 이야기가 들어 있었다. 이야기는 모두 24개의 종이쪽지에 나뉘어 쓰여 있으니 매일 하나씩 읽으면 전체 이야기를 읽는 데 24일이 걸릴 것이다. 각각의 이야기는 순례자 일행에 매번 새로운 인물이 합류하는 것으로 끝났다.

12월 5일은 토요일이었다. 부모님은 주말이면 평소보다 훨씬 늦게 일어났다. 하지만 요아킴은 평소와 마찬가지로 아침 7시에 눈을 떴다. 몸을 일으킨 소년은 대림절 달력 겉면에 그려진 그림을 자세히 살펴보았다.

그림 속 양치기는 이야기에 등장하는 요스바처럼 지팡이를 손에 들고 있었다. 요아킴은 이런 모습을 처음으로 눈여겨보게 되었다. 전에는 왜 이것을 보지 못했을까?

요아킴은 마법의 대림절 달력 겉면에 그려진 그림을 볼 때마다 늘 무언가 새로운 것을 찾아내곤 했다. 분명히 원래 있던 그림 그대로인데, 왜 요아킴의 눈에는 매일 새로운 것이 띄는 것일까? 어쩌면 그림이 스스로 변하는 것은 아닐까? 정말로 그림이 마술을 부리는 것일까?

요아킴은 숨을 크게 쉬면서 꼼짝도 하지 않고 앉아서 그림을 들여다보았다.

아, 그래서 이 낡은 대림절 달력이 신비로운 거야! 겉면에 그려진 그림은 애초에 완성된 상태가 아니었던 거야! 미완성의 달력의 주인이 각각의 날짜에 숨겨져 있는 종이쪽지에 적힌 이야기를 읽을 때마다 그림도 거기에 맞춰서 달라지는 것이 틀림없어. 그런데 정말 이런 그림을 만드는 것이 가능한 일일까?

요아킴은 빵을 구울 때도 반죽이 발효되어 부풀어 오른 뒤에 오븐에 넣지 않으면 빵이 완성되지 않는다는 것을 잘 알고 있었다. 소년은 부모님을 도와 자주 빵을 구워 보았기에 이 과정에 효소가 필요하다는 것도 알고 있었다. 소년은 어렸을 때 어머니 배 속에 있는 아기는 작은 빵 같은 존재라고 믿었다.

따지고 보면 이 세상도 스스로 완성해가는 하나의 작품이 아닌가? 쉴 새 없이 변해서 영원히 완성될 수 없는 그림처럼.

요아킴은 여전히 꼼짝도 하지 않고 마법의 대림절 달력을 뚫어지라 바라보았다. 만약 하느님이 이 세상을 스스로 완성해가는 이 그림처럼 창조했다면, 대림절 달력에서 스스로 완성해가는 이 작은 그림 하나를 만들어내는 것은 식은 죽 먹기였을 것이다.

요아킴은 천천히 숨을 내쉬었다. 달력 그림의 양치기는 엘리사벳 일행과 베들레헴으로 향하던 요스바가 틀림없었다. 문제는 요아킴이 서점에서 달력을 사던 바로 그 시점에도 달력 그림 속 양치기가 지팡이를 들고 있었느냐는 것이었다. 어쩌면 이 물음에 대한 대답은 영원히 얻을 수 없을지도 몰랐다. 어쨌든 매일 새롭게 다른 점을 찾아볼 수 있는 달력의 그림은 신비롭기 짝이 없었다. 물론 달력에 숨겨진 다른 비밀들도 신비스럽기는 마찬가지였다.

소년은 달력의 날짜 뒤에 그려져 있는 손바닥만 한 그림들도 눈여겨보았다. 첫 번째 그림에는 엘리사벳과 백화점 안에 있던 아기 양이 그려져 있었다. 다음 그림에는 숲 속의 천사, 구식 자동차, 지팡이를 손에 든 양치기 모습이 차례차례 그려져 있었다.

요아킴은 '5' 자가 쓰인 달력의 문을 살짝 열어보았다. 거기에는 나무배 한 척이 그려져 있었다. 배 안에는 양치기와 천사, 작은 소녀와 몇 마리 양이 들어 있었다. 요아킴은 그들이 누구인지 잘 알고 있었다. 소년은 곧 꼬깃꼬깃 접힌 종이쪽지를 펼쳐놓고 거기에 적힌 글을 읽기 시작했다.

세 번째 양

엘리사벳, 아기 양, 천사, 엄마 양과 양치기는 스웨덴의 자갈길과 들풀이 여기저기 솟아난 마찻길을 달렸다. 누런 황금색 들판을 지나고 나무가 빽빽이 들어찬 푸른 숲을 가로질러 가다 보니 바닷가 작은 도시가 나타났다. 부두에는 거센 바닷바람에 밀려 파도가 몰아치고 있었다. 먼바다 한가운데에는 세 개의 높다란 돛대가 서 있는 배 한 척이 보였다. 마을 언저리에 커다란 성도 보였다.

"이곳은 '할란'이라는 지역이야." 천사 에피리엘이 말했다. "이 도시 이름은 '할름스타드'라고 하지. 저 아래 파도치는 곳은 '카테갓'이라고 한단다. 지금 우리는 1789년에 와 있어."

"여기도 스웨덴인가요?" 엘리사벳이 물었다.

에피리엘은 고개를 끄덕였다.

"이곳은 얼마 전까지만 해도 덴마크 영토였지."

양치기 요스바는 시간에 맞추어 목적지에 도착하려면 서둘러야 한다며 일행을 재촉했다. 남쪽으로 내려올수록 높은 산과 언덕은 점점 사라지고 자연경관은 평평해지기 시작했다. 들판과 바다 사이에 성당 건물과 집들이 옹기종기 모여 있는 작은 마을이 보였다.

일행은 나무가 빽빽한 숲으로 들어갔다. 요스바는 갑자기 발길을 멈추고 자작나무 아래서 무릎을 꿇고 앉았다. 그의 발치에는 덫에 걸려 발버둥 치는 양 한 마리가 보였다.

"이 덫은 사람들이 산토끼나 여우를 잡으려고 놓은 겁니다."

요스바는 양의 발에 칭칭 감긴 올가미를 풀면서 말을 이었다.

"이젠 이 양도 우리와 함께 베들레헴으로 갈 겁니다."

천사 에피리엘은 고개를 끄덕였다.

"물론 그래야죠."

그러자 양은 마치 대답이라도 하는 듯이 메~ 하고 울었다.

일행은 다시 걷기 시작했다. 아기 양과 두 마리 엄마 양이 앞장서고, 양치기가 그 뒤를 따랐다. 엘리사벳 한센과 천사 에피리엘은 맨 뒤에서 걸었다.

마을에 도착한 일행은 문 옆에 높다란 첨탑이 서 있는 오래된 성당 앞에서 걸음을 멈추었다. 천사는 그곳이 '스코네'라는 지역이며 도시 이름은 '룬드'라고 알려주었다.

"지금 시점은 1745년이야. 이 대성당은 수백 년 동안 이 자리를 지켜왔어. 이 세상 곳곳에 성당이 세워졌지. 그 이유는 물론 베들레헴에서 태어난 아기 예수님을 찬양하기 위해서였어. 땅에 떨어진 씨앗 한 톨에서 싹이 트고 줄기가 자라고 열매를 맺고, 그 열매에서 또 씨앗이 떨어져 자라면서 들판 전체를 뒤덮은 셈이지."

엘리사벳은 천사의 말을 곰곰이 생각해보았다.

"안에 들어가 봐도 되나요?"

천사는 고개를 끄덕였다. 일행은 곧 성당 안으로 들어갔다. 이번에도 양들이 앞장섰고, 그 뒤를 양치기, 엘리사벳이 따랐다.

엘리사벳은 성당 내부의 아름다움에 놀라지 않을 수 없었다. 거대한 오르간에서 흘러나오는 곡은 너무도 아름답고 힘차서 눈물이 핑 돌았다.

그 모습을 본 천사가 말했다.

"눈물이 나면 마음껏 울어도 돼. 저 아름다운 곡은 요한 제바스티안 바흐라는 음악가가 만들었어. 바흐는 이 시대에 살던 독일 음악가였지. 하지만 그의 음악은 전 유럽에 널리 퍼졌어. 눈물이 나는 것이 놀랄 일도 아니고 부끄러워할 일도 아니야. 하지만 그의 음악을 하늘나라의 신성함에 비한다면 아무것도 아니야."

오르간 연주를 방해하는 것은 이따금 메~ 메~하고 울어대는 양들의 울음소리와 성당 안을 여기저기 뛰어다니는 아기 양의 목에 달린 방울 소리뿐이었다.

검은 옷을 입고 성가대에서 노래를 부르던 한 남자가 일행에게 다가왔다. 그는 성당의 주임 사제 같았다.

"썩 나가시오!" 그는 화난 목소리로 외쳤다. "룬드의 대성당은 보잘것없는 양들이 돌아다니는 외양간이 아닙니다!"

천사 에피리엘이 그의 앞으로 불쑥 나섰다. 그는 양 날개를 활짝 벌리고 장엄한 목소리로 말했다.

"목회자여, 분노하지 마시오! 그대는 아기 예수님 또한 보잘것없는 외양간에서 태어났다는 사실을 잊었습니까? 예수님이 선한 목자였다는 사실을 잊었단 말입니까?"

천사의 말에 사제는 갑자기 말문이 막혔다. 아주 오래된 성당의 주임 사제라고 해도 실제로 천사를 본 적은 없었기 때문이다. 사제는 무릎을 꿇고 앉아 두 손을 맞잡았다.

"주님을 찬미하고 주님께 영광을 돌립니다!" 그가 큰 소리로 외쳤다.

무릎 꿇고 고개 숙인 사제 앞에 서 있던 천사는 일행을 향해 눈짓했다. 조용히 성당을 나가자는 신호였다.

"이런 순간은 절대 오래가서는 안 되는 법이야." 천사가 말했다. "어쩌면 그 사제는 천사를 보았다고 주교에게 보고할지도 몰라. 주교는 그 보고를 무시해버릴 수도 있지만, 룬드 대성당에서 기적이 일어났다고 세상에 알릴지도 모르지. 어쨌든 주교는 저 무식한 사제한테 '목자'라는 말의 원래 뜻이 '양치기'라는 사실을 알려줄 필요가 있어."

요스바는 지팡이로 성당 벽을 탕탕 두드렸다.

"베들레헴으로! 베들레헴으로!"

일행은 온갖 새들이 소리 높여 지저귀는 넓은 공원에 도착했다. 그때 그들을 향해 두 명의 병사가 말을 타고 달려왔다.

"멈추시오!"

병사들은 말 위에서 허리를 굽혀 양치기 요스바를 붙잡으려고 했다. 그 순간, 어찌 된 일인지 병사들은 일행이 보는 앞에서 흔적도 없이 사라지고 말았다.

엘리사벳은 너무 놀라 벌어진 입을 다물지 못했다.

"병사들이 사라졌어요!" 소녀가 외쳤다.

천사는 은 쟁반에 진주 구슬이 구르는 듯한 목소리로 웃음을 터뜨렸다.

"그래, 어떻게 보면 사라졌다고 말할 수 있지. 하지만 엄밀히 말해서 사라진 것은 그 병사들이 아니라 바로 우리란다. 그 병사들은 우리가 순식간에 사라진 걸 깨닫고 너무 놀라서 말에서 떨어졌을지도 몰라."

엘리사벳은 여전히 놀라움을 감추지 못했다. 에피리엘은 소녀를 진정시키려고 다시 한 번 설명했다.

"우리는 지금 두 가지 여행을 동시에 하는 중이야. 하나는 유다이아에 있는 베들레헴을 향해 지도에 나온 대로 남쪽으로 가는 여행이고, 다른 하나는 아기 예수님이 태어나신 다비드의 도시로 가기 위해 역사와 시간을 거슬러 올라가는 여행이지. 아주 희귀한 여행이야. 아마 사람들은 대부분 이것이 불가능하다고 생각할 거야. 하지만 하느님에게 불가능한 일은 없단다. 때가 되었어. 후손들이 선조의 뒤를 따를 때가 온 거지."

엘리사벳은 천사의 말을 한 마디 한 마디 모두 가슴에 새겨두었다.

"이렇게 여행하면 여러 가지 위험을 피할 수 있어서 좋지." 요스바가 천사의 말을 이었다. "오만한 사제나 과격한 병사들을 피하려고 장소를 옮기는 것이 아니라 시간을 옮겨서 여행하고 있으니까. 대략 15분에서 30분 정도면 얼마든지 가능한 일이야."

일행은 다시 걷기 시작했다. 얼마 후 그들 앞에는 넓은 들판과 작은 마을이 나타났다. 더 멀리 햇살을 머금고 반짝이는 바다가 보였다. 일행은 인적이 전혀 없는 황량한 바닷가에 도착했다.

"이곳은 외레순이야." 에피리엘이 말했다. "지금 시점은 1703년이군. 우리는 1600년대 말로 접어들기 전에 덴마크로 가야 해."

"저기 배 한 척이 보입니다." 요스바는 지팡이를 들어 목선을 가리켰다.

그들은 배에 올라탔다. 먼저 양들이 오르고, 뒤이어 엘리사벳과 에피리엘이 배에 올랐다. 양치기 요스바는 뭍에 서서 배를 힘껏 밀어 선체가 움직이기 시작하자 배 위로 뛰어올랐다.

천사 에피리엘은 힘차게 노를 저었다. 노는 거품을 만들며 물을 갈랐고 배는 파도에 부딪혀 뒤뚱거리며 앞으로 나아갔다. 아기 양의 목에 달린 방울이 쉴 새 없이 딸랑딸랑 울렸다.

그때 맨 뒤에 앉아 있던 요스바가 앞을 가리키며 말했다.

"저기 덴마크가 보입니다."

요아킴의 눈앞에도 덴마크가 보이는 듯했다. 하지만 그것은 상상일 뿐이었다.

소년은 엘리사벳이 시간을 거슬러 과거로 여행할 수 있다는 것이 아무래도 이상했다. 아기 예수가 태어나고 2천 년이 흘렀다고 생각하니 그 또한 이상하게 여겨지긴 마찬가지였다. 더군다나 예수에 관한 이야기가 2천 년이라는 긴 세월 동안 끊임없이 전해져 요아킴도 알고 있다는 사실이 신기하기만 했다.

그리고 엘리사벳도 아주 특별한 경로로 여행하고 있었다. 그런 일이 어떻게 가능한지 이해하기는 너무도 어렵게만 느껴졌다.

부모님은 오늘도 아침에 일어나자마자 대림절 달력의 새 그림을 보러 요아킴의 방으로 들어왔다. 소년은 엘리사벳과 에피리엘, 요스바와 세 마리의 양이 타고 있는 배를 손가락으로 가리켰다. 하지만 공원에서 어떤 일이 있었는지는 한 마디도 입 밖에 내지 않았다. 일행이 룬드 대성당을 찾았던 일도 말하지 않았다. 만약 그 이야기를 하면, 부모님은 틀림없이 어떻게 대성당에 대해 알게 되었느냐며 되물을 것이 틀림없었다. 하지만 요아킴은 이미 대림절 달력에 들어 있는 종이쪽지에 대해서는 입을 다물기로 작정한 터였다. 소년은 오늘도 이 쪽지를 할머니가 선물로 준 비밀 상자에 잘 넣어두었다.

아침 식사가 끝나고 요아킴의 가족은 크리스마스 선물을 사러 시내에 갔다. 우편으로 트론헤임과 남부 지방 몇몇 도시에 선물을 보내야 했기에 서둘러야 했다.

그들은 대형 백화점 두 곳에 차례차례 들렀다. 장난감 가게가 있는 이 층에 올라가자 요아킴은 대림절 달력 이야기에 나오는 엘리사벳을 떠올렸다.

엘리사벳이 아기 양을 따라 달리기 시작했던 장난감 가게는 바로 여기였을까? 게다가 오래된 에스컬레이터도 가까이 있었다. 하지만 시끌벅적한 장난감 가게 안의 소음을 피해 아기 양과 엘리사벳이 달아났던 것은 너무도 오래된 옛날 일이 아니었던가?

소년은 어머니를 올려다보았다.

"이 가게는 얼마나 오래되었을까요? 한 사십 년쯤 되었을까요?"

어머니는 의아한 눈초리로 아들을 바라보았다.

"글쎄… 사십 년도 더 된 것 같은데?"

요아킴은 그제야 알 것 같았다. 어쩌면 이 장난감 가게는 엘리사벳과 아기 양이 도망쳤던 바로 그 가게인지도 몰랐다. 소년은 엘리사벳과 아기 양의 마음을 이해할 수 있을 것 같았다. 왜냐면 이처럼 넓고 시끌벅적한 가게에 가는 것을 소년도 그리 좋아하지 않았기 때문이다. 게다가 지금도 사방에서 딸랑딸랑하고 들리는 계산대 금전출납기 소리에 짜증이 나던 참이었다.

온종일 덴마크에 도착한 엘리사벳과 에피리엘에게 과연 무슨 일이 일어날지 궁금해하다 보니 그날은 더욱 시간이 느리게 가는 것만 같았다. 밤에 침대에 누운 요아킴은 신비스러운 대림절 달력을 올려다보았다.

온갖 비밀로 가득한 달력을 옆에 두고 잔다는 것은 초콜릿 한 조각을 먹는 것조차 금지된 초콜릿 공장에서 사는 것이나 마찬가지였다.

12월 6일

…낙타는 체스판의 룩처럼
자유자재로 움직일 수 있어…

일요일 아침, 요아킴은 지난밤 한 번도 깨지 않고 아주 깊이 잤기 때문인지, 마치 눈을 한 번 감았다가 떴더니 아침이 된 것 같은 느낌이 들었다. 그러나 가만히 생각해보니 무언가 꽤 요란한 꿈을 꾼 것 같기도 했다. 하지만 무슨 꿈을 꾸었는지 전혀 기억할 수 없었다. 어쨌든 예사롭지 않은 꿈을 꾼 것만은 분명한 것 같았다.

소년은 마침내 지난밤 어떤 꿈을 꾸었는지 기억해냈다. 꿈속에서의 대림절 달력에는 수많은 초콜릿 조각이 들어 있었다. 그 초콜릿 조각들은 달력의 작은 문을 열자마자 살아나서 밖으로 뛰어나왔다. 요아킴은 깜짝 놀라 그것들을 쓸어 모아 비밀 상자에 넣어두었다. 크리스마스이브가 되어 요아킴이 비밀 상자를 열었을 때 24개의 작은 초콜릿 조각은 기다렸다는 듯이 상자에서 빠져나와 창문을 통해 밖으로 도망쳐버렸다. 그들은 아기 예수가 태어난 베들레헴으로 간다고 했다. 요아킴은 예수가 모든 인간을 사랑했다는 사실을 이미 잘 알고 있었지만, 초콜릿도 엄청나게 좋아하셨다는 사실도 알게 되었다.

요아킴은 그렇게 꿈속에서 초콜릿 조각들이 살아 움직였다는 사실을 떠올리자 저절로 웃음이 나왔다. 참으로 엉뚱한 꿈이었다. 그리고 어제 시내 백화점에 갔다가 오래전 엘리사벳이 갔을지도 모르는 장난감 가게에 들러보았다는 사실도 떠올렸다.

소년은 몸을 일으켜 대림절 달력의 여섯 번째 칸을 열어보았다. 그림에는 둥근 탑이 보였으나 나중에 자세히 살펴보기로 하고 먼저 종이쪽지부터 펴보았다.

카스파르

엘리사벳과 천사 에피리엘, 양치기 요스바와 세 마리의 양이 탄 배가 덴마크 해안에 도착하자 흑인 한 사람이 밝은 표정으로 그들을 맞이했다.

그를 가장 먼저 발견한 사람은 엘리사벳이었다. 천사는 뭍을 등지고 노를 젓고 있었고, 요스바는 양들에 온통 정신이 팔렸기 때문이었다.

"저기 흑인 한 사람이 서 있어요."

엘리사벳이 그렇게 말하자, 천사는 뒤로 흘낏 눈길을 던지더니 담담하게 말했다.

"저 사람도 우리 일행이 될 거야."

흑인은 황금 단추가 달린 짙은 색 망토를 걸치고, 붉은색 트리코트 바지를 입고 있었으며, 양가죽 신발을 신고 있었다. 그는 보트를 힘차게 당겨 뭍으로 끌어올렸다. 양들은 기다렸다는 듯이 뛰어나갔고, 배에서 내린 일행은 그 흑인과 인사를 나누었다.

망토를 걸친 흑인은 엘리사벳의 손을 잡고 허리를 굽혀 정중하게 인사했다.

"만나서 반갑다, 귀여운 아가씨. 셸란에 온 것을 진심으로 환영해. 나는 누비아의 왕, 카스파르야."

"저는 엘리사벳입니다." 소녀도 무릎을 살짝 굽히며 정중하게 인사했다.

하지만 처음 겪어보는 이런 상황에 당황해서 어떻게 처신해야 할지 몰라 막막하기만 했다. 문득 소녀는 '노르웨이에서 온 엘리사벳 한센이라고 합니다'라고 조금 더 길게 자신을 소개하지 않은 것을 후회했다. 하지만 누비아의 왕에게 자신을 그렇게 소개해 봤자 웃음거리만 되었으리라는 생각도 들었다.

"이분은 외스테를란에서 온 세 명의 동방박사 중 한 사람이란다." 천사 에

피리엘은 감격에 겨운 목소리로 나직이 속삭였다.

"세 명의 신성한 왕 중 한 사람으로도 알려졌지요." 요스바가 고개를 끄덕이며 덧붙였다.

엘리사벳은 그들의 말을 듣자 더욱 당황해서 안절부절못했다. 소녀는 자신을 토텐의 공주라고 소개할 걸 그랬나 하는 생각도 했다. 만약 그렇게 소개했다면, 누비아의 왕은 소녀를 토텐을 어느 나라의 이름으로 알아들었을 것이 분명했다.

흑인 왕은 다시 허리를 굽히며 말을 이었다.

"여러분을 만나게 되어 기쁘기 그지없습니다. 저는 이곳에서 꽤 오랫동안 여러분을 기다렸습니다. 그러다가 결국 1701년과 1699년의 해를 깨금발로 건너뛰어야 했지요."

엘리사벳은 그의 말이 너무도 이상하게 들렸다. 혹시 꿈을 꾸는 것이 아닌가 싶어 두 눈을 비벼보기도 했다. 땅바닥에 분필로 그려놓은 선을 깨금발로 폴짝 뛰어넘을 수는 있겠지만, 어떻게 해를 뛰어넘을 수 있단 말인가?

카스파르는 엘리사벳의 속마음을 알아차리기라도 한 듯이 말을 이었다.

"나는 1701년에 이 바닷가에 왔습니다. 그때 이곳에 있던 낚시꾼 몇 사람이 나를 보고 너무 놀랐기에 나는 다시 되돌아갈 수밖에 없었습니다. 그래서 1700년으로 갔지요. 그때부터 나는 여기 앉아서 외레순을 바라보고 있었습니다. 그런데 어느 날 코펜하겐의 성에서 기마병 두 사람이 내게 다가왔습니다. 흑인 왕을 발견한 그들도 깜짝 놀라기는 마찬가지였습니다. 당시만 해도 덴마크에 있던 흑인이라고는 나밖에 없었으니까요. 적어도 신성한 왕 중 한 사람은 나밖에 없었답니다. 그래서 어디를 가든 사람들의 이목을 집중시켰지요. 오래된 습관은 달라지기 어렵습니다. 새로운 것에 익숙해지기도 역시 어렵지요. 그래서 나는 1699년으로 돌아갔습니다. 그때부터 여기 서서 여러분을 기다리고 있었습니다. 그동안 나는 단 한 마리의 동물도, 단 한 명의 사람도 보지 못했습니다. 나는 태양과 달을 피해 몸을 숨기지 않았습니다. 하늘의 별도 마찬가지였습니다. 왜냐면 하늘의 별은 하느님과 너무도 가까이 있는 존재여서 지구의 인간들을 두고 이렇다저렇다 구시렁거리지는 않으니까요."

엘리사벳은 그가 하는 말을 모두 알아들을 수 없었지만, 그가 대단히 현명한 사람이라는 것만큼은 짐작할 수 있었다. 그는 너무도 높은 경지의 지혜를 갖춘 사람이었기에 엘리사벳은 그를 제대로 쳐다볼 수도 없었다.

안절부절못하던 엘리사벳은 양치기 요스바가 지팡이로 땅바닥을 툭툭 치는 소리를 듣자 그제야 안심했다.

"베들레헴으로! 베들레헴으로!"

일행은 다시 순례를 계속했다. 맨 앞에 양 세 마리가 걸어가고, 그 뒤에는 양치기 요스바와 카스파르 왕, 맨 뒤에는 엘리사벳과 에피리엘이 나란히 서서 걸었다.

그들은 대도시의 널찍한 마찻길에 당도했다. 에피리엘은 그곳이 코펜하겐의 왕궁 앞이라고 알려주었다. 이른 아침이었기에 길은 텅 비어 있었다.

엘리사벳은 이처럼 큰 도시에서 지나가는 자동차가 한 대도 보이지 않는다는 사실이 왠지 기분 좋게 느껴졌다. 물론 마차가 다니는 길에 말똥이 여기저기 눈에 띄는 것은 어쩔 수 없는 일이었다. 사실 그것은 엘리사벳이 토텐에 사는 사촌 집에 갔을 때도 흔히 볼 수 있었던 광경이었다.

"지금 시점은 1648년이야." 천사 에피리엘이 말했다. "크리스티안 4세가 왕위에서 물러난 해이기도 하지. 그는 아주 어릴 적부터 덴마크와 노르웨이를 다스렸던 왕이란다."

"노르웨이도 함께 다스렸다고요?" 엘리사벳이 되물었다.

"그래, 노르웨이도 함께 다스렸어. 당시에 노르웨이는 덴마크 영토 일부에 지나지 않았단다. 노르웨이의 크리스티안산과 콩스베르크 시를 만든 사람도 바로 크리스티안 크바르츠 왕이었지. 그는 오슬로에 크리스티아니아라는 이름도 지어주었어. 그리고 노르웨이를 무척 좋아해서 자주 노르웨이를 방문했단다."

덴마크의 수도 코펜하겐의 중심가에 도착한 그들은 한쪽에 둥근 탑이 서 있는 커다란 성당 앞에서 걸음을 멈추었다.

"이 둥근 탑은 크리스티안 왕이 삼위일체 성당을 위해 지어올린 것이란다." 에피리엘은 다시 말을 이었다. "왕은 대부분 성당의 뾰족하고 높은 첨탑이 보기에는 참 아름답지만, 별로 쓸모가 없다는 점을 많이 아쉬워했지. 그래서 둥근 탑을 만들게 해서 성당의 탑 역할도 하고, 천체를 관측하는 관측대 역할도 하게 했단다. 하늘에 떠 있는 별의 움직임을 관찰하는 장소로 사용했던 거지. 세계 최초의 천체 망원경이 만들어진 것도 바로 이 시기란다."

"참 이상한 조합이군요." 엘리사벳이 말했다.

소녀는 자기도 가끔 뭔가 현명한 말을 한마디쯤 하고 싶었다. 어렵게 말문을 떼어 보았지만, 끝까지 말을 잇지는 못했다. 왜냐면 동방박사가 고개를 절레절레 저었기 때문이다.

"하늘의 별들도 하느님이 만들어낸 것입니다. 그래서 하늘의 별을 관측한다는 것도 하느님을 찬양하는 의식에 포함될 수 있지요. 그나저나 여기서는 사막이나 낙타도 찾아볼 수 없었으니까요." 그는 엘리사벳의 반응을 살피지도 않고 말을 이었다. "동방박사 중 한 사람은 별을 관찰하는 가장 좋은 방법이 사막을 걸어가는 낙타 등에 앉아 별을 보는 것이라고 했습니다. 탑에 올라앉아 별을 보는 것과 비슷하겠지요. 하지만 낙타는 이리저리 이동할 수 있습니다. 마치 체스판의 '룩'이라는 탑처럼 생긴 말과 마찬가지지요. 낙타한테 몹시 어려운 일은 바로 바늘구멍으로 들어가는 것이랍니다."

엘리사벳은 놀란 눈으로 동방박사를 바라보았다. 소녀는 낙타의 등을 탑과 비교하는 것이 옳지 않다고 생각했다. 사막을 체스판과 비교하는 것에도 동의할 수 없었다.

카스파르는 헛기침을 하고 나서 말을 이었다.

"이런 관측대의 단점은 전혀 움직이지 않고 제자리에 가만히 있다는 것입니다. 나는 천 년 이상이나 제자리에서 꼼짝도 하지 않고 서 있는 탑을 많이 보아왔습니다. 오래된 탑들은 시간이 흘러도 똑같은 풍경밖에 볼 수 없어서 매우 지겨워합니다. 반면에 오가는 사람들만큼은 지겨워하지 않고 볼 수 있어서 나쁘지 않습니다. 어쩌면 탑한테 통찰력과 지혜를 주었던 것은 바로 사람들이 아니었을까요?"

엘리사벳은 카스파르의 말에 진지하게 고개를 끄덕였다. 카스파르는 그 모습을 보며 미소 지었다. 그는 열성적으로 손짓해가며 다시 말을 이었다. 엘리사벳에게 더 많은 이야기를 들려주고 싶었던 모양이었다.

"현명해지는 방법에는 두 가지가 있습니다. 하나는 세상 밖으로 나가 여행하며 하느님의 창조물을 되도록 많이 만나는 것입니다. 다른 하나는 한자리에 뿌리를 내리고 주변에서 일어나는 일들을 유심히 관찰하며 공부하는 일입니다. 문제는 이 두 가지 방법을 동시에 병행할 수는 없다는 것이죠."

엘리사벳은 동방박사의 현명한 말에 감동해 박수를 보냈다. 그리지 에피리엘과 양치기 요스바도 함께 손뼉을 치기 시작했다. 카스파르는 자기가 했던 현명한 말에 만족해서 다른 이들과 함께 손뼉을 쳤다.

엘리사벳은 늘 현명하게 생각하고 현명하게 말해서 남들에게 박수를 받는 다면, 재미도 있고 뿌듯할 것 같다는 생각이 들었다.

동방박사는 엘리사벳의 생각을 꿰뚫어보았는지 다시 말을 이었다.

"현명하게 생각한다는 것은 서커스와 비슷합니다. 내가 말하는 서커스는 광대나 코끼리가 등장하는 서커스가 아니라 생각의 서커스입니다. 말이 나왔으니 하나만 더 짚고 넘어가겠습니다. 나는 서커스 광대들과 코끼리한테도 늘 고마워하고 있답니다."

카스파르가 말을 마치자 요스바가 지팡이로 길바닥을 내리쳤다.

"베들레헴으로! 베들레헴으로!"

양들을 앞장세운 일행은 양치기, 동방박사, 천사, 엘리사벳의 순서로 걸었다.

도시를 빠져나와 한적한 시골 길에 이르니 바람에 흔들리는 누런 황금색 곡식과 낙엽수가 보이기 시작했다. 엘리사벳은 덴마크가 높낮이라고는 찾아볼 수 없이 매우 평평한 나라라고 생각했다. 이미 알고 있던 사실이었지만, 거리를 메운 높다란 건물마저도 보이지 않으니 더 평평하게 보였다. 솟아 있는 건물이라고는 드문드문 보이는 성당 건물밖에 없었다. 그 성당들은 모두 베들레헴에서 탄생한 아기를 찬양하고자 지어진 것이었다.

일행은 곧 바다를 등진 작은 마을에 도착했다. 에피리엘은 그 마을 이름이 '코르쇠르'라고 알려주었다. 그 바다는 셸란 섬과 퓐 섬 사이에 있는 스토레벨트 해협이라고 했다.

일행을 발견한 마을 사람들은 놀라서 바닥에 털썩 주저앉거나 깊이 머리를 숙였다. 하지만 그 상황은 오래가지 않았다. 눈 깜짝할 사이에 일행은 이미 보름이나 지나버린 과거에 도착했기 때문이었다. 과거에 도착했어도 일행을 본 사람들이 놀라기는 마찬가지였다. 바로 그 때문에 당시에는 천사를 보았다고 주장하는 사람들이 많았던 것이다.

요스바는 바닷가에 있는 커다란 목선 한 척을 가리켰다.

"저 배를 빌려 타야 할 것 같군요. 서두릅시다. 조금 있으면 1600년대로 들어가게 되니까요."

말을 마친 그는 양들을 몰고 배 위로 뛰어올랐다.

엘리사벳은 천사에게 이렇게 남의 배를 마음대로 탈 수는 없지 않으냐고 물었다. 그러자 천사는 예수도 예루살렘에 들어갈 때 노새를 빌려 탔다고 대답했다.

잠시 후, 일행은 스토레벨트 해협 한가운데에 이르렀다. 천사와 흑인 왕 카스파르는 각각 하나씩 노를 쥐고 저었다. 동방박사는 힘차게 노를 젓는 에피리엘과 박자를 맞추려고 땀을 뻘뻘 흘리며 안간힘을 쓰고 있었다.

대림절 달력을 보러 어머니가 방에 들어왔을 때, 요아킴은 쪽지에 적혀 있던 이야기를 절대 입 밖에 내지 않겠다던 결심을 깜박 잊어버렸다.

어머니는 허리를 숙이고 그림을 살펴보았다.

"이건 바빌론의 탑 같구나."

요아킴은 고개를 저었다.

"아니에요. 이건 코펜하겐에 있는 둥근 탑이에요."

어머니는 놀란 표정을 지으며 그를 바라보았다.

"누가 그런 이야기를 해줬지?"

"잘 모르겠어요." 요아킴은 당황해서 얼버무렸다. 그 말은 요아킴이 무언가를 물었을 때 대답을 찾지 못한 어머니가 자주 하던 말이었다. "그런데 탑에

도 여러 가지가 있어요. 예를 들어 체스판에도 탑처럼 생긴 '룩'이라는 말이 있
잖아요. 그런 탑은 제자리에 가만히 서 있잖아요. 하지만 움직이지 않는 탑에서
밖을 내다보면 매번 같은 풍경을 보게 되니 참 지루할 거예요. 하지만 그렇게 하
면 통찰력을 얻을 수 있다는 좋은 점도 있어요."

어머니는 두 손을 맞잡았다. 요아킴은 자기가 참으로 현명한 말을 했기
에 어머니가 기뻐한다고 생각했다. 하지만 어머니의 입에서 나온 말은 예상과
전혀 달랐다.

"세상에…. 요아킴, 도대체 넌 어디서 그런 이야기들을 주워들은 거니?"

12월 7일

…하늘나라에서는 이것을 두고
사람들이 조금 과장했다고 생각한단다…

요아킴은 오후 내내 덴마크의 어느 바닷가에 앉아 외레순에서 건너올 엘리사벳과 천사 에피리엘, 양치기 요스바를 기다리던 흑인 동방박사 카스파르에 대한 생각을 지울 수 없었다.

　카스파르는 일행이 오리라는 것을 어떻게 알고 있었을까? 천사 에피리엘이 누비아의 왕과 1699년에 만나자고 미리 약속했던 것일까? 아무리 봐도 그들이 우연히 만난 것 같지는 않았다. 천사는 바닷가의 카스파르를 보자마자 '그도 우리 일행'이라고 말하지 않았던가?

　이야기는 백화점의 장난감 가게에 있던 아기 양이 온갖 시끌벅적한 소음을 견디지 못하고 가게를 뛰쳐나갔던 것으로 시작되었다. 엘리사벳이 아기 양을 뒤쫓아 간 것은 어쩌면 처음부터 계획에 없던 일이었는지도 모른다. 하지만 숲 속에 있던 천사는 그들이 지나가리라는 것을 이미 알고 있었던 것 같았다.

　요아킴은 백발의 서점 주인을 떠올렸다. 그는 마법의 대림절 달력이 집에서 만든 것 같다고 했다. 요아킴도 그 말에 동의했다. 실제로 그 달력은 누군가가 집에서 가위로 종이를 오리고 풀로 붙여 만든 것 같았다. 더구나 긴 이야기가 적힌 얇은 종이를 꼬깃꼬깃 접어 달력 속에 넣어둔다는 것은 집에서 직접 만든 달력이 아니면 할 수 없는 일이었다.

만약 그 달력을 만든 사람이 요한네스였다면, 사진의 주인공 엘리사벳의 이름을 이야기에 등장하는 소녀에게 붙여주었을 가능성이 컸다. 하지만 그 이유는 무엇일까? 그는 왜 마법의 대림절 달력을 만들어 서점에 놓아두었던 것일까? 누가 가져갈지도 모르는 채….

그날 저녁, 잠자리에 든 요아킴은 달력의 지난 날짜 뒤에 숨겨져 있던 그림을 다시 한 번 찬찬히 살펴보았다. 그 순간, 갑자기 그림이 변한 것 같다는 느낌이 들었다. 구유 앞에 무릎을 꿇고 앉아 있던 세 동방박사 중 한 사람의 피부가 마치 누비아 왕 카스파르의 피부처럼 검게 변했던 것이다. 왜 전에는 이것을 보지 못했을까! 소년은 지금까지 매일 아침 벽에 걸린 마법의 대림절 달력을 들여다보았다. 하지만 동방박사 중 한 사람의 피부가 검다는 것은 처음 발견한 사실이었다.

왜 전에는 이것을 발견하지 못했을까? 혹시 대림절 달력 그림이 시간이 흐르면 색이 변하는 마법의 물감으로 칠해진 것은 아닐까? 아니, 어쩌면 요아킴은 전체 그림을 꼼꼼하게 살펴보지 못했을 수도 있었다.

소년은 결국 시간이 흐를수록 달력 그림의 색이 점점 더 선명해지고 있다는 사실을 깨달았다.

요아킴은 불을 끄기 전에 다시 한 번 그림에 등장하는 양치기들과 천사들, 요셉과 마리아, 동방박사와 아기 예수를 들여다보았다. 엘리사벳은 지금 그곳으로 가고 있었다. 어떻게 보면 요아킴도 엘리사벳과 함께 베들레헴으로 가는 중이었다.

다음 날 아침 눈을 뜬 요아킴은 달력의 일곱 번째 칸의 문을 열었다. 거기에는 높은 담벼락 앞에서 풀을 뜯는 양 한 마리가 그려져 있었다. 소년은 여러 번 접어놓은 종이쪽지를 펴서 글을 읽기 시작했다.

네 번째 양

엘리사벳 한센과 양치기 요스바, 그리고 세 마리의 양은 천사 에피리엘과 동방박사 카스파르가 노를 젓는 배에 앉아 스토레벨트 해협을 건넜다.

"곧 육지에 닿을 거야." 에피리엘이 말했다. "이곳이 바로 퓐 섬이지. 지금은 아기 예수님이 베들레헴에서 태어나신 해로부터 1599년이 지난 시점이란다."

뭍에 오른 일행은 목장과 커다란 도랑 사이에 있는 높다란 성을 향해 달려갔다.

"이곳은 뉘보르그 성이야. 북유럽에서 가장 오래된 왕궁이지." 에피리엘이 설명했다.

엘리사벳은 목장 한가운데를 가리키며 소리쳤다. "저기 양이 있어요!"

천사는 고개를 끄덕였다.

"저 양도 우리 일행에 합류하게 될 거야."

그들은 목장을 함께 가로질러 걸었다. 가장 앞쪽에는 세 마리의 양과 양치기 요스바가 걸었고, 그 뒤로는 동방박사 카스파르와 엘리사벳, 천사 에피리엘이 따랐다.

성안의 건물 사이에서 느닷없이 병사 한 명이 나타났다. 그는 창을 높이 치켜들며 소리쳤다. "양 도둑! 양 도둑 잡아라!"

다음 순간, 어디선가 서너 명의 병사가 달려왔다. 하지만 천사 에피리엘이 모습을 드러내자 그들은 무기를 던지고 머리를 양손으로 감싸 안은 채 길 위에 엎드렸다.

"두려워하지 마라." 천사는 부드러운 목소리로 말했다. "나는 너희에게 기쁜 소식을 알리러 왔노라. 이 양은 우리와 함께 아기 예수님이 탄생하신 베들레헴

으로 갈 것이다."

병사 한 명이 조심스럽게 머리를 들었다. 그는 일행을 향해 '양 도둑'이라고 소리쳤던 바로 그 병사였다.

"양을 데려가시고 저희에게 자비를 베푸소서."

양은 그의 말을 알아듣기라도 한 듯이 이미 일행과 함께 있었다. 요스바는 지팡이로 바닥을 내리치며 소리쳤다.

"베들레헴으로! 베들레헴으로!"

일행은 푸른 목장을 가로질러 달렸다. 가장 앞쪽에는 네 마리 양과 양치기 요스바, 그 뒤를 카스파르와 에피리엘, 엘리사벳이 따랐다.

강가에 다다른 그들은 나직한 집 사이로 비좁은 골목길이 사방팔방 얽혀 있는 작은 마을로 들어갔다. 마을 언저리에는 사각형 탑이 솟아 있는 오래된 석조 건물이 보였다.

"저것은 이곳 오덴세에 있는 크누트 대성당이란다." 천사 에피리엘이 설명했다. "1086년 이곳에서 목숨을 잃은 성인 크누트를 기리기 위해 세웠지."

엘리사벳은 황금과 진주 알이 반짝이는 에피리엘의 손목시계를 가리켰다.

"천사 시계로는 지금이 어느 시대인가요?"

"지금은 1537년이란다. 인쇄술의 발명으로 성경이 전 세계 언어로 인쇄되기 시작한 해이기도 하지. 이전에는 모든 책을 손으로 썼기 때문에 일반인은 책을 구경도 못 했어. 그래서 극히 일부 성직자들만 성경을 읽을 수 있었단다. 하지만 이제는 많은 사람이 책을 읽을 수 있게 되었어. 전 국민이 학교 교육을 받게 되었던 것도 바로 이 시기였단다."

천사의 말을 귀 기울여 듣고 있던 카스파르도 끼어들었다.

"몇 년 전에 폴란드 출신 천문학자 코페르니쿠스라는 사람이 살았단다. 그는 지구가 둥글고 태양을 중심으로 돈다고 주장했지. 현명한 선지자들은 이미 그 사실을 알고 있었지만, 사람들은 대부분 그의 말이 너무나 새로워서 엉뚱하다고 생각했단다. 하지만 배를 타고 바다를 항해하는 사람들은 지구가 둥글다는 사실을 실제로 경험하고 입증해주었어. 1492년 콜럼버스도 미국을 향해 항해하면서 지구가 둥글다는 사실을 증명했지. 그 후 많은 스페인 사람들이 배를 타고 미국으로 건너가 그곳에 사는 원주민들을 학살하고 학대하는 슬픈 일도 생겼단다. 나는 그들이 사막에서 평화롭게 살아갔으면 좋았겠다고 생각했어. 따지고 보면 사막의 낙타만큼 평화로운 동물도 없거든. 크리스마스의 의미도 따지고 보면 이 세상 모든 사람에게 평화가 깃들기를 바란다는 데 있지 않겠니?"

엘리사벳은 동방박사가 들려준 이야기에서 절반밖에 알아듣지 못했다. 그의 말을 다시 곰곰이 되새기려는데 양치기 요스바가 지팡이로 땅바닥을 내리치며 소리쳤다.

"베들레헴으로! 베들레헴으로!"

산봉우리에 다다른 일행은 아래쪽의 퓐 섬을 내려다보았다. 쟁기를 끄는 말과 수레를 끄는 황소도 보였다.

"이곳은 그리 평평하지 않군요." 종종걸음으로 걷던 엘리사벳이 숨을 헐떡이며 말했다. "하지만 여기도 덴마크죠?"

천사는 고개를 끄덕였다.

"맞아, 우리는 아직 덴마크 영토 안에 있단다. 덴마크 사람들은 이런 산봉우리들을 아주 자랑스러워 해. 지금 우리는 산봉우리에 서 있지만, 해발 고도로 따진다면 백여 미터밖에 안 되는 높이란다. 저 아래 왼쪽에 보이는 작은 언덕은 '퓐의 알프스'라고 부르기도 한단다. 어떤 야산은 '하늘나라의 산'이라고도 부르지. 하늘 나라에 사는 우리가 보기에 이런 이름은 과장되었다고 생각할 수밖에 없지."

일행이 잠시 걸음을 멈추자 카스파르가 말문을 열었다.

"아무리 가진 것이 적어도 만족하고 기뻐하는 것은 아주 중요하단다. 적은 것이 아예 없는 것보다는 나으니까."

엘리사벳은 가만히 서서 생각에 잠겼다.

"만약 지구가 언덕이나 산이라고는 하나도 없이 매끄러운 공처럼 둥글기만 하다면, 작은 돌산 하나도 아주 소중하게 여겨질 것 같아요. 그 돌산이 지구를 통틀어 하나밖에 없다면 얼마나 소중하겠어요?"

"너도 이제 세상을 보는 눈을 조금씩 뜨기 시작하는구나." 카스파르는 고개를 끄덕이며 말했다.

엘리사벳은 칭찬받은 것 같아 어깨를 으쓱했다. 하지만 카스파르가 무슨 뜻으로 그렇게 말했는지는 이해하지 못했다.

"현명한 생각은 전염성이 강하단다." 동방박사가 말을 이었다. "너는 동방박사 한 사람과 함께 지낸 시간이 그리 길지 않아도 하늘나라의 성스러운 지혜가 어떤 것인지 조금은 맛본 것 같구나. 잘됐어!"

엘리사벳은 오랜만에 그럴듯한 말을 했다는 생각에 기분이 좋아졌다. 용기가 생긴 소녀는 다시 한 번 현명한 말을 해보았다.

"만약 지구가 달처럼 작다면, 지구가 더 컸으면 좋겠다고 불평하는 사람들도 없을 것 같아요."

카스파르는 한 손을 소녀의 머리에 얹으며 말했다.

"맞는 말이야. 설령 지구가 콩알만큼 작더라도, 지구의 탄생과 관련된 거대한 수수께끼는 더 작아지지 않을 거야. 콩알은 어디서 생겨날까? 그것도 역시 신의 창조물 중 하나거든. 콩알 하나를 만들어내는 것도 태양계 전체를 창조하는 일만큼이나 어렵고 신비스러운 일이란다."

하지만 엘리사벳은 동방박사의 말이 한껏 과장되었다고 생각했다. 만약 지구가 정말로 콩알만 하다면 에덴동산에서 쫓겨난 아담과 이브도 지구에서 살 수 없었을 테니 말이다.

동방박사는 엘리사벳이 엉뚱한 이야기를 늘어놓을까 봐 서둘러 말을 계속했다.

"하늘에 별이 하나밖에 없다고 하더라도, 그 별은 이 세상 모든 별을 합친 것만큼이나 신비롭고 고귀한 것이라고 할 수 있지. 달이 하나밖에 없다고 불평하는 사람을 만나 본 적이 있니? 없을 거야. 만약 저 하늘에 백 개의 달이 있다면 서로 부딪치고 우왕좌왕하느라 큰 혼란에 빠질 것이 틀림없어. 사람들은 너무 많은 것을 가지게 되면 그것들을 하나하나 살펴볼 시간도 없고, 귀하게 여기지도 않을 거야. 밤하늘을 가득 메운 별을 본 적이 있니? 그중에서 하나의 특별한 별만을 찾아보기는 몹시 어렵지."

엘리사벳은 그의 말이 맞는다고 생각했다. 소녀는 자주 밤하늘의 수많은 별을 올려다보았지만, 하나의 특정한 별을 마음먹고 찾아본 적은 없었기 때문이었다.

카스파르는 말을 계속했다.

"나는 하느님이 인간을 버릇없는 응석받이로 만들어놓으셨다고 생각해. 왜냐면 하느님은 인간을 위해 너무도 많은 것을 한꺼번에 만들어주셨거든. 그래서 인간은 하느님을 제대로 볼 수가 없단다. 하지만 바로 그 덕분에 하느님은 인간을 피해 쉬실 수 있게 되었단다. 만약 하느님이 오직 네 명의 인간, 세 그루의 나무, 두 마리의 양, 여덟 마리의 낙타만 창조하셨다면 어딘가에 숨어서 쉬실 수도 없었을 거야. 만약 드넓은 바다에 단 한 마리의 물고기만 있다면 인간들은 그 물고기가 어디서 왔는지 무척 궁금했을 거야. 그 물고기를 누가 만들었는지 쉴 새 없이 물었을지도 모르지."

그는 잠시 말을 멈추고 주위를 돌아보았다. 엘리사벳은 그가 방금 아주 현명한 말을 하고 나서 박수를 기다린다고 생각했다. 그래서 조심스럽게 손뼉을 치기 시작했다. 그러자 다른 이들도 모두 소녀를 따라 손뼉을 쳤다.

"자, 자…. 됐어요. 박수를 받을 만한 말도 아닌데…."

그는 마음을 가다듬은 것 같았다.

"물론, 그것이 별것 아니라고 말할 수는 없지만…."

일행은 비좁은 해협 옆에 있는 작은 마을로 들어섰다.

"이 해협은 '릴레벨트'라고 하고, 이 작은 마을은 '미델파르트'라고 부른단다." 천사 에피리엘이 말했다. "시점은 1504년이구나."

엘리사벳이 해협을 어떻게 건널지 미처 물어보기도 전에 양치기 요스바가 작은 부두에 매여 있는 배 한 척을 가리켰다. 배에서 그물을 끌어 올리던 청년은 천사 에피리엘을 보자 너무 놀라 그물을 놓아버리고 뱃전에 엎드려 머리를 숙였다.

"두려워 마시오." 에피리엘이 말했다. "우리는 아기 예수님이 탄생하신 신성한 마을로 가는 중입니다. 릴레벨트 해협을 건너야 하는데, 우리를 도와줄 수 있겠소?"

"아멘." 청년이 중얼거렸다. "아멘, 아멘…."

천사는 '아멘'이라는 말이 '그렇게 이루어지리라'라는 뜻이라는 것을 잘 알고 있었다. 네 마리 양과 일행은 배 위로 올라갔다.

노를 저어 해협을 건너는 동안 청년은 천사 에피리엘에게서 눈을 떼지 못했다. 그가 진짜 천사를 본 것은 아마도 난생처음이었을 것이다. 그는 흑인 동방박사 카스파르에게는 눈길도 주지 않았다.

엘리사벳은 생각에 잠겼다.

만약 천사가 일행 중에 없었더라면, 청년은 흑인 동방박사를 뚫어지게 바라보았을 것이다. 만약 동방박사마저 없었다면, 청년은 엘리사벳을 바라보지 않았을까? 그렇다, 세상은 그런 것이다. 문득 엘리사벳은 세상이 참 불공평하다는 생각이 들었다.

일행이 탄 배가 건너편 육지에 도달하자, 양들이 가장 먼저 배에서 뛰어내렸다. 일행은 노를 저어 데려다준 청년에게 손을 흔들어 고마움을 표시했다. 청년은 쉴 새 없이 같은 말만 되풀이했다.

"아멘, 아멘…."

요아킴이 종이쪽지에 적힌 글을 다 읽자마자 어머니가 방에 들어왔다. 소년은 얼른 종이를 구겨 손에 숨겼다. 하지만 어머니는 요아킴이 무언가를 숨기고 있다는 것을 눈치챘다.

"지금 손에 쥐고 있는 건 뭐니?"

"아무것도 아니에요. 빈손이에요."

"어디 한번 보자."

요아킴은 손가락이 하얗게 변할 정도로 종이를 쥐고 있는 손에 힘을 주었다.

"이건 크리스마스 선물이에요."

'크리스마스 선물'이라는 말은 마법의 단어와도 같았다. 어머니의 얼굴에는 어느새 환한 미소가 번졌다.

"내게 줄 선물이니?"

요아킴은 고개를 끄덕였다. 그 말은 사실이었다.

"그럼, 못 본 것으로 할게." 어머니가 기분 좋게 말했다. "그런데 그게 정말 크리스마스 선물이니? 그렇다면 아주 작은 것 같은데?"

"아무것도 아닌 것보다는 비교할 수 없을 정도로 큰 거예요."

어머니는 요아킴의 말에 웃으며 밖으로 나갔다.

요아킴은 사람들이 크리스마스와 관련 있는 모든 것을 너무도 특별히 여긴다는 사실이 이상하다고 생각했다. 어쩌면 그것은 사람들에게 이 세상에서 가장 큰 비밀인지도 몰랐다.

소년은 어머니가 오해했다고 생각했다. 손에 쥐고 있던 것은 결코 어머니의 말처럼 작은 선물이 아니었다.

12월 8일

…지구에 흩뿌려진

하늘나라의 아름다운 것들은…

12월의 여덟 번째 날, 요아킴은 어머니가 깨울 때까지 늦잠을 잤다. 여느 때 같았으면 가족 중에서 가장 먼저 잠에서 깼을 텐데, 그날은 어머니가 먼저 일어나 요아킴을 깨웠다.

어머니는 요아킴의 머리를 쓰다듬으며 말했다.

"이제 일어나야지, 요아킴. 벌써 7시 30분이야. 오늘은 일찍 학교에 가는 날이잖아."

소년이 몸을 일으키며 가장 먼저 생각난 것은 머리맡에 걸려 있는 마법의 대림절 달력이었다.

어머니는 아들의 생각을 알아차렸는지 웃으며 말했다.

"대림절 달력을 열어볼 시간은 있으니 걱정하지 마라."

요아킴은 재빨리 머리를 굴렸다. 너무도 빨리 생각했기에 어머니가 다음 말을 하기도 전에 이미 수많은 생각을 할 수 있었다.

"달력을 열어볼 거야? 오늘은 네가 달력을 열어보는 걸 나도 보고 싶구나."

앗, 이러면 안 되는데! 요아킴은 어머니의 눈앞에서 대림절 달력을 열어볼 수 없었다. 그러면 달력 안에 있는 종이쪽지도 어머니가 보게 될 텐데…. 그 일만큼은 피해야 했다. 소년은 달력에 들어 있던 비밀 쪽지들을 차곡차곡 모아서 크리스마스이브에 잘 포장한 다음 부모님께 선물할 계획이었다. 소년은 그 선물이 세상에서 가장 현명한 크리스마스 선물이 되리라고 확신했다.

"아직 잠에서 덜 깬 모양이구나." 어머니가 말을 이었다. "그럼, 오늘은 너 대신 내가 달력을 열어볼까?"

"아, 안 돼요!" 요아킴이 화들짝 놀라 소리쳤다. 어머니도 예상치 못했던 아들의 고함을 듣고 깜짝 놀랐다.

그것은 요아킴이 아침에 일어나서 처음으로 내뱉은 말이었다. 다른 말들은 모두 그의 머릿속에서만 맴돌 뿐이었다.

"학교에 다녀와서 달력을 열어볼게요. 왜냐면… 여유 있게 천천히 열어보고 싶으니까요."

소년은 얼른 침대에서 내려왔다. 어머니가 대림절 달력을 열어보겠다고 더 고집을 부리기 전에 얼른 방에서 나가야겠다고 생각했기 때문이었다.

"그래, 네 마음대로 하렴."

어머니는 옷을 입는 요아킴을 뒤로하고 부엌으로 갔다.

요아킴이 학교에서 돌아오니, 대문 앞에 낯선 남자가 서 있었다. 전에 본 적이 없는 사람이었기에 요아킴은 못 본 척하고 지나쳐 대문을 열었다. 그러자 낯선 남자가 요아킴에게 다가왔다.

"네가 요아킴이니?"

아버지가 일찍 눈을 치워놓은 깨끗한 대문 앞에서 요아킴은 낯선 남자를 향해 몸을 돌렸다. 그는 꽤 나이가 많아 보였고, 무척 선량해 보였다. 그래도 요아킴은 낯선 사람이 자기 이름을 알고 있다는 사실이 조금 불쾌했다. 하지만 묻는 말에는 예의 있게 대답해야 했다.

"예. 제가 요아킴이에요."

낯선 남자는 고개를 끄덕였다. 그는 대문 앞으로 바짝 다가와서 담벼락에 몸을 기댔다. 그는 녹색 모자를 쓰고 있었다.

"그럴 줄 알았다."

그의 말투는 어딘지 모르게 좀 이상했다. 어쩌면 외국 사람인지도 몰랐다.

"네가 아주 근사한 대림절 달력을 얻었다고 들었다."

요아킴은 깜짝 놀랐다. 대체 이 낯선 남자가 어떻게 대림절 달력에 대해 알고 있을까?

"마법의 대림절 달력이에요." 요아킴이 대답했다.

낯선 남자는 고개를 끄덕였다.

"마법의 대림절 달력이라…. 그래. 가격은 75외레밖에 하지 않을 정도로 싸지…. 참, 내 이름은 요한네스야. 가끔 시내에서 꽃을 팔기도 한다."

요아킴은 깜짝 놀라서 아무 말도 할 수 없었다. 대림절 달력 속의 쪽지에는 어느 날 갑자기 천사를 만난 사람들의 이야기가 쓰여 있다. 요아킴은 바로 지금 자기가 천사를 만난 것만 같은 기분이 들었다.

요아킴은 꽃장수 요한네스를 만났다는 사실에 기분이 들떠 뭔가 아주 멋지고 중요한 말을 하고 싶었다. 하지만 머릿속에서는 아무 말노 떠오르지 않았다.

"그런데 제가 여기 사는 건 어떻게 알고 찾아오셨나요?"

요한네스는 미소 지으며 대답했다.

"좋은 질문이야. 너도 알다시피 나는 자주 서점에 들른단다. 서점에 가는 걸 아주 좋아해. 엊그제 마침 서점에 들른 김에 대림절 달력이 어디로 갔는지 주인한테 물어보았지."

요아킴이 고개를 끄덕이자, 요한네스는 다시 말을 이었다.

"네 아버지가 운전 면허증을 깜박 잊고 두고 갔던 건 내겐 행운이었단다. 그 운전 면허증이 없었더라면 너를 찾기가 훨씬 어려웠을 테니 말이야. 하지만 너도 날 만나러 시내에 오려고 했지?"

요아킴은 그의 말이 맞는다고 생각하며 고개를 끄덕였다.

두 사람은 잠시 아무 말 없이 가만히 서 있었다. 그러다가 요아킴이 침묵을 깨고 먼저 말을 꺼냈다.

"대림절 달력에 이상한 쪽지가 들어 있다는 것도 알고 계시나요?"

낯선 남자는 요아킴의 말에 의미심장한 미소를 지었다.

"그걸 아는 사람은 이 세상에서 나밖에 없었어. 이젠 한 사람 더 늘었구나. 바로 너 말이야."

요아킴은 고개를 들어 남자를 쳐다보았다.

"달력은 집에서 직접 만드신 건가요?"

요한네스는 미소를 지으며 혼잣말처럼 대답했다.

"맞아. 집에서 만들었지. 아주 오래전. 거기 얽힌 사연도 있단다. 그건 그렇고, 달력의 오늘 날짜 문은 열어보았니?"

요아킴은 고개를 저었다.

"부모님 앞에서는 달력을 열 수 없었어요. 달력 속에 이상한 쪽지가 있다는 걸 부모님께 알리고 싶지 않았거든요. 저는 그 쪽지들을 잘 포장해서 부모님께 드리는 선물로 크리스마스트리 밑에 놓아둘 생각이에요."

요한네스는 손뼉을 쳤다.

"참 좋은 생각이로구나. 그런데 어제 달력은 열어보았니? 핀 섬에 있는 아주 오래된 성에서 양 한 마리를 얻었지. 그리고 천사 에피리엘은 성을 지키는 병사들에게 '두려워하지 마라'라고 말했단다."

요아킴은 요한네스가 모든 것을 알고 있다는 데 놀라지 않을 수 없었다.

"마법의 대림절 달력을 만든 사람은 바로 할아버지인가요?"

"그렇다고 할 수도 있고, 아니라고 할 수도 있어…."

요아킴은 그가 등을 돌리고 가버릴까 봐 은근히 겁이 났다. 그래서 서둘러 다른 질문을 던졌다.

"쪽지에 적힌 이야기는 실제로 일어났던 일인가요, 아니면 할아버지가 지어낸 이야기인가요?"

요한네스의 표정이 갑자기 심각해졌다.

"질문하는 건 좋은 일이야…. 그런데 그 질문에 대답하기는 쉽지 않구나."

"저는 서점 창가에 있는 사진 속 여인과 마법의 대림절 달력에 나오는 엘리사벳이 같은 사람인지 궁금해요."

요한네스는 무겁게 한숨을 쉬었다.

"서점 주인 영감이 그 낡은 사진에 관해서도 이야기한 모양이구나. 그래…. 이젠 더 숨길 일도 아니야. 나도 이젠 늙어 살날이 얼마 남지 않았으니까. 하지만 아직 크리스마스가 되려면 멀었잖니. 엘리사벳에 대해선 다음번에 만나 이야기하도록 하자."

노인은 한 걸음 뒤로 물러났다.

"사벳… 테바스….." 그는 혼잣말로 알 수 없는 단어들을 중얼거렸다.

요아킴은 그가 무슨 말을 하는지 전혀 이해할 수 없었다. 어쩌면 그는 아무도 듣지 않으리라 생각하고 혼자 중얼거렸는지도 몰랐다.

"인제 가봐야겠다. 하지만 우리는 곧 다시 만날 거야. 우리 인간들은 옛날이야기를 통해 서로 얽히고설켜 살게 마련이니까."

그는 돌아서서 왔던 길로 되돌아갔다.

요아킴은 궁금했던 것들을 모두 물어보지 못해 가슴이 답답했다. 예를 들어 대림절 달력의 겉면을 덮은 커다란 그림이 정말 매일 펼쳐보는 작은 쪽지 속 이야기에 따라 변하는지 알고 싶었다.

요아킴은 얼른 방으로 들어가서 달력의 '8' 자 칸을 열어보았다. 거기에는 아기 양 한 마리를 어깨에 둘러멘 양치기가 그려져 있었다. 소년은 달력에서 툭 떨어진 종이쪽지를 주워 조심스럽게 펼쳐보았다.

야콥

예수가 태어난 지 1499년이 지난 그해 말, 한 명의 양치기와 한 명의 동방박사, 한 명의 천사, 그리고 노르웨이에서 온 한 명의 작은 소녀는 함께 배를 타고 윌란으로 향하는 릴레벨트 해협을 건넜다. 노를 젓던 청년은 '아멘'이라는 한 마디만 쉬지 않고 반복했다. 윌란에 도착하기 전, 일행은 외레순에서 스토레벨트 해협을 건너 덴마크에 도착했다.

"우리는 운이 좋았어요!" 뭍에 오른 카스파르가 소리쳤다.

"예. 다음번까지는 한참 멀었으니까요." 요스바가 대답했다.

천사 에피리엘은 이들의 말에 고개를 끄덕여 대답했다.

"베들레헴에 도착하기 전에 한 번만 더 고생하면 돼."

그들이 서로 맞장구 쳐가며 하는 말을 들으면서 엘리사벳은 이해할 수 없어 고개를 갸우뚱했다. 도대체 무슨 이야기를 하고 있는 것일까?

"베들레헴은 여기서 엄청나게 멀지 않아요?" 소녀가 물었다.

"맞아. 아주 멀지." 천사가 대답했다. "거리로 따지면 아주 멀고, 시간으로 따지면 아주 긴 곳이란다. 하지만 인제 바다를 한 번만 더 건너면 베들레헴에 도착할 거야. 흑해에서 다시 배를 타야 한단다."

네 마리의 양 뒤에 양치기 요스바와 흑인 동방박사 카스파르, 그 뒤에는 천사 에피리엘과 노르웨이에서 온 엘리사벳 한센이 따랐다. 그들이 피요르드 안쪽에 있는 작은 마을에 이르렀을 때 마을 한쪽에 커다란 성이 보였다.

"여기는 쇤데르윌란에 있는 '콜딩'이라는 마을이란다." 천사 에피리엘이 말했다. "이 마을은 이미 수백 년 전부터 상업의 중심지로 자리를 잡았단다. '콜딩후스'라고 부르는 저 성은 덴마크 왕이 머물던 곳이야. 지금 시점은 예수님이 탄생하신 해를 기점으로 1488년이란다."

양치기 요스바가 지팡이로 바닥을 내리치며 외쳤다.

"베들레헴으로! 베들레헴으로!"

일행은 작은 언덕으로 올라가 주변을 둘러보았다. 곳곳에 아름다운 꽃들이 만발해 있었다. 때는 이른 여름이었다.

엘리사벳은 언덕의 풀밭을 달리며 아래쪽을 가리켰다.

"저 예쁜 들꽃들 좀 보세요!"

천사는 온화하게 웃으며 고개를 끄덕였다.

"하늘나라의 아름다움이 지구에도 흩뿌려진 거야. 하늘나라에는 신성하고 아름다운 것들이 너무도 많아서 자주 넘쳐 지구에까지 떨어진단다."

엘리사벳은 천사의 말을 한 마디 한 마디 가슴속 깊이 새겨두었다.

그때 갑자기 양치기가 걸음을 멈추고 앞서 가던 양들을 가리켰다.

"아기 양이 사라졌어요!"

그는 길게 설명할 필요도 없었다. 사라진 아기 양은 목에 방울을 달고 백화점에서 도망친 바로 그 아기 양이라는 사실을 모두 알고 있기 때문이었다. 사방을 둘러보았지만, 아기 양의 흔적을 찾을 수 없었다. 마치 땅속으로 꺼져버린 것만 같았다.

"아기 양이 어디로 갔을까요?" 엘리사벳은 방금 양치기 요스바가 아기 양이 사라졌다고 말했지만, 답답한 마음에 다시 물어보았다. 요스바는 고개를 절레절레 흔들었다.

"양들은 너무나 사랑스럽고 털이 눈처럼 희기 때문에 바라보기만 해도 눈이 즐겁지. 하지만 양 떼를 보살피기는 결코 쉽지 않단다. 목에 방울을 달아놓아도 별로 도움이 되지 않아. 아기 양 한 마리를 보살피다 보면 어느새 다른 아기 양이 사라져버리지. 사라진 아기 양을 겨우 찾아오면, 또 다른 양이 사라져버리기 일쑤야. 그러고 보면 양치기는 아주 힘든 직업이야. 특히 양들을 데리고 베들레헴까지 가는 데에는 엄청난 노력이 필요하단다. 이미 말했듯이, 잃어버린 양을 찾으러 돌아다니다 보면 다른 양이 사라져버리곤 하니까."

엘리사벳은 눈물을 글썽거렸다. 양치기 요스바가 말을 마쳤을 무렵, 저 멀리서 한 남자가 다가왔다. 요스바와 비슷한 옷을 입은 그는 어깨에 아기 양을 둘러메고 있었다.

"우리 일행 중 한 사람이군." 에피리엘이 말했다.

그는 엘리사벳의 발치에 아기 양을 내려놓고 나서 요스바에게 손을 내밀어 악수를 청하며 말했다.

"나는 야콥이라고 한다네. 목장의 두 번째 양치기지. 내 임무는 일행과 함께 베들레헴으로 가는 양들을 돌보는 것일세. 나도 다비드의 도시에서 탄생한 새로운 왕께 인사를 드리러 갈 걸세."

엘리사벳은 너무나 기뻐 손뼉을 쳤다. 요스바는 지팡이를 바닥을 내리치며 외쳤다.

"베들레헴으로! 베들레헴으로!"

두 명의 양치기는 양들 뒤에서 걸었고, 그 뒤를 흑인 동방박사 카스파르와 천사 에피리엘, 그리고 엘리사벳이 따랐다.

일행이 오랜 상업 도시인 플렌스부르크를 지날 무렵, 천사 에피리엘이 말했다.

"지금 시점은 1402년입니다. 이제 곧 독일 국경에 다다르면 거기서부터 중세 시대로 접어들 것입니다."

요아킴은 어두커니 서서 생각에 잠겼다. 천사 에피리엘은 들판을 뒤덮은 들꽃을 보고 하늘나라의 아름다움이 넘쳐 지구로 떨어져 내린 것이라고 했다. 어쩌면 이런 아름다운 표현은 꽃장수만이 할 수 있지 않을까?

소년은 요한네스를 만났다는 말을 부모님에게 하지 않았다. 그랬다가는 달력에 들어 있는 종이쪽지의 비밀도 털어놓아야 할 것 같아서였다.

요아킴은 갑자기 너무나 많은 비밀이 생긴 것 같아 머리가 터질 지경이었다.

12월 9일

늙은 꽃장수 요한네스는 물 한 잔을 얻어 마시러 가끔 서점에 들렀다. 무더운 여름날에는 컵에 든 물을 머리에 쏟아 붓고 서점을 나서기도 했다. 어떤 때는 서점 주인에게 물을 뿌려주기도 했다고 한다.

가끔 그는 물을 준 서점 주인에게 감사의 표시로 꽃을 계산대에 놓아두기도 했다. 한 번은 서점 유리창 앞에 엘리사벳이라는 여인의 초상화를 놓아두었다. 그 여인은 누구일까? 그녀는 지금도 살아 있을까?

그는 아주 오래된 대림절 달력을 서가의 책 사이에 끼워둔 적도 있었다. 그것은 가격이 75외레밖에 되지 않는 아주 값싸고 오래된 마법의 대림절 달력이었다.

서점에서 그 마법의 대림절 달력을 발견한 사람은 요아킴이었다. 서점 주인은 요아킴에게 달력을 공짜로 주었다. 소년은 달력에서 꼬깃꼬깃 접힌 얇은 종이쪽지들을 발견했다. 쪽지에는 베들레헴으로 향하는 순례자들의 이야기가 적혀 있었다.

요아킴은 나이 많은 꽃장수를 이미 만났다. 그는 대림절 달력에 대해 많은 것을 아는 것 같았지만, 쉽사리 입을 열려고 하지 않았다. 그는 크리스마스까지는 아직 한참이나 남아있으니 엘리사벳에 대해서는 다음에 만나 이야기해 주겠다고 말했다.

그런데 그가 혼잣말처럼 중얼거렸던 말은 도대체 무엇일까?

요아킴은 오후 내내 그 생각에서 헤어날 수가 없었다. "사벳… 테바스."

도대체 '사벳'과 '테바스'는 누구일까? 아니, 그것은 사람이 아니라 어떤 사물인지도 모른다. 모르긴 하지만, 이 두 개의 단어는 마법의 대림절 달력과 관련이 있지 않을까?

소년은 잠자리에 들기 전, 내일 아침에 자고 일어났을 때 잊지 않으려고 그 두 개의 이상한 단어를 공책에 적어놓았다. 그런데 사벳(SABET)을 거꾸로 읽으니 테바스(TEBAS)가 된다는 것을 발견했다. 테바스를 거꾸로 읽으면 사벳이 되는 것은 물론이었다.

소년은 너무도 이상해서 이 두 개의 단어를 다음과 같이 공책에 다시 적어보았다.

S
A
TEBAS
E
T

이 마법의 단어가 던지는 수수께끼를 풀 수 있다면, 대림절 달력에 얽힌 비밀도 풀 수 있지 않을까?

소년은 문득 서점 주인이 했던 말을 떠올렸다. 그는 나이 많은 꽃장수가 정신이 조금 나간 것 같다고 말하지 않았던가? 하지만 요아킴이 보기에 꽃장수 요한네스는 전혀 정신 나간 사람 같지 않았다. 물론, 다른 사람 머리에 물을 뿌리는 것이 평범한 일은 아니다. 하지만 요아킴도 그런 일은 얼마든지 할 수 있었다.

12월 9일 아침, 자리에서 일어난 요아킴은 부모님이 일어나기 전에 서둘러 대림절 달력을 열어보았다. 그림에는 피리를 불고 있는 한 청년이 보였다. 그리고 아이들이 길게 줄을 지어 그 청년 뒤를 따라가고 있었다.

　　요아킴은 그림을 한참 뚫어지게 들여다보고 나서 여러 번 접혀 있는 종이 쪽지를 펼쳤다. 그리고 편한 자세로 앉아서 종이에 적힌 글을 읽기 시작했다.

다섯 번째 양

때는 1378년. 세 마리의 양과 목에 방울을 단 아기 양은 독일의 한자 도시인 함부르크에 이르렀다. 양들 뒤에는 하늘색 옷을 입은 두 명의 양치기가 걷고 있었다. 양치기 중 한 명은 남쪽 나라에서나 볼 수 있는 지팡이를 들고 있었다. 그들 뒤에는 화려한 옷을 입은 흑인 동방박사가 걷고 있었고 일행의 맨 뒤에서는 몸집이 작은 소녀가 짤막한 다리로 힘겹게 따라가고 있었다. 소녀의 뒤를 허공에서 미끄러지듯이 움직이는 천사가 따르고 있었다.

이른 일요일 아침이었다. 거리는 오래된 야콥 성당의 아침 미사에 참석하려는 사람들로 붐볐다. 그들은 엘리사벳 일행을 발견하고 놀라서 양팔을 활짝 벌렸고, 어떤 이들은 손을 들어 두 눈을 가리기도 했다. 또 어떤 이들은 큰 소리로 이렇게 외쳤다.

"주님께 영광을!"

하노버에서도 몇 년 전 이와 비슷한 일이 있었다. 1351년, 대부분 유럽을 강타한 페스트로 수많은 사람이 목숨을 잃은 지 몇 년이 채 지나지 않은 때였다. 시내 중심가에 있는 광장은 이른 월요일 아침이었지만 여기저기서 모인 사람들로 가득했다. 낡고 해진 옷을 입은 농부들과 아낙네들이 수확한 농작물을 팔려고 모여들었다. 그중에는 페스트로 가족이나 친지를 잃은 사람이 대부분이었다. 그러나 이상하게도 오가는 사람들은 어른들뿐, 아이들의 모습은 보이지 않았다. 지평선 위로는 새로운 날을 알리는 해가 서서히 고개를 내밀었다.

양들은 광장 안으로 뛰어들었다. 그중 한 마리가 채소 판매대를 쳐서 넘어뜨렸다. 양들 뒤로는 이상한 사람들이 나란히 걷고 있었다. 두 명의 양치기, 이국적이고 화려한 옷을 입은 흑인 남자, 그리고 그들 뒤를 등에 날개를 달고 흰 옷을 입은, 남자인지 여자인지 모를 사람이 따르고 있었다. 일행의 맨 뒤에는 작은 소녀가 종종걸음으로 걷고 있었다. 소녀는 양배추를 쌓아둔 수레에 걸려 넘어졌고, 일행이 광장을 떠난 뒤에도 그 자리에서 일어나지 못했다.

엘리사벳은 천사 에피리엘과 다른 이들이 모두 사라졌음을 깨닫고는 훌쩍이며 울기 시작했다. 소녀는 백화점에서부터 아기 양을 따라 달려 나온 이후 벌써 두 번이나 넘어졌다. 게다가 이번에는 넘어지는 바람에 일행과 떨어졌다. 주변을 돌아보니 낯선 사람들뿐이었다. 소녀는 아는 사람이 아무도 없는 낯선 나라에서, 그것도 전혀 낯선 시간대에 홀로 남겨진 것이다.

광장에 모인 사람들은 신기하다는 듯이 엘리사벳을 에워싸고는 호기심 가득한 눈초리로 소녀를 내려다보았다. 어떤 남자는 소녀를 건드리기가 두려운지 발끝으로 툭 차고는 코에 주름을 지으며 투덜거렸다. 그러자 한 노파가 사람들을 헤치고 다가와 엘리사벳을 부축해 일으켰다. 노파는 엘리사벳에게 뭐라고 말했지만, 소녀는 그 말을 한마디도 알아들을 수 없었다. "저는 베들레헴으로 가야 해요." 엘리사벳이 말했다.

"하멜른? 하멜른?" 노파는 같은 말을 되풀이했다.

"아니요!" 엘리사벳은 흐느끼며 소리쳤다. "하멜른이 아니라 베들레헴이요! 저는 베들레헴으로 가야 해요."

그 순간, 광장 하늘 위에 신의 천사가 모습을 드러냈다. 엘리사벳은 천사를 향해 손을 뻗으며 외쳤다.

"에피리엘! 에피리엘!"

광장에 모인 사람들은 모두 땅에 납작 엎드렸다. 천사는 엘리사벳을 공중으로 안아 올려 품에 안고는 성당 지붕 너머로 사라졌다.

천사는 시내에서 벗어난 어느 오솔길에 소녀를 내려놓았다. 그곳에는 양들과 양치기, 흑인 동방박사가 기다리고 있었다. 그들은 엘리사벳을 보자 손뼉을 치며 기뻐했다.

"내가 말한 대로야." 요스바가 투덜거렸다. "아기 양 한 마리가 사라지면 양치기는 양 떼를 두고 없어진 아기 양을 찾으러 나가지. 마침내 아기 양을 찾아오면 또 다른 양이 사라지게 마련이라니까."

그는 지팡이를 땅바닥을 내리치며 소리쳤다.

"베들레헴으로! 베들레헴으로!"

일행은 곧 강가에 있는 한 작은 도시에 이르렀다.

"여기는 '하멜른'이라는 도시란다." 에피리엘이 설명했다. "이 강은 '베세르'라고 부르지. 시점을 보니 1304년이구나. 이 도시에선 몇 년 전 아주 끔찍한 일이 있었단다. 어떻게 보자면 자업자득이라고 할 수도 있는 사건이었어. 도시 사람들이 약속을 지키지 않아 그런 일이 일어났단다. 해서는 안 될 일을 했기 때문이었어."

엘리사벳은 에피리엘을 쳐다보았다.

"도대체 무슨 일이 있었나요?"

"이 도시는 오랫동안 엄청나게 많은 쥐 때문에 골치를 앓았지. 그런데 어느 날 쥐 잡는 청년이 이 도시에 왔어. 그 청년은 마법의 피리를 가지고 있었단다. 그 피리 소리를 듣는 쥐는 모두 마법에 홀린 듯이 청년을 따라갔고, 청년은 쥐들을 모두 강물에 빠뜨려 죽였단다."

"그건 나쁜 일이 아니잖아요?"

"그래, 그렇지. 하지만 도시 사람들은 쥐를 없애주면 청년한테 큰 상을 주겠다고 약속했지만, 막상 쥐들이 모두 사라지자 사람들은 마음이 변해서 약속을 지키지 않았어."

"그건 나쁜 일이군요. 그래서 그 청년은 어떻게 했나요?"

"청년은 다시 마법의 피리를 불었지. 하지만 이번에는 쥐가 아니라 도시의 아이들이 모두 청년 뒤를 따라갔어. 그렇게 아이들은 청년과 함께 산 속에서 모습을 감추어버렸단다. 그 뒤로 아무도 그들을 보지 못했다고 하더구나."

엘리사벳은 광장에서 만났던 노파를 떠올렸다. 어쩌면 그 노파는 엘리사벳이 피리 부는 청년을 따라갔던 아이 중 하나라고 생각했을지도 몰랐다.

일행은 유럽 대륙 안쪽으로 더욱 깊숙이 들어갔고, 더 오랜 역사 속으로 발을 디디게 되었다. 그때 오솔길 어디에선가 나타난 양 한 마리가 일행에 합류했다. 이제 양은 모두 다섯 마리로 늘어났다.

양치기 요스바는 지팡이로 땅바닥을 내리치며 말했다.

"베들레헴으로! 베들레헴으로!"

요아킴은 상자를 열쇠로 열고, 그 안에 종이쪽지를 숨겨 두었다. 잠시 후 어머니가 방에 들어왔을 때 소년은 대림절 달력의 그림을 뚫어지게 바라보며 꼼짝도 하지 않고 앉아 있었다.

어머니는 요아킴을 향해 몸을 굽혔다.

"여기 좀 봐. 피리 부는 청년이 있구나…."

요아킴은 어머니를 올려다보았다.

"이 사람은 쥐를 잡는 재수가 있어요. 하멜튼에 살던 사람들은 도시의 쥐를 모두 잡아주면 큰 상을 주겠다고 약속했지만, 결국 약속을 지키지 않았어요. 그래서 화가 난 청년은 도시의 아이들을 모두 데리고 사라져버렸어요. 그 도시 사람들은 신성한 약속을 어겼는데, 그런 일은 해선 안 되죠."

곧 아버지도 방으로 들어왔다.

"어머니한테 무슨 이야기를 해주고 있었니?"

요아킴은 문득 자기가 읽은 이야기를 모두 해서는 안 된다는 사실을 떠올렸다.

"그냥 생각나는 대로 아무 말이나 했던 거예요."

아버지는 요아킴의 말이 믿기지 않는 듯이 정색하고 말했다.

"요아킴, 그건 네가 생각나는 대로 지껄인 이야기가 아니야. 그건 하멜른의 쥐 잡는 청년 이야기잖아. 그건 독일에서 전해 내려오는 아주 유명한 옛날이야기야. 그런데 그 이야기를 대체 누구한테서 들었니?"

요아킴은 뭐라고 대답해야 좋을지 몰랐다. 그래서 그는 얼른 머리에 떠오르는 이름을 말했다.

"잉빌 선생님이 해줬어요." 그녀는 요아킴의 담임선생님이었다. "아니, 우리 반 친구가 해줬나? 잘 기억나지 않아요."

소년은 당황해서 거짓말을 해버리고 말았다. 하지만 크리스마스 선물에 대해서는 거짓말을 해도 되지 않을까? 이 세상에서 거짓말을 해도 되는 단 한 가지가 있다면, 그것은 바로 크리스마스 선물에 대한 것이 아닐까?

학교에서 돌아온 요아킴은 어머니와 함께 파커 점퍼를 사러 시내에 갔다. 집에 오는 길에 소년은 시내 광장에 들르면 안 되겠느냐고 어머니에게 물어보았다. 의아해하는 어머니에게 요아킴은 광장에서 무엇을 파는지 궁금해서 그렇다고 대답했다.

광장에는 여름철과 달리 사람들이 그리 많지 않았다. 어떤 이들은 크리스마스 장식품과 양초를 팔았고, 또 어떤 이들은 갖가지 크리스마스 선물 용품을 팔았다.

"이렇게 추운 한겨울에 광장에 서서 물건 팔 생각을 하다니…." 어머니가 한숨 쉬며 말했다. "아, 저기 한겨울에도 꽃을 파는 사람이 있네."

요아킴은 속으로 웃음을 터뜨렸다.

"하늘나라에는 아름다운 것들이 너무도 많아서 지구에까지 자주 떨어져 내린대요." 요아킴이 말했다.

어머니는 아들의 손을 잡아채었다.

"요아킴, 너 지금 무슨 말을 하는 거야?"

"한겨울에도 꽃을 파는 사람이 있는 건 하늘나라에 신성하고 아름다운 것들이 넘쳐서 지구에까지 떨어져 내리기 때문이래요."

어머니는 고개를 절레절레 흔들며 한숨을 푹 내쉬었다. 아들이 이렇게 엉뚱한 말을 늘어놓는 것을 전혀 좋아하지 않았기 때문이었다.

가득 쌓여 있는 꽃송이 뒤에 서 있던 요한네스는 요아킴을 발견하자 한쪽 눈을 찡긋하며 보일 듯 말듯 손을 흔들었다.

어머니와 함께 몇 걸음 걸어가던 요아킴은 슬쩍 뒤를 돌아보았다. 그러자 요한네스는 요아킴을 바라보며 피리 부는 흉내를 냈다.

12월 10일

…몇 초 후,
엘리사벳이 새라고 생각했던 것이
땅에 사뿐히 내려앉았다…

요아킴은 눈을 뜨자마자 마법의 대림절 달력의 열 번째 칸을 열어보았다. 거기에는 성당의 탑 꼭대기에 앉아 있는 천사가 그려져 있었다. 요아킴은 오늘도 어김없이 달력에서 떨어진 종이쪽지를 펴고 읽기 시작했다.

유무리엘

때는 1200년대 말, 파더보른에서 있었던 일이다. 하노버와 쾰른 사이에 있는 파더보른에 어느 날 갑자기 한 무리의 양 떼와 두 명의 양치기, 흑인 동방박사와 빨간 외투와 파란 바지를 입은 작은 소녀, 그리고 등에 날개가 달린 천사가 나타났다.

이른 아침이었기에 거리에는 지나가는 사람들이 거의 없었다. 성문 앞에서 보초를 서고 있던 병사는 양들을 앞세우고 시내로 들어가려는 두 명의 양치기를 향해 소리쳤다. 그러나 양치기들을 뒤따라 날아오는 천사를 보고는 깜짝 놀라 양팔을 들어 하늘을 향해 힘차게 소리쳤다.

"할렐루야! 할렐루야!"

그는 곧 일행이 도시 안으로 들어갈 수 있도록 정중히 비켜서며 길을 내주었다.

일행은 도시 한가운데에 있는 성당 앞에서 걸음을 멈추었다.

"이것은 바르톨로뮤 성당이란다." 에피리엘이 말했다. "예수님의 열두 제자 중 한 사람의 이름을 딴 이 성당은 1000년대에 지어졌지. 전해 내려오는 이야기로는 바르톨로뮤가 인도까지 가서 예수님 말씀을 전파했단다."

그때 엘리사벳의 눈에 무언가 이상한 것이 보였다. 소녀는 성당의 첨탑 꼭대기를 가리켰다.

"저 위에 하얀 새가 앉아 있어요."

소녀의 말을 들은 천사 에피리엘의 얼굴에 미소가 번졌다.

"글쎄…. 정말 새일까?" 천사가 여전히 웃으며 말했다.

그 순간 엘리사벳이 새라고 생각했던 것이 공중으로 훨훨 날아올라 일행에게 다가왔다. 그것이 땅에 사뿐히 내려앉기 직전, 엘리사벳은 그것이 새가 아니라는 것을 깨달았다. 성당의 첨탑에 앉아 있던 것은 새가 아니라 천사였다. 하지만 그 천사는 성인 천사가 아니라, 소녀만큼이나 작은 아기 천사였다.

아기 천사는 엘리사벳 앞에 내려앉았다.

"반가워! 난 유무리엘이라고 해. 나도 일행과 함께 베들레헴으로 갈 거야."

아기 천사는 개구쟁이 아이처럼 일행의 주위를 빙빙 돌며 카스파르와 두 명의 양치기를 힐끗힐끗 쳐다보았다. 마지막으로 에피리엘에게 다가간 아기 천사가 말했다.

"엄청나게 오래 기다렸어요. 적어도 영원의 4분의 1만큼은 기다렸단 말이에요."

아기 천사의 말을 듣고 잠시 생각에 잠겼던 카스파르가 헛기침을 하며 말문을 열었다. 꼭 하고 싶은 말이 있는 것 같았다.

"영원의 4분의 1이라…. 그렇다면, 66,289년인데…. 아니, 156,498년일 수도 있고… 또는 439,811,977년 하고도 4초라는 시간이지. 어쩌면 그보다 더 길지도 몰라. 왜냐면 아무도 영원이라는 시간이 얼마나 오래 지속하는지 선뜻 말할 수 없으니까. 우선, 우리는 영원이라는 시간의 개념을 알아야 해. 그다음에 그것을 사등분해야 하지. 그런데 영원이라는 시간이 얼마나 오래 지속하는지 계산하기는 몹시 어려워. 영원을 말하려고 아무리 큰 숫자를 말해도 언제나 그것보다 더 큰 숫자가 나올 수 있으니까. 따라서 영원의 4분의 1이라는 시간은 영원이라는 끝없는 시간과 다르지 않다고 말할 수 있지. 심지어 영원의 1천분의 1이라는 시간조차도 영원이라는 시간과 같다고 할 수 있어. 이걸 이해하는 건 결코 쉽지 않아. 영원의 전부든, 영원의 반이든, 영원은 하늘나라에만 존재하는 시간이거든."

아기 천사 유무리엘은 동방박사의 말에 자존심이 상한 듯했지만, 내색하지는 않았다.

"어쨌든 저는 첨탑에 앉아서 몇 시간이나 기다렸어요!"

카스파르는 다시 헛기침을 했다.

"네 말이 틀렸다고는 하지 않겠어. 어쨌든 그 몇 시간은 영원의 4분의 1과는 너무도 다르다는 것만 알고 있으면 돼."

아기 천사와 동방박사 사이에 말다툼이 시작될 것을 염려해서인지, 양치기 요스바가 서둘러 지팡이로 땅바닥을 내리쳤다.

"베들레헴으로! 베들레헴으로!"

일행은 도시를 벗어나 외곽의 낮은 오솔길로 접어들었다. 유무리엘은 다섯 마리의 양 앞으로 나가 앞장섰다. 그 덕분에 일행의 앞뒤를 천사들이 든든하게 지키는 셈이 되었다.

그들은 여러 마을과 도시를 거쳤지만, 로마인들의 도시로 알려진 라인 강변의 쾰른에 이를 때까지는 걸음을 멈추지 않았다. 에피리엘은 일행이 유럽을 거치는 동안 되도록 세속의 인간들과 마주치지 않도록 경로를 정하는 데 꽤 신경을 썼다.

"천사 시계로는 지금이 1272년이란다." 그는 건축 중인 커다란 성당을 가리켰다. "사람들은 쾰른 대성당을 짓는 중이야. 이 성당은 수백 년이 흐른 뒤에야 겨우 완성되었지."

양치기 요스바가 다시 지팡이로 땅바닥을 탕탕 내리쳤다.

"베들레헴으로! 베들레헴으로!"

일행이 다시 몇 걸음을 옮기기도 전에 일행의 맨 앞에 있던 유무리엘의 가느다란 목소리가 들려왔다.

"정말로 멋진 자연 풍경이군요! 우린 지금 라인 강변을 따라 걷고 있는 거죠? 마치 동화에 나오는 길을 걷는 것만 같아요. 여기선 성과 수도원도 볼 수 있고, 가파르게 경사진 포도 농장도 볼 수 있어요. 고딕 풍 대성당도 있죠…. 아, 여기 민들레와 대황풀도 있군요."

엘리사벳 한센은 라인 강처럼 넓고 큰 강을 난생처음 보았다. 노르웨이에서 꽤 큰 강이라고 알려진 글롬마 강도 라인 강에 비하면 시냇물에 불과하다는 생각이 들었다.

걸어갈수록 강줄기는 점점 좁아졌고, 양쪽에 있는 산들도 점점 높아졌다. 일행은 여러 개의 작은 마을과 도시를 지나갔다. 강에는 돛단배 한 척이 보였다.

엘리사벳은 천사 에피리엘을 돌아보며, 그가 유무리엘과 전부터 잘 아는 사이인지 물어보았다.

천사는 소녀의 질문에 웃음을 터뜨렸다.

"하늘나라의 천사들은 서로 잘 안단다. 영원의 시간에서 살다 보면 서로 모르고 지낼 수 없지."

"하늘나라에는 천사들이 많은가요?"

"응, 아주 많아."

"그런데 그 많은 천사가 어떻게 서로 잘 알고 지낼 수 있어요?"

"영원은 무한한 시간이니 서로 알게 될 기회가 충분히 있지."

엘리사벳은 에피리엘의 말을 잘 알아들을 수 없어 생각에 잠겼다. 그 모습을 본 천사는 더 자세히 설명해주었다.

"예를 들어 세 시긴 동인 피디를 한다면 대어섯 명만 초대하는 게 좋아. 사람이 너무 많으면 모두 서로 인사하고 대화하기 어렵지. 하지만 파티가 사흘 동안 계속된다면 오십 명을 초대해도 서로 인사하고 대화할 시간이 충분하지."

엘리사벳은 고개를 끄덕였다. 해마다 생일잔치를 할 때마다 어머니와 주고받던 말과 비슷했기 때문이었다.

"그래서요?"

천사는 양팔을 활짝 펼치며 말을 이었다.

"하늘나라의 파티는 영원히 계속된단다."

엘리사벳은 그제야 하늘나라의 삶이 어떤 것인지 조금 알 것 같기도 했다. 하지만 소녀는 더 많은 것을 알고 싶었다.

"천사도 인간처럼 각자 자기 이름이 있나요?"

"물론이지. 그렇지 않다면 어떻게 서로 대화할 수 있겠니? 이름이 없었다면 우리는 '인간화'될 수 없었을 거야."

에피리엘은 하늘나라에 사는 천사들의 이름을 하나하나 말하기 시작했다.

"아리엘, 베리엘, 크루시엘, 다니엘, 에피리엘, 파비엘, 가브리엘, 함무라비엘, 임마누엘, 요아키엘, 카카듀리엘, 룩수리엘, 미카엘, 나리엘…."

"그만하면 됐어요." 엘리사벳이 중간에 끼어들었다. "만약 하늘나라 천사들 이름을 모두 나열한다면 얼마나 오래 걸릴까요?"

"영원한 시간이 필요할 것 같구나."

엘리사벳은 체념한 듯이 고개를 저었다.

"그렇다면 천사들은 기억력이 아주 좋은 모양이군요. 모든 천사가 서로 이름을 다 알고 있으니까요."

"영원한 시간에 살다 보면 그건 그리 어려운 일이 아니란다."

엘리사벳은 어지럼증이 났다. 하지만 거기서 그치지 않았다.

"그런데 천사들 이름이 모두 '엘'로 끝나는군요. 그 많은 천사의 이름을 '엘'

자 돌림으로 짓기도 어려울 텐데…."

천사 에피리엘은 고개를 끄덕였다.

"하느님의 상상력은 밤하늘의 별만큼이나 무한하단다. 하늘나라 천사들도 지구 인간들과 마찬가지로 생김새가 저마다 다르지. 천 개의 똑같은 물건을 만드는 건 한 명의 인간이 할 수 있을 정도로 쉬운 일이지. 하지만 각기 다른 천 개의 물건을 만드는 건 절대 쉬운 일이 아니잖니? 거기엔 대단한 상상력이 필요하지."

에피리엘은 엘리사벳이 마음에 깊이 간직할 만한 중요한 말로 대화를 끝냈다.

"지구의 모든 인간은 한 사람 한 사람이 모두 소중한 창조물이야. 각자가 완전무결한 창조물이지."

요아킴의 얼굴에는 저절로 미소가 피어났다. 천사들 이야기를 읽는 것은 너무도 재미있었다. 그때 방문 앞에서 어머니의 발소리가 들렸다. 소년은 미처 쪽지를 상자에 넣지 못하고 얼른 구겨 손 안에 넣고 주먹을 쥐었다.

방 안으로 들어온 어머니는 허리를 굽혀 대림절 달력을 자세히 들여다보았다.

"오늘은 천사 그림이구나. 성당 첨탑에 앉아 있는 천사!"

요아킴은 온종일 후회할 만큼 아무 생각 없이 하지 말아야 할 말을 하고 말았다. 쪽지에서 읽은 이야기를 절대 발설하지 않겠다던 결심을 잊어버렸던 것이다. 어쩌면 그는 많은 천사의 이상한 이름을 모두 기억하려고 애쓴 나머지 정신이 헤이해졌는지도 몰랐다.

"이 아기 천사의 이름은 유무리엘이에요."

어머니는 의아한 표정으로 요아킴을 바라보았다.

"유무리엘?"

요아킴은 고개를 끄덕였다. 소년은 장난기 많은 아기 천사의 이름으로 유무리엘이 제격이라고 생각하고 있었다. 그래서 속으로 그 이름을 여러 차례 불러보던 중이었다.

"유무리엘은 바르톨로뮤 성당 꼭대기에 앉아 있었어요. 거기서 영원의 4분의 1이나 되는 시간을 일행을 기다리며 보냈죠. 그러다가 마침내 엘리사벳 일행을 발견하곤 날개를 활짝 펼치고 일행한테로 날아갔어요."

어머니는 요아킴의 말에 아무 대꾸도 하지 않고 아버지를 소리쳐 불렀다. 방에 들어온 아버지는 어머니에게 이야기를 듣고는 아들에게 그림 속 성당 이름이 무엇인지 다시 말해보라고 했다.

이런! 요아킴은 그제야 말을 너무 많이 했다는 것을 깨달았다.

"바르톨로뮤 성당이라고 했어요. 바르톨로뮤는 예수님의 열두 제자 중 한 사람이죠. 바르톨로뮤는 예수님의 가르침을 전하러 인도까지 갔대요. 하지만 이 성당은 독일에 있어요. '파더보른'이라는 도시에 있대요."

부모님은 서로 마주 보며 벌린 입을 다물지 못했다.

"지금 당장 백과사전을 찾아봐야겠어. 네 말이 맞는지 어디 한번 보자꾸나."

방에서 나갔다가 돌아온 아버지 얼굴은 하얗게 질려 있었다. 마치 거실에서 천사라도 맞닥뜨린 사람처럼 기겁한 표정이었다.

"모두 맞는 말이야. 실제로 '파더보른'이라는 도시에 아주 오래된 성당이 있는데 그 이름이 바르톨로뮤 성당이라는군."

부모님은 요아킴을 뚫어지게 바라보았다. 작년 크리스마스 때 엄청나게 큰 케이크를 아들이 모두 먹어치웠을 때 보였던 반응과 똑같았다.

아버지는 마법의 대림절 달력을 벽에서 내려 앞뒷면을 세세히 살피고 나서 다시 벽에 걸어놓았다.

요아킴은 안절부절못했다.

"그런데 넌 대체 어디서 바르톨로뮤 성당 이야기를 들었니?" 아버지가 물었다. "파더보른 이야기는 또 어디서 들었는지 궁금하구나."

"학교에서 들었어요."

"정말이야?"

크리스마스 선물에 대한 것이라면 거짓말을 해도 괜찮은 걸까?

"예." 요아킴은 기어들어가는 목소리로 대답했다.

부모님은 이제 바르톨로뮤 성당이나, 유무리엘, 파더보른에 대해 이야기할 여유가 없었다. 출근할 시간이 다 되었기 때문이었다. 자칫하면 지각할 수도 있었다. 부모님은 도시락도 제대로 챙기지 못한 채 집을 나서야 했다.

요아킴은 대림절 달력의 쪽지를 부모님께 들키지 않고 비밀 상자 속에 넣어둘 수 있어 좋았다. 소년은 상자를 잠그고 나서 열쇠를 책장 속에 숨겨두고 학교에 갔다.

요아킴이 학교에서 돌아오자 어머니는 이미 퇴근해서 집에 있었다. 그런데 어머니의 앞에 요아킴의 비밀 상자가 뚜껑이 열린 채 놓여 있지 않은가!

어머니는 요아킴의 비밀 상자를 열어보았던 것이다. 어머니는 그 상자만큼은 손도 대지 않겠다고 약속하지 않았던가! 어머니는 약속을 어겼다. 어머니의 행동은 남의 편지를 몰래 훔쳐본 것만큼이나 나쁜 일이었다.

식탁에는 지금까지 요아킴이 대림절 달력에서 찾아냈던 열 장의 종이쪽지가 펼쳐져 있었다.

요아킴은 치미는 화를 억누를 수 없었다.

"제 비밀 상자를 절대 열어보지 않겠다고 약속하셨잖아요! 손도 대지 않겠다고 약속하시곤 이게 도대체 무슨 짓이에요! 어머니는 거짓말하셨고, 남의 물건을 함부로 건드리셨어요!"

그때 퇴근한 아버지가 문을 열고 들어왔다. 아버지는 집으로 오는 길에 어머니와 전화로 통화했기에 사정을 이미 알고 있었다. 요아킴의 비밀 상자를 열어보자고 제안했던 사람도 아버지였다. 아버지는 요아킴이 왜 갑자기 온갖 이상한 이름을 들먹이고 어른스러운 말을 하게 되었는지 너무 궁금해서 어쩔 수 없이 비밀 상자를 열어 볼 수밖에 없었다고 했다.

요아킴은 이것이 절대로 용서할 수 없는 배반 행위이고, 자식의 인권을 완전히 무시한 처사라고 소리 질렀다. 비밀 상자의 내용물이 정 궁금하면 요아킴이 학교에서 돌아올 때까지 기다렸다가 상자를 열어봐도 되겠느냐고 물어볼 수도 있었다. 요아킴은 결국 대림절 달력에서 찾아낸 쪽지들을 비밀 상자에 감추어두었던 이유를 설명할 수밖에 없었다. 크리스마스 때까지 매일 쪽지를 모아두었다가 부모님께 선물로 드리려고 했다고 말이다. 하지만 이제는 대림절 달력을 쓰레기통에 처박아버리고 싶다고 말하면서 소년은 눈물을 쏟아냈다. 그리고 자기 방으로 뛰어 들어가 문을 콩! 하고 닫아버렸다.

요아킴은 평생 부모님을 용서하지 않기로 결심했다. 이제부터 부모님이 시키는 일도 하지 않기로 마음먹었다. 그리고 죽을 때까지 부모님이 하는 말을 절대 믿지 않기로 작정했다. 절대로!

요아킴은 침대에 걸터앉아 마법의 대림절 달력을 멍하니 바라보았다. 하지만 어느새 눈물이 앞을 가려 그림이 잘 보이지 않았다. 목장의 양치기와 하늘의 천사도 구별할 수 없을 정도였다. 모든 것이 허사가 되어버렸다. 마법의 대림절 달력은 어디서나 볼 수 있는 평범한 대림절 달력이 되고 말았다.

한참을 그렇게 앉아 있자니 어디선가 아름다운 노랫가락이 들려왔다. 가사는 들어본 적이 있는 것 같았다. 사벳–테바스–사벳–테바스–사벳–테바스….

그 신비한 노래를 듣고 마음이 편안해진 요아킴은 부모님이 달력 속의 종이쪽지를 발견한 것은 사실상 별것 아니라는 생각이 들었다. 어쩌면 마법의 대림절 달력에는 온갖 신비가 가득 차 있어서 요아킴 혼자 감당하기에 벅찰 수도 있었다. 그렇다면 처음부터 온 가족이 함께 달력을 열어봤어야 했던 게 아닐까?

소년은 요한네스를 만났다는 말을 아직도 부모님에게 하지 않았다. 그 일만큼은 여전히 요아킴만이 간직한 비밀이었다.

방문을 두드리는 소리가 났다. 요아킴이 대답하지도 않았는데 아버지는 조심스럽게 문을 열고 들어왔다.

"요아킴, 네 말이 맞아. 우리가 잘못했다." 아버지가 말했다.

곧 어머니도 들어왔다.

"우리를 용서해줄 수 있겠니?" 어머니가 물었다.

요아킴은 방바닥만 뚫어지게 내려다보았다.

"글쎄요…."

아무도 입을 열지 않았다.

"달력에 들어 있던 쪽지들을 모두 읽어보셨어요?" 요아킴이 물었다.

어머니는 아버지를 한번 바라보고는 요아킴에게로 시선을 돌렸다.

"그래, 모두 읽어보았어. 하지만 어느 것부터 먼저 읽어야 할지 차례를 알 수 없어서 많이 당황했단다. 네가 한번 보겠니? 종이쪽지들을 순서대로 모아서 아버지한테도 한번 읽어주는 게 어떨까?"

잠시 생각에 잠겼던 요아킴은 마지못해 대답했다.

"예…."

그는 오히려 마음이 편해진 듯해 기분이 좋아졌다. 앞으로는 대림절 달력 안의 쪽지를 숨길 필요도 없어졌으니까. 그리고 이해할 수 없는 어려운 단어가 나오면 부모님께 물어봐도 되니 더 좋았다.

그날부터 마법의 대림절 달력은 온 가족을 위한 달력이 되었다.

12월 11일

…사람들은 하늘나라에서 온
천사를 보면 두려워한단다…

그들은 오후 내내 함께 앉아 마법의 대림절 달력 안에 있던 쪽지들을 읽었다. 요아킴은 백화점의 장난감 가게를 뛰쳐나온 아기 양과 그 뒤를 쫓아갔던 엘리사벳의 이야기를 부모님도 읽을 수 있게 차례차례 정리했다.

쪽지를 읽던 아버지가 말문을 열었다.

"이렇게 이상한 달력은 난생처음이야…. 더 자세히 알아봐야겠어. 이런 달력이 대체 몇 개나 만들어졌을까?"

옆에 있던 어머니도 한마디 했다.

"나도 이런 건 한 번도 본 적이 없어요…. 수많은 대림절 달력 중에서 하필 이 달력을 골랐다니, 믿을 수 없군요."

저녁이 되어 잠자리에 들려던 요아킴은 벽에 걸린 대림절 달력을 한 번더 쳐다보았다. 그 순간 달력의 그림이 살짝 달라진 듯한 느낌이 들었다.

이럴 수가! 대림절 날력의 선번에는 하늘에서 내려오는 수많은 천사가그려져 있었다. 그런데 오늘은 그 천사 중에 작은 아기 천사가 보이는 것이 아닌가? 아기 천사는 지금까지 이 그림에서 본 적이 없었다.

소년은 그림의 아기 천사가 이야기의 아기 천사, 유무리엘이 틀림없다고 확신했다. 아기 천사는 요아킴이 첨탑에 앉아 있던 유무리엘의 이야기를 읽기 전에는 그림에서 볼 수 없었다.

"어머니!" 요아킴은 큰 소리로 부모님을 외쳐 불렀다. "아버지!"

부모님은 아들 방으로 허겁지겁 뛰어왔다. 그들은 요아킴의 절박한 목소리를 듣고 무슨 일이라도 생긴 줄 알고 깜짝 놀랐던 것이다. 하긴 요아킴 자신도 깜짝 놀라기는 마찬가지였다.

"천사 유무리엘을 봤어요!"

어머니와 아버지는 힐끗 뒤돌아보았다. 그들은 정말로 천사가 요아킴을 찾아온 줄 알았던 것이다. 소년은 부모님께 달력의 그림을 자세히 들여다보라고 말했다.

"전에는 못 보던 새로운 것을 볼 수 있나요?" 그는 부모님에게 물어보았다.

그들은 허리를 굽혀 그림을 자세히 들여다보았다.

아버지는 서점 주인에게서 달력을 건네받았을 때 그림을 찬찬히 살펴볼 여유가 없었다. 허둥지둥하다가 운전 면허증까지 잃어버리고 나왔으니까. 물론, 아버지는 양치기가 지팡이를 손에 들고 있는 모습도 보지 못했을 것이다.

"전에는 이 그림에서 아기 천사를 보지 못한 것 같은데…." 어머니가 말했다.

"맞아요!" 요아킴이 맞장구쳤다. "전에는 그림에 아기 천사가 없었어요. 그런데 오늘 갑자기 아기 천사가 그림에 나타났다는 건 이 달력이 마법의 달력이라는 뜻이죠."

"글쎄…. 그건 좀 과장된 이야기 같은데?" 아버지가 주저하며 말했다.

아버지는 언제나 가족 중에서 가장 이성적이고 논리적인 사람 역할을 했다.

그날 저녁, 요아킴은 잠들기 전 하늘나라의 요아키엘 천사를 상상해보았다. 왜냐면 그 이름은 자기 이름과 비슷했기 때문이었다.

다음날 아침 눈을 뜬 요아킴은 달력의 11일 자 칸을 열었다. 종이쪽지를 꺼내고 그림을 확인해보니 거기에는 말에 올라탄 기사가 그려져 있었다.

요아킴은 이불 속에 편히 누워서 종이쪽지에 쓰인 글을 읽었다. 그날은 글을 읽는 중에 부모님이 갑자기 들어올까 봐 걱정하지 않아도 되었다. 이제는 달력 종이쪽지를 더는 감출 이유가 없어졌기 때문이다.

발타사르

다섯 마리의 양, 두 명의 양치기, 두 명의 천사, 동방 박사와 노르웨이에서 온 작은 소녀는 1199년 라인 강변길을 함께 걸었다. 강 너머에는 성당의 첨탑이 햇살을 머금고 반짝였다. 에피리엘은 그것이 마인츠 성당이라고 알려주었다.

일행은 의견을 모으기 위해 잠시 걸음을 멈추었다.

"이 강을 건너야 합니다." 요스바가 말했다. "또 불쌍한 뱃사공을 놀라게 할 것 같아서 미안하긴 하지만, 아기 예수께 경배하기 위해 여행을 계속하려면 어쩔 수 없겠지요."

"되도록 조심스럽게 다가가서 말을 걸어보도록 합시다." 에피리엘이 말했다.

그 순간, 아기 천사 유무리엘이 큰 소리로 외쳤다.

"저 밑에 배가 보여요!"

말을 마치기가 무섭게 아기 천사는 공중으로 날아올라 작은 날개를 퍼덕이며 배를 향해 다가갔다.

일행은 유무리엘의 뒤를 따랐다. 아기 천사는 어느새 강변에 서 있는 뱃사공과 말을 나누고 있었다.

"우리를 강 건너편으로 데려다주실 수 있나요? 우리는 아기 예수님의 탄생을 찬양하기 위해 베들레헴으로 가는 중인데 시간이 별로 없어요. 우리는 신성한 임무를 띠고 있어요. 그러니까 그저 그런 평범한 여행자들이 아니라는 거죠."

에피리엘은 체념한 듯이 고개를 저으며 유무리엘에게 다가갔다. 천사는 먼저 뱃사공에게 미안한 표정으로 고개 숙여 인사하고는 몸을 돌려 유무리엘을 바라보며 꾸짖었다.

"인간에게 말을 걸 때는 먼저 '두려워하지 마라'라고 말해서 경계심을 풀도

록 해야 한다고 몇 번이나 말했어?"

하지만 붉은색 긴 망토를 걸친 뱃사공은 아기 천사가 불쑥 던진 말에 그리 놀란 것 같지 않았다.

뱃사공은 엘리사벳을 향해 인사를 건넸다.

"내 이름은 발타사르 2세야. 사바의 왕이자 동방박사의 한 사람으로, 너희 일행과 함께 순례 길에 오를 거란다."

"예, 당신도 우리 일행입니다." 에피리엘이 말했다.

에피리엘은 뱃사공이 일행에 합류한다는 사실을 확인하고 나서도 유무리엘에게 마지막으로 따끔하게 한마디 하는 것을 잊지 않았다.

"이번에는 무사히 넘어가서 다행이지만, 다음부터는 조심해. 길에서 인간을 만나면 꼭 먼저 '두려워하지 마라'라는 말로 대화를 시작해야 한다는 것도 명심해! 사람들은 대부분 하느님의 심부름꾼인 천사들을 만나면 매우 두려워하게 마련이니까. 우리가 날개를 활짝 펴고 다가가면 더 두려워하지."

"잘못했어요. 다음부터 조심할게요." 아기 천사가 풀죽은 목소리로 말했다.

"그만하면 됐어." 에피리엘이 말했다.

"그런데 왜 인간들은 천사를 보면 두려워하죠? 참 이상해요." 유무리엘이 슬쩍 말을 돌렸다. "저는 지금까지 인간들 앞에 나타난 적이 한 번도 없었어요. 물론 오늘은 예외지만요. 하지만 고양이들을 구해준 적은 있어요. 왜 그러는지 모르겠지만, 고양이들은 무서워서 내려오지도 못할 높은 나무에 올라가 벌벌 떨곤 하잖아요. 그럴 때 제가 다가가서 구해주면, 고양이들은 두려워하기는커녕 오히려 좋아하던걸요. 그러고 보면 인간은 고양이보다도 더 겁쟁이인 것 같아요."

두 명의 동방박사는 서로 포옹하며 반갑게 인사를 나누었다.

"정말 오랜만이오."

"라인 강까지 정말, 정말 멀리 나오셨군요."

"하지만 이렇게 다시 만날 수 있어 정말, 정말, 정말, 반갑습니다."

두 사람이 서로 꼭 부둥켜안고 있었기에 그들의 대화는 누가 누구에게 한 말인지 구별할 수 없었다. 그렇게 서로 인사를 마치고 일행은 모두 배에 올라탔다. 두 명의 동방박사는 노를 하나씩 잡고 저으며 바다처럼 너른 강을 건넜다.

건너편에 도착하자 에피리엘이 아름다운 성당 하나를 가리켰다. 조금 울퉁불퉁하게 보이는 성당의 탑은 지금까지 보았던 다른 성당의 탑보다 훨씬 낮았다. 건물도 몹시 오래되었는지 많이 낡아 있었다.

"지금 시점은 1186년. 이 성당을 짓기 시작한 건 2백여 년 전이란다. 예수님이 태어나신 지 천 년이 지나자 세상은 크고 작은 성당으로 가득 차기 시작했어. 땅에 뿌려진 씨앗 한 알이 자라고 자라 넓은 벌판을 메울 때까지 천 년이 걸린 셈이야."

"온 세상에 가득한 성당들!" 유무리엘이 에피리엘을 흉내 내며 말했다. "예수님의 탄생을 축하하는 데 돌과 나무가 얼마나 들어갔는지 알아보는 것도 재미있을 것 같아요. 얼마나 많은 케이크가 만들어졌고, 또 얼마나 많은 선물이 포장되었는지 살펴보는 것도 재미있겠죠. 적어도 크리스마스이브는 전 세계에서 가장 큰 생일 파티잖아요. 세상의 모든 인간이 이 생일 파티에 초대된 손님이죠. 그러니 예수님 생일 파티가 수천 년 동안 지속하는 것도 이상한 일은 아니에요."

요스바가 시팡이로 띵비닥을 내리쳤다.

"베들레헴으로! 베들레헴으로!"

순례자들은 라인 강 서쪽 길을 따라 걷기 시작했다. 너무 이른 아침이어서 길을 오가는 사람이 거의 없었다. 그래서 다섯 마리의 양과 두 명의 양치기, 두 명의 동방박사, 두 명의 천사, 중세 시대의 복장과 너무도 다른 옷차림의 작은 소녀를 보고 놀라는 사람도 거의 없었다.

1162년, 일행이 보름스에 이르자, 말을 타고 가던 기사 한 사람이 그들 앞을 지나갔다. 어쩌면 그는 밤새 근무하고 집으로 돌아가는 중이었는지도 몰랐다.

천사 유무리엘은 날개를 파닥이며 그의 앞으로 다가갔다.

"두려워하지 마세요! 두려워하지 마세요! 두려워하지 마세요!"

아기 천사가 마치 술 취한 꿀벌처럼 기사 주위를 뱅뱅 돌며 두려워하지 말라고 수차례나 말했건만, 기사는 깜짝 놀라 말 등에서 뛰어내려 근처에 있던 나지막한 건물 안으로 몸을 숨겼다. 물론 기사에게서 '할렐루야'나 '주님께 영광을' 같은 말은 들을 수 없었다.

에피리엘은 체념한 듯이 고개를 절레절레 흔들며 아기 천사에게 다가갔다.

"그 말은 한 번으로 충분해. 그리고 중요한 건 그 말을 할 때 하늘나라 분위기를 잘 전할 수 있게 신비스럽고 온화한 목소리를 내야 한다는 거야. 그리고 '두려워…하지… 마라…' 이렇게 천천히 말해야 해. 두 팔을 들어 올리는 동작도 아주 중요해. 그렇게 우리한테 무기가 없다는 걸 상대에게 보여주는 거니까."

동방박사 발타사르는 성당 지붕 위로 높이 솟은 여섯 개의 탑을 가리켰다.

"이 땅의 인간들은 시대와 장소를 막론하고 하늘나라에 계신 하느님을 향해 손을 뻗어왔습니다. 저기를 보십시오. 성당의 탑도 하늘을 향해 높이 뻗어 있지 않습니까. 하지만 저 탑들은 인간과 달리 아주 오랫동안 제자리를 지킬 수 있습니다."

양치기들은 동방박사의 말에 경의를 표하며 정중하게 허리를 굽혔다. 엘리사벳은 동방박사의 말을 속으로 곱씹으면서 그 뜻을 알아내려고 애썼다.

그때 요스바가 지팡이로 땅바닥을 내리치며 외쳤다.

"베들레헴으로! 베들레헴으로!"

라인 강 남쪽에 있는 도시 바젤에 이르니 눈앞에 또 하나의 성당이 모습을 드러냈다.

"아기 예수님이 태어나시고 나서 1,119년의 세월이 흘렀군." 에피리엘이 말했다. "이 오각형 성당 건물은 이제 백 주년을 맞았단다. 바젤은 이탈리아와 북유럽 사이 알프스 산맥을 넘는 사람들에게 아주 중요한 도시였어. 우리는 그들의 발자취를 따라 세인트버나드 길을 따라갈 예정이란다."

"베들레헴으로!" 양치기 요스바가 지팡이로 땅바닥을 내리치며 목청을 높였다. "베들레헴으로!"

일행은 스위스 국경을 넘었다.

침대에 앉아 있던 요아킴은 베들레헴으로 향하는 이 이상한 순례 행렬을 머릿속으로 떠올렸다. 잠시 후, 부모님이 방으로 들어와 요아킴이 손에 들고 있는 종이쪽지를 함께 읽었다.

어제는 온 가족이 오후 내내 마법의 대림절 달력에 대한 이야기로 대화의 꽃을 피웠다.

"서점에서 공짜로 얻었던 이 달력은 보면 볼수록 신기하구나. 이 달력은 대체 누가 왜 만들었을까?" 아버지가 궁금한 듯이 말했다.

"저는 요한네스 할아버지가 이 달력을 만들었다고 생각해요." 요아킴이 말했다.

"맞아, 서점 주인도 요한네스라는 사람 이야기를 했지."

요아킴은 요한네스를 만났다는 이야기를 부모님께 할까 말까 망설였다. 하지만 끝내 그 말을 입 밖에 내지 않았다. 혼자만이 간직하는 비밀 하나 정도는 있어야 할 것 같아서였다. 그러고 보니 비밀은 또 있었다. 사벳… 테바스… 사벳… 테바스.

아버지가 다시 말을 이었다.

"만약 이 달력을 만든 사람이 정말 그 꽃장수라면, 그분은 창의력이 대단히 풍부한 사람인 것 같구나."

어머니도 아버지의 말에 동조하며 고개를 끄덕였다.

"맞아요. 그 사람은 정말 창의력이 뛰어난 사람 같아요."

침대에 앉아 있던 요아킴은 허리를 쭉 펴며 말했다.

"제가 엘리사벳과 에피리엘에 대해서 이야기를 했을 때, 어머니와 아버진 저더러 상상력이 풍부하다고 하셨죠? 하지만 저는 대림절 달력 속의 쪽지에 적혀 있던 글을 읽고 말한 것뿐이에요."

"그래, 그래서 지금 우리가 달력을 만든 사람의 상상력이 대단하다고 말하는 게 아니겠니?"

요아킴은 어머니의 말에 고개를 저었다.

"만약 이 이야기가 실제로 일어난 일이라면, 상상력이 대단하다고 말할 수는 없죠."

아버지는 요아킴의 말에 웃음을 터뜨렸다.

"그럼, 너는 정말 이 이야기에 등장하는 일행이 베들레헴까지 걸어갔다고 믿는 거냐? 게다가 시간을 거슬러서?"

"하느님한테 불가능은 없다고 했어요."

부모님은 아무 말도 하지 않았다. 아버지는 엘리사벳의 여정을 그대로 따라가 보자면서 지도를 찾아보는 것이 좋겠다고 했다. 아버지가 가지고 있는 역사 지도에서는 고대와 중세의 여러 도시와 나라를 찾아볼 수 있었다. 같은 나라, 같은 도시라도 옛날에는 이름이 다른 경우가 많았다.

그때 어머니는 무언가 아주 중요한 일이 떠올랐는지 깜짝 놀라며 한 손으로 입을 가렸다.

그리고 아버지를 향해 고개를 돌렸다.

"아주 오래전부터 전해 내려오는 이야기 기억하세요? 이 도시에서 크리스마스 무렵에 백화점에서 여자아이가 행방불명된 적이 있었다고 하잖아요? 기억나요? 내 기억이 맞는다면 그 아이의 이름이 엘리사벳이었을 거예요."

아버지는 고개를 끄덕였다.

"맞아, 전쟁 직후에 그런 일이 있었다고 들었어. 그런데 정말 그 아이의 이름이 엘리사벳이야?"

"그럴걸요? 확신할 순 없지만 그런 것 같아요."

부모님은 방 안에 요아킴이 있다는 사실도 잊은 듯이 들뜬 대화를 이어 갔다.

"그렇다면 그 꽃장수는 옛날에 이 도시에서 실제로 일어난 이야기를 바탕으로 나머지 이야기를 지어냈는지도 모르겠군." 아버지가 말했다. "만약 이 달력을 그 꽃장수가 직접 만들었다면 말이야."

요아킴이 부모님의 대화에 끼어들었다.

"그 여자아이 이름이 엘리사벳인지 아닌지 확인할 수 있나요?"

"물론이지." 아버지가 자신 있게 대답했다. "하지만 그 아이의 이름은 그리 중요하지 않아."

요아킴은 아침 식사를 하러 부엌으로 가기 전에 마지막으로 한마디 덧붙였다.

"전 아주 중요하다고 생각해요. 왜냐면 서점에 있던 사진 속 여자 이름도 엘리사벳이거든요."

12월 12일

…어려움을 겪는 사람을 돕지 않으면서

자기한테 올바른 믿음이 있다고 생각하는 것은

아주 잘못된 일이다…

12월 12일, 아버지가 직장에서 퇴근하자마자 요아킴 가족은 아침 식사 때 미처 다 못한 이야기들을 다시 하기 시작했다. 아버지는 현관에 들어설 때부터 아내와 아들이 쏟아내는 질문을 받아내야 했다.

"아주 오래전에 실종되었다던 그 여자아이의 이름을 알아냈나요, 아버지?"

소년은 옛날에 도시 전체를 슬픔에 빠뜨렸던 실종 사건의 주인공에 대한 생각으로 온종일 다른 생각은 전혀 할 수가 없었다. 전해지는 이야기에 따르면 소녀는 어머니와 함께 백화점에 들렀다가 갑자기 자취를 감추었고, 그 후로 아무도 소녀를 본 적이 없었다고 했다.

"우선 신발부터 벗고 나서 이야기하자, 응?" 아버지가 투덜거렸다. "내가 알아보니 그 아이의 이름은 엘리사벳이 맞아. 엘리사벳 한센이라고 하더라. 실종 사건은 1948년 12월에 일어났다고 했어."

어머니가 식사 준비를 마치자 세 사람은 식탁에 둘러앉았다.

"오늘 서점에도 들러보았어." 아버지가 말했다. "서점 주인과 함께 책 창고에도 들어가 보았지."

어머니는 눈을 휘둥그레 떴다.

"왜요?"

"거기에 꽃장수가 놓고 간 사진 한 장이 보관되어 있었어. 그 사진은 지금 내 서류 가방에 있지."

"그럼, 어서 그 사진을 좀 가져오세요." 어머니가 다그쳤다.

아버지는 사진을 가져와 식탁에 올려놓았다. 요아킴과 어머니는 눈을 반짝이며 사진을 들여다보았다. 사진 속 젊은 여인은 긴 금발의 머리에 목에는 빨간 보석이 박힌 은 십자 목걸이를 걸고 있었다. 자동차에 몸을 기대고 서 있는 여인 뒤쪽으로 큰 성당 건물이 보였다. 사진의 아래쪽에는 '엘리사벳'이라고 적혀 있었다.

"엘리사벳이라는 이름뿐이고 성은 적혀 있지 않아." 아버지가 말했다. "사실 엘리사벳이라는 이름은 아주 흔하지. 그런데 노르웨이식 표기법으로 적혀 있는 건 눈여겨볼 만하다고 생각해. 외국에서는 '엘리사벳'의 철자를 조금 다르게 적으니까."

어머니는 아버지를 쳐다보았다.

"당신은 이 여자가 노르웨이 사람이라고 생각해요?"

"글쎄…. 하지만 이 사진을 한번 자세히 들여다봐!"

어머니는 남편이 무슨 뜻으로 그런 말을 하는지 이해하지 못했다. 어리둥절한 아내를 보며, 아버지가 말했다.

"뒤편에 보이는 성당은 로마에 있는 성 베드로 성당이야. 그러니까, 이 여자는 성 베드로 광장에 간 적이 있다는 말이지. 자동차는 50년대 모델이고."

"왠지 무서워지는데요?" 어머니가 속삭이듯이 말했다. "대체 우리가 무슨 사건에 엮인 걸까요?"

아버지는 두 손을 식탁에 얹으며 말했다.

"수수께끼야. 하지만 이 사진만으로 이 여자가 1948년에 실종된 그 소녀라는 사실을 증명하기는 어렵지."

아버지는 눈을 들어 허공을 멍하니 쳐다보았다.

"시내 광장에 가보았지만, 그 사람을 찾을 수 없었어."

요아킴은 아버지가 무슨 말을 하는지 대번에 알 수 있었다. 하지만 어머니는 궁금해하며 물었다.

"대체 누구를 말씀하시는 거예요? 도무지 알 수 없는 말만 하니…."

"꽃장수 말이야… 요한네스. 서점에 들러 자주 물을 얻어 마셨다는 바로 그 사람. 그 사람하고 제대로 이야기를 나누어보면 좋겠다고 생각했지. 어쨌든 한 가지 사실만큼은 확실해. 그 이상한 대림절 달력을 만든 사람은 요한네스야. 그런데 이제 그 사람마저 사라져버렸으니…."

온갖 생각에 사로잡혀 있던 요아킴은 머리가 너무나 복잡해져서 어서 잠자리에 들고만 싶었다. 내일 아침이 될 때까지 어떻게 기다리나 하는 조바심도 있었다. 어쨌든 내일 아침이 되면 엘리사벳 한센과 천사 에피리엘에 대해 더 많은 것을 알게 될 것이 분명했다.

12월 12일 아침이 되어 요아킴이 눈을 떠보니 방에 부모님이 들어와 있었다. 토요일인데도 부모님은 아들보다 일찍 일어났던 것이다. 평소에 없던 일이었다.

"대림절 달력을 열어볼까?" 아버지가 말했다. "어서 열어보자!"

보아하니 아버지는 달력을 직접 열어보고 싶어 하는 것 같았다. 그날 그림에는 붉은색 중세 시대 복장의 남자가 커다란 팻말을 들고 서 있었다.

부모님은 침대에 앉아서 달력에 있던 종이쪽지를 꺼내 펼치는 요아킴을 바라보았다. 소년은 종이에 적힌 깨알 같은 글자들을 읽기 시작했다.

크비리니우스

다섯 마리 양은 작은 언덕을 넘어 온갖 과일나무로 가득한 풍요로운 평지에 이르렀다. 아기 천사 유무리엘은 작은 날개를 파닥거리며 양들 주위를 맴돌았고, 그 뒤를 야콥과 요스바, 카스파르와 발타사르, 에피리엘과 엘리사벳이 따랐다.

일행은 '비엘'이라는 이름의 큰 호수를 포함한 몇 개의 호수와 강을 건넜다. 그중에서도 가장 큰 호수인 레만 호는 엘리사벳이 지금까지 보아왔던 강과 호수 중에서 가장 아름다웠다. 하늘을 담은 물은 너무도 맑아서 마치 하늘 한구석이 내려앉은 것처럼 보였다.

그들은 강가 가파른 계곡 사이에 있는 낡은 오솔길을 걸었다. 에피리엘은 그 강의 이름이 '론'이라고 말해주었다. 알프스 산맥에서 흐르는 물은 레만 호의 서쪽 론 강을 거쳐 지중해까지 이른다고 했다.

그들은 강 위의 낡은 다리를 건너 성 모리스 수도원 앞에서 걸음을 멈추었다. 수도원을 사방으로 둘러싼 알프스 산맥의 꼭대기에는 흰 눈이 쌓여 있었다.

"지금 시점은 1079년이란다." 에피리엘이 말문을 열었다. "높다란 산으로 둘러싸인 이 수도원에는 서기 600년대부터 수많은 수도자가 모여 하느님을 찬미했단다. 285년 '모리스'라는 사람이 로마의 신을 숭배하지 않는다는 이유로 목숨을 잃자, 후세 사람들은 그를 성인으로 추대하며 이 수도원을 세웠지."

그가 말을 마치자마자 건물 안에서 수도자 한 사람이 나와 이들에게 다가왔다. 그는 가볍게 목례하며 일행에게 인사를 건넸다.

"주님께 영광을!"

"안녕하세요." 엘리사벳은 수도자가 던진 말의 뜻을 전혀 몰랐지만, 일행 중 누군가는 인사를 해야 한다는 생각에 인사말을 해버렸다.

수도자는 그제야 일행 중에 있던 천사들을 발견하고는 무릎을 꿇었다.

"할렐루야! 할렐루야!"

수도자의 놀란 모습으로 미루어보아 그곳 사람들은 천사의 방문에 그리 익숙하지 않은 것 같았다. 비록 알프스 산중에 있어서 하늘과 가장 가까운 곳에 살고 있었지만 말이다.

유무리엘은 날개를 파닥거리며 허공으로 날아올라 수도자에게 다가가 비단결처럼 부드러운 목소리로 말했다.

"두려워 마세요. 조금도 놀랄 일이 아니에요. 우리는 아기 예수님을 만나러 베들레헴으로 가는 중이랍니다."

뒤에 서 있던 누비아의 왕 카스파르도 수도자에게 다가갔다.

"이 수도원과 그대에게 평화가 있으라. 우리는 아기 천사의 말처럼 왕 중의 왕을 경배하기 위해 다비드의 도시, 베들레헴으로 가는 중입니다."

그들은 말을 마치고 곧바로 그곳을 떠나 얼마 후 '마르티니'라는 작은 도시에 당도했다. 그곳에는 오래된 로마식 원형극장이 있었다.

"로마인들은 알프스 산맥을 넘을 때 이곳을 거쳐 갔단다." 에피리엘이 설명했다. "나폴레옹도 군대를 이끌고 알프스 산맥을 넘을 때 이 길을 이용했지."

"베들레헴으로!" 요스바의 외침을 신호로 일행은 가파른 산길을 오르기 시작했다. 공기가 무척 맑고 옅어서 엘리사벳은 그곳이 하늘나라로 향하는 길이 아닌가 싶었다. 풀숲에서 산토끼와 다람쥐, 산양도 볼 수 있었다. 허공에는 까마귀와 독수리가 원을 그리며 날고 있었다. 덤불 속에선 뇌조류가 갑자기 머리를 내밀어서 일행은 깜짝 놀라기도 했다.

산꼭대기에 이르니 커다란 집 한 채가 있었다.

"지금 시점은 1045년이야. 지금 우리 눈앞에 있는 이 집은 알프스 산을 넘는 사람들이 쉬어 가도록 만든 건물이란다. 지은 지 얼마 되지 않은 새집이야. 이 집을 지은 사람은 멘톤의 성 베르나르도란다. 이 시기부터 베네딕트 수도자들이 이곳에 머물면서, 산에서 조난한 사람들을 구해주었단다. 이들이 키우던 개, 세인트버나드는 구조 활동에 아주 큰 도움을 주었지."

"바로 그거에요!" 아기 천사 유무리엘이 느닷없이 에피리엘의 말에 끼어들었다. "예수님은 어려움을 겪는 이웃을 도우라고 하셨어요. 언젠가 예수님이 예루살렘에서 예리코로 가는 여행자 이야기를 들려주셨어요. 그 여행자는 길에서 강도를 만나 가진 물건을 다 빼앗기고 치명적인 상처를 입었답니다. 그런데 생사를 오가며 길에 쓰러져 있는 그 여행자를 보고도, 지나가는 사람들은 모른 척했답니다. 아무도 도와준 사람이 없었던 거죠. 예수님은 곤경에 빠진 사람들을 돕지 않는다면 목회자가 될 수 없다고 하셨어요. 말뿐인 기도를 올리는 건 소용없는 일이라고도 했지요."

엘리사벳이 고개를 끄덕이자 유무리엘이 말을 이었다.

"모두 그 여행자를 못 본 척하고 지나갔지만, 한 사람 사마리아인은 달랐어요. 당시 사마리아 사람들은 유다이아에서 배척당하고 있었답니다. 왜냐면 그들의 믿음은 유대인들의 믿음과 조금 달랐거든요. 그 사마리아인은 마음이 따뜻했고, 신음하며 죽어가는 사람을 도와 목숨을 구해주었어요. 중요한 건 바로 이거예요! 곤경에 빠진 사람을 모른 척하고 도와주지 않는다면, 믿음이든 종교든 아무짝에도 쓸모없다는 거예요."

엘리사벳은 고개를 끄덕이며 아기 천사의 말을 가슴 깊이 새겼다.

일행이 갈림길에 다다랐을 때 붉은색 중세 시대 옷을 입은 남자가 커다란 종이를 손에 들고 서 있었다. 그는 꼼짝도 하지 않고 꼿꼿하게 서 있어서 마치 로마 시대 화석처럼 보였다.

그 종이에는 '베들레헴으로!'라는 글귀가 대문자로 크게 쓰여 있었다. 게다가 화살표도 그려져 있었다.

"살아 있는 이정표예요!" 엘리사벳이 소리쳤다.

에피리엘은 고개를 끄덕이며 말했다.

"보아하니 저 사람도 우리 일행에 합류하겠군."

유무리엘은 알림 종이를 들고 있는 남자를 향해 힘차게 날아갔다.

"두려워하지 마세요! 두려워하지 마세요! 두려워하지 마세요!"

하지만 그는 전혀 두려워하는 것 같지 않았다. 오히려 엘리사벳을 향해 한 걸음 다가와 손에 들고 있던 알림 종이를 소녀에게 건네주고는 일행에게 말했다.

"축하합니다. 아니, 축하한다는 표현은 맞지 않습니다. 감사한다고 해야죠! 왜냐하면 나도 이 대림절 달력에 합류하게 되었기 때문입니다. 아니, 그보다 나는 시리아의 지도자로 크비리니우스라고 합니다. 시리아는 자연 풍경이 매우 아름다운 곳이니 여러분을 초대하고 싶습니다…. 아니, 그보다 더 중요한 것은 물론 서로 따스한 마음으로 친절하게 대하는 것이지요. 딕시!"

엘리사벳은 그가 말을 너무도 이상하게 했기에 웃지 않을 수 없었다. 마치 두 사람이 서로 말하려고 다투는 것만 같았기 때문이었다. 그는 어떤 것을 말하다가 갑자기 다른 것을 말하는 엉뚱한 태도를 보였다. 결국, 크비리니우스는 영원처럼 느껴졌을 세월을 보내며 들고 있었을 알림 종이를 엘리사벳에게 건네주고 나서야 한시름 놓은 것 같았다. 마침 불어오는 바람에 그의 옷자락이 펄럭였다.

"그리고 이것은… 동지 여러분, 여기를 잠시 주목해주십시오…. 여기 내가 들고 있는 이 알림 종이는 소시지에 들어 있는 건포도만큼이나 희귀하고 값진 것입니다…. 내가 하고 싶은 말은, 그러니까 이 값진 건포도는 바로 아가씨에게 드리는 것입니다. 딕시!"

엘리사벳은 놀란 표정으로 그를 바라보았다.

"제게 이 알림 종이를 주시는 거예요?"

크비리니우스는 고개를 끄덕이며 대답했다.

"한쪽만…. 그러니까 내 말은, 이렇게 한쪽을 잡고… 이렇게 돌돌 말면… 두루마리처럼 되지요? 자, 이제 아시겠지요? 딕시!"

엘리사벳은 그가 왜 말끝마다 '딕시'를 찾는지 이해할 수가 없었다. 그 '딕시'라는 말이 개나 고양이 같은 애완동물의 이름이리라고 짐작한 엘리사벳은 주변을 여러 번 두리번거려 보았지만, 아무것도 보이지 않았다. 그러자 천사 에피리엘은 '딕시'가 라틴어로 말을 끝낼 때 쓰는 마침표와 같은 뜻이 있다고 귓속말로 엘리사벳에게 알려주었다.

그제야 알림 종이를 제대로 들여다본 엘리사벳은 너무나 놀라 입을 다물지 못했다. 소녀가 손에 들고 있던 것은 24개의 작은 문이 달린 대림절 달력이었던 것이다. 각각의 작은 문에는 금발의 젊은 여자가 그려져 있었다. 그리고 그 뒤로 커다란 성당이 보였다.

"처음 12개…. 그러니까 아가씨가 처음 12개의 문을 열어야 합니다. 왜냐면 지금까지 여러분의 여정은 12개의 문만큼 진행되었기 때문입니다. 딕시!"

엘리사벳은 바위에 걸터앉아 달력의 처음 12개의 문을 차례로 열어보았다. 첫 칸에 보이는 것은 아기 양의 그림이었다. 그다음은 천사, 또 그다음은 엄마 양이 보였다. 그다음은 양치기, 양, 동방박사, 양, 양치기, 양, 아기 천사, 동방박사의 모습이 순서대로 그려져 있었다. 엘리사벳은 이 그림들이 유럽 대륙을 가로지르며 순례 여행을 계속하고 있는 일행을 묘사했음을 깨달았다.

그런데 문의 앞면에 그려진 젊은 여인은 도대체 누굴까?

"감사합니다!" 엘리사벳은 예의 바르게 고마움을 표시했다.

크비리니우스는 고개를 저으며 말을 이었다.

"아닙니다. 아가씨가 아니라… 감사는 제가 해야지요. 그러니까 감사를 해야 할 사람은 바로 저란 말입니다. 저는 아가씨와 여기 계시는 여러분께 무척 고마워하고 있습니다. 저처럼 늙은 로마인을 일행에 끼워 주셔서…. 덕분에 저도 신성한 순례 길에 오를 수 있게 되었습니다…. 저도 베들레헴까지 가는 거지요. 그러니까 아가씨가… 이 축복받은 아기 양을 따라… 시끌벅적한 백화점에서 뛰쳐나왔기에 가능한 일입니다. 딕시! 딕시! 딕시!"

엘리사벳은 에피리엘을 쳐다보며 웃음을 터뜨렸다.

"아직 12번째 문을 열어보지 않았구나." 천사가 소녀에게 말했다.

엘리사벳은 그제야 달력의 12번째 문을 열고 그 안에 그려진 그림을 보았다. 거기에는 소녀가 손에 들고 있는 대림절 달력과 똑같은 그림이 그려져 있었다. 12번째 칸의 문 앞면에는 다른 칸과 마찬가지로 성당 앞에 서 있는 금발의 여인이 보였다.

요스바는 지팡이로 땅바닥을 내리치며 소리쳤다.

"베들레헴으로! 베들레헴으로!"

요아킴의 가족은 침대에 앉아 서로 마주 보았다. 그러다가 요아킴이 웃으며 말문을 열었다.

"크비리니우스가 일행과 함께 베들레헴까지 갈 수 있었으면 좋겠어요."

어머니와 아버지는 깨알 같은 글자로 가득한 종이쪽지를 뚫어지게 바라보았다.

"오늘은 성 베드로 광장에 서 있는 젊은 여인의 이야기가 엘리사벳의 이야기에 들어 있구나." 아버지가 말했다.

어머니는 영문을 모르겠다는 듯 고개를 절레절레 저었다.

"그러니까 커다란 대림절 달력에 작은 대림절 달력이 들어 있다는 건가요?"

아버지는 고개를 끄덕였다.

"여기엔 분명히 어떤 의미가 숨어 있을 거야."

"오늘 새로 등장한 두 번째 대림절 달력에 또 다른 달력이 숨어 있을 수 있을까요?" 요아킴이 물었다.

"글쎄… 그걸 누가 알겠니?" 어머니가 말끝을 흐리며 대답을 대신했다.

12월 13일

…하늘에서 번개가 치면,
땅에는 순식간에 빛줄기가
폭포처럼 흘러내리지…

아버지는 실제로 1948년 12월 백화점에서 실종된 작은 소녀의 이름이 엘리사 벳 한센이라는 사실을 알아냈다. 엘리사벳 한센은 마법의 대림절 달력에 숨어 있는 이상한 이야기의 주인공 이름이기도 하다. 그 소녀는 천사 에피리엘과 함께 베들레헴으로 가는 중이다. 그들 일행은 유럽 대륙을 가로지를 뿐 아니라 시간을 거슬러 여행하고 있다. 매일 아침 요아킴이 대림절 달력의 작은 문을 열면 거기에는 매일 100년씩 과거를 향해 여행하는 엘리사벳 일행의 이야기가 적힌 쪽지가 숨어 있다.

이제 이야기 속 엘리사벳도 자신만의 대림절 달력을 손에 넣었다. 달력 뒷면에는 '베들레헴으로!'라는 글자가 적혀 있고, 앞면에는 금발의 여인 그림이 그려져 있었다.

딜력 그림 속 금발 여인온 로마의 베드로 성당 앞에서 사진을 찍었던 여인과 같은 인물일까? 사진 속 여인 이름도 엘리사벳이라고 했다. 그렇다면 그 엘리사벳과 대림절 달력에 나오는 엘리사벳은 같은 인물일까, 다른 인물일까?

대림절 달력은 꽃장수 요한네스가 만든 것으로 보인다. 그 사실을 확인하고자 아버지는 꽃장수를 만나러 시내 광장에 가보았지만 그를 찾을 수 없었다.

12월 13일 아침, 요아킴이 잠에서 깨니 부모님은 이미 그의 방 안에 들어와 있었다. 요아킴은 부모님도 대림절 달력에 들어 있는 이야기가 무척 궁금한 모양이라고 생각했다.

"얼른 열어보렴." 아버지가 재촉했다.

요아킴은 몸을 일으켜 대림절 달력에서 꼬깃꼬깃 접힌 종이쪽지를 꺼냈다. 그날의 그림은 무지개였다.

요아킴이 침대에 앉으니 부모님도 아들의 양옆에 각각 자리를 잡고 앉았다. 그들은 요아킴 쪽으로 머리를 기울였고, 어머니가 종이쪽지에 적힌 글을 소리 내어 읽었다.

여섯 번째 양

다섯 마리의 양은 가파른 알프스 산맥에서 내려왔다. 뒤에는 두 명의 양치기, 두 명의 동방박사, 두 명의 천사, 한 명의 로마인 집정관, 그리고 빨간 외투와 청바지를 입은 작은 소녀 한 명이 따랐다. 그들은 한곳에 30초밖에 머물지 않았다. 왜냐면 그들은 단순히 북부 이탈리아의 아오스타로 향하는 비탈길을 내려갈 뿐 아니라 시간을 거슬러 여행하기 때문이었다. 노르웨이에서 출발한 일행의 목적지는 다비드의 도시 베들레헴이었다. 그리스도 탄생 후 2,000년이 지난 시기에 여정의 첫발을 내디딘 이들은 그리스도 탄생에 맞추어 여정을 끝낼 계획을 세우고 있었다. 시간을 거슬러 여행하면 노르웨이에서 베들레헴까지의 거리는 그리 멀지 않다. 그것은 마치 바람을 등에 지고 달리는 것과 같고, 아래층으로 향하는 에스컬레이터에서 뛰어 내려가는 것과 비슷하기 때문이다.

998년 6월의 어느 날, 아오스타 골짜기에서 올라오던 수도자들은 한순간 눈앞을 번쩍 스쳐 지나간 이상한 여행자들을 보고 깜짝 놀랐다. 마치 하늘에서 번개가 치고 몇 초 뒤에 폭포처럼 땅으로 흘러내리는 빛줄기를 보는 것만 같았다.

"저기 좀 봐!" 수도자 한 사람이 외쳤다.

"어디?" 옆에 있던 수도자가 물었다.

"방금 골짜기로 내려오는 이상한 사람들을 봤어. 사람도 있고 동물도 있었는데, 맨 뒤에는 작은 소녀와 천사도 있었어."

그의 말에 세 번째 수도자가 맞장구를 쳤다.

"맞아. 나도 봤어. 마치 하늘나라 군대 같은 느낌이 들더군."

아무것도 보지 못한 수도자는 쯧쯧 혀를 차며 고개를 절레절레 저었다.

"높은 곳으로 올라오니 공기가 희박해져서 허깨비를 본 건 아니야?"

그는 천사 일행이 지나갈 때 마침 바닥에 피어 있던 야생 장미꽃을 바라보느라 넋을 잃고 있었다.

그로부터 4년 후, 상업 도시인 밀라노에서도 두 명의 수도자가 일행을 보았다. 그 도시는 아오스타 골짜기에서 불과 몇 킬로미터밖에 떨어지지 않은 곳이었다.

엘리사벳 일행은 아오스타 골짜기의 아름다운 풍경을 감상하기 위해 잠시 걸음을 멈추었다. 에피리엘은 몽블랑 산과 마터호른 산의 뾰족한 꼭대기를 손으로 가리켰다. 엘리사벳은 시리아 주재 로마 집정관에게서 얻은 대림절 달력을 들여다보느라고 주변의 풍경을 감상할 여유가 없었다.

소녀는 손에 들고 있는 대림절 달력과 똑같은 달력 그림이 그려진 12번째 문을 가리키며 크비리니우스에게 물었다.

"이걸 지금 열어봐도 될까요?"

크비리니우스는 고개를 저었다.

"미안하지만 조금 더 기다려야 해. 아직은 때가 아니야. 이 달력은 일곱 개의 봉인을 풀어야 열 수 있어. 딕시!"

그의 말에 카스파르와 발타사르가 헛기침을 하며 말문을 열었다.

"우리는 무엇이든 다 알고 있는 박사들이어서 달력에 무엇이 들어 있는지도 말해줄 수 있단다."

첫 번째 동방박사에 이어 두 번째 동방박사가 말했다.

"그 안에는 아주 작은 비밀 종이쪽지들이 들어 있어. 쪽지에는 신비로운 글이 적혀 있지."

엘리사벳은 그들을 뚫어지게 바라보았다.

"그럼 얼른 이야기해주세요!"

"첫 칸에는 '엘리사벳(Elisabet)'이라고 적혀 있어." 카스파르가 말을 시작했다. "두 번째 칸에는 리사벳(Lisabet), 세 번째 칸에는 이사벳(Isabet), 네 번째에는 사벳(Sabet), 다섯 번째는 아벳(Abet), 여섯 번째는 벳(Bet), 일곱 번째는 엣(Et)이 순서대로 나오지. 처음 일곱 개의 문을 열면 이렇게 차례차례 적혀 있는 걸 볼 수 있을 거야."

엘리사벳은 환하게 미소 지었다.

"그리고요?"

이번에 대답한 사람은 두 번째 동방박사였다.

"그다음은 테(Te), 텝(Teb), 테바(Teba), 테바스(Tebas), 테바시(Tebasi), 테바실(Tebasil), 테바실레(Tebasile)가 차례로 적혀 있단다. 그 뒤에는 열 개의 문이 또 남아 있지."

엘리사벳은 웃음을 터뜨렸다.

"나머지 열 개의 문을 열면 또 어떤 것들이 적혀 있을까요?"

"거기엔 엘리사벳, 리사벳, 이사벳, 사벳, 아벳, 벳, 그리고 엣이 차례로 적혀 있어." 카스파르가 소녀의 질문에 대답했다.

손가락을 꼽아가며 세어보던 엘리사벳이 다시 물었다.

"그 뒤에도 아직 세 개나 더 남아 있는 걸요?"

카스파르는 의미심장한 표정을 지으며 고개를 끄덕였다.

"다음 칸인 22번째 문을 열면 '로마(Roma)'라는 글자가 적혀 있고, 23번째 칸의 문을 열면 '아모르(Amor)'라는 글자가 적혀 있어. 그리고 24번째 칸에는…."

"24번째 칸에는?" 엘리사벳이 다그쳤다.

"거기에는 '예수(Jesus)'라는 글자가 아주 커다랗고 아름답게 적혀 있단다. 첫 번째 알파벳은 빨간색, 두 번째는 주황색, 세 번째는 노란색, 네 번째는 파란색, 다섯 번째 알파벳은 보라색이야. 이걸 다 모아보면 무지개색이 되지. 예수님은 자주 무지개로 비유되기도 하니까."

"그건 왜죠?"

"비가 내릴 때, 먹구름 사이를 비집고 해가 나올 때가 있지. 무지개는 바로 그럴 때 생긴단다. 예수님도 마찬가지야. 예수님은 하늘과 땅을 잇는 무지개 같은 역할을 하시니까."

그때 요스바가 지팡이로 돌을 힘껏 내리치자 둔탁한 소리가 메아리치며 산골짜기에 울려 퍼졌다.

"베들레헴으로! 베들레헴으로!"

산봉우리들은 마치 그의 말에 대답이라도 하듯이 메아리로 여운을 돌려보냈다.

"들레헴, 들레헴, 들레헴…."

잠시 후, 일행은 계곡 아래쪽에 있는 포 평원에 이르렀다. 널찍한 강으로 둘러싸인 그곳에는 온갖 과일나무가 빽빽하게 자라고 있었다. 포 평원의 왼쪽에는 알프스 산맥에서부터 이탈리아 쪽으로 흘러내리는 포 강, 그리고 오른쪽에는 아드리아 해가 있었다.

그들은 비옥한 평원을 지나 포 강과 티치노 강이 만나는 곳에 당도했다. 상업 도시로 알려진 파비아는 거기서 그리 멀지 않다. 천사 에피리엘은 천사 시계를 들여다보고 그해가 904년이며, 파비아에는 이미 전 유럽에서 명성을 떨치던 권위 있는 대학이 있었다고 설명했다.

요스바가 다시 지팡이로 바닥을 내리치려는 순간, 엘리사벳은 무언가를 말하려고 했다. 그런데 양치기 야콥이 소녀의 의도를 알아차렸다는 듯이 먼저 입을 열었다. 그는 강기슭에 있는 커다란 뗏목 하나를 가리켰다.

"저걸 빌려 타야 할 것 같군요."

일행은 줄지어 뗏목에 차례차례 올라탔다.

뗏목을 강에 띄우려는데, 낯선 남자가 양 한 마리를 안고 일행을 향해 뛰어왔다.

"제가 바치는 이 희생양을 받아주소서!"

이로써 일행에 합류된 양은 모두 여섯 마리가 되었다.

뗏목을 타고 강 건너편에 이르자, 크비리니우스는 엘리사벳을 향해 이제 대림절 달력의 13번째 문을 열어도 된다고 했다. 소녀가 문을 열자, 거기에는 양 한 마리를 품에 안은 남자가 그려져 있었다.

어머니가 쪽지에 적힌 글을 모두 읽은 뒤에도 요아킴 가족은 아무 말 없이 침대 난간에 한참이나 그대로 앉아 있었다.

"들레헴, 들레헴, 들레헴~!" 갑자기 어머니는 노래하듯 쪽지의 한 구절을 소리 내어 말했다.

"사벳…테비스." 요아킴이 중얼거렸다.

그 순간, 요아킴은 두 눈을 휘둥그레 치켜떴다. 소년은 엘리사벳의 이름을 혼잣말처럼 중얼거렸던 요한네스를 떠올렸다. 왜 이제야 그 생각이 났을까? 요한네스는 엘리사벳의 이름을 거꾸로도 말하지 않았던가? 그가 소녀의 이름을 거꾸로 중얼거렸던 이유는 무엇일까?

아버지도 무언가 한마디 하고 싶은 것 같았다.

"그 꽃장수를 찾을 수만 있다면, 이 대림절 달력이 왜 어떻게 만들어졌는지 알아낼 수 있을 텐데…. 난 다 큰 어른이, 그것도 나이 든 노인이 왜 가위로 종이를 오리고 풀로 붙여가며 이런 달력을 만들었는지 무척 궁금하거든."

"하늘나라의 신성함과 아름다움을 지구에 전하려던 게 아닐까요?" 요아킴이 말했다. "저는 이 마법의 대림절 달력이 지구에 내려와 퍼진 하늘나라의 신성한 것 중 하나라고 생각해요."

부모님은 요아킴의 말에 웃음을 터뜨렸다. 그들은 며칠 전에만 해도 아들이 이상한 말만 한다고 생각했지만, 대림절 달력의 쪽지를 읽고 나자 모든 것을 이해했다.

"난 아오스타 골짜기에 있던 세 명의 수도자에 대해 더 알고 싶어." 아버지는 요아킴과 어머니를 돌아보며 말했다. "그러고 보니 지금 여기 앉아 있는 우리도 수도자 같다는 생각이 드는군. 믿어야 할지 말아야 할지 모르는 것들을 눈앞에 두고 있으니 말이야."

요아킴은 기분이 이상했다. 마구 흥분되고 들떠서 요한네스와의 만남을 비밀로 간직하기는 어려울 것 같다는 생각이 들었다. 마지막으로 남아 있는 작은 비밀 하나는 소년의 머릿속에서 자라고 또 자라 머리가 터질 지경이었다. 결국, 소년은 참지 못하고 비밀을 입 밖에 내고 말았다.

"며칠 전 학교에서 돌아오는 길에 우리 집 대문 앞에서 저를 기다리고 있던 요한네스 할아버지를 만났어요. 할아버지는 우리 집 주소를 시점에서 알아냈다고 했어요."

아버지는 침대에서 벌떡 일어나 옷장 문을 손으로 쾅하고 쳤다.

"그 말을 왜 이제야 하는 거야?"

"별로 중요한 일 같지 않아서…. 요한네스 할아버지는 대림절 달력을 누가 가져갔는지 알고 싶었을 뿐이라고 했거든요."

아버지는 안절부절못했다. 화난 것 같기도 했다.

"알았어. 그런데 그 사람이 뭐라고 하더냐? 혹시 마법의 대림절 달력에 대해 들려준 말은 없었어?"

"크리스마스까지는 아직 시간 여유가 있으니, 다음에 만나면 엘리사벳에 대해 말해주겠다고 했어요."

아버지는 고개를 끄덕였다.

"지금 당장 시내 광장으로 가봐야겠어. 그 요한네스라는 사람을 꼭 만나보고 싶구나. 만나면 잡아끌어서라도 집에 데려와 이야기를 들어봤으면 좋겠다."

그렇게 시내에 갔다가 한참 뒤에 돌아온 아버지는 어깨가 축 늘어져 있었다.

"사라졌어!" 아버지가 체념한 듯 말했다. "마치 땅속으로 꺼진 것처럼."

요아킴은 그날 오후 내내 두 개의 이름을 끊임없이 떠올렸다. 엘리사벳… 테바실레… 엘리사벳…. '엘리사벳'과 '테바실레'는 마치 거울에 비친 것처럼 좌우가 바뀌어 같으면서도 전혀 다른 이름이었다. 하지만 요아킴이 거울을 보면, 거기에는 자기와 똑같이 생긴 요아킴이 서 있었다. 거울에 비친 요아킴의 모습은 '엘리사벳'과 '테바실레'가 전혀 다른 이름인 것과는 달리 여전히 요아킴의 모습이었다.

그렇다면 요한네스가 중얼거렸던 비밀스러운 말은 두 엘리사벳이 같은 사람이라는 의미였을까? 솔직히 '테바실레'라는 말도 사람 이름처럼 들렸던 것이 사실이었다. 혹시 이 세상 어딘가에 '테바실레'라는 이름의 여인도 있는 것이 아닐까?

그날 저녁, 요아킴은 침대에 누워 천장을 바라보며 흥분된 마음을 가라앉히려고 애썼다. 그러나 소년은 참지 못하고 자리에서 일어나 머릿속을 오가는 생각을 작은 공책에 적어보았다.

SABET

A   E

B   B

E   A

TEBAS

12월 14일

…아이가 집게손가락을
채 펴기도 전에…

요아킴은 11월 30일 아버지와 함께 대림절 달력을 사러 시내에 갔다. 하지만 12월 1일부터 시작되는 달력을 하루 전에 사기는 쉽지 않았다. 가는 곳마다 모두 동났다고 했다. 불행 중 다행으로 부자는 어느 작은 서점에 있던 아주 오래된 대림절 달력 하나를 발견했다. 달력의 앞면에는 '마법의 대림절 달력. 가격-75외레'라고 적혀 있었다.

대림절 달력을 만든 사람은 나이 많은 꽃장수 요한네스가 틀림없었다. 아버지는 몇 번이나 그를 만나러 시내 광장으로 나가보았으나 매번 실패했다.

대림절 달력에는 꼬깃꼬깃 접힌 작은 종이쪽지가 날짜 칸마다 들어 있었다. 쪽지에는 백화점의 한 장난감 가게에 있던 아기 양 인형이 시끌벅적한 소리를 참지 못하고 갑자기 살아 있는 아기 양으로 변해 뛰쳐나갔고, 마침 그곳에 있던 엘리사벳 한센이라는 소녀도 아기 양의 부드러운 털을 쓰다듬어보고 싶은 마음에 아기 양을 뒤따르면서 시작되는 이야기가 깨알 같은 글자로 적혀 있었다. 아기 양과 엘리사벳은 길에서 만난 사람들과 함께 베들레헴으로 향했다.

1948년 크리스마스 무렵, 요아킴이 살던 도시에서도 실제로 그와 비슷한 일이 있었다. 백화점 부근에서 '엘리사벳 한센'이라는 이름의 소녀가 갑자기 실종된 사건이 발생했던 것이다. 만약 소녀가 아직 살아 있다면, 지금 아마도 쉰 살이 훌쩍 넘었을 것이다. 그렇다면 로마의 베드로 대성당 앞에서 찍은 사진 속 엘리사벳과 1948년에 실종된 엘리사벳은 같은 인물일까? 사진을 찍은 해는 1960년쯤 된 것 같았고, 사진 속 여인은 긴 금발에 은 십자가 목걸이를 걸고 있는 이십 대 초반 여성이었다.

요아킴은 이 두 명의 엘리사벳이 같은 인물인지 아닌지, 그 대답을 마법의 대림절 달력에서 찾을 수 있으리라고 믿었다. 그런데 요한네스는 왜 여자의 이름을 거꾸로 적어놓기도 했던 것일까? 그리고 며칠 전 요아킴이 찾아왔을 때 알 수 없는 말을 혼자 중얼거렸던 이유는 무엇일까?

12월 14일 아침, 요아킴은 부모님보다 먼저 눈을 떴다. 몸을 일으킨 소년은 이제 크리스마스까지 열흘밖에 남지 않았다는 사실을 떠올렸다.

베들레헴으로 향하는 엘리사벳과 천사 에피리엘 일행에게는 어떤 일이 기다리고 있을까?

소년이 대림절 달력을 열어보려는데 부모님이 방에 들어왔다.

"자, 이제 시작해볼까?" 아버지가 기대에 가득 찬 표정으로 말했다.

아버지는 커다란 지도책 두 권을 겨드랑이에 끼고 있었다.

요아킴이 달력의 날짜 '14' 칸의 문을 열자, 침대 위로 종이쪽지 한 장이 툭 떨어졌다. 문이 열린 달력 칸에는 뗏목에 타고 있는 여러 명의 사람과 동물, 그리고 천사들의 모습이 그려져 있었다.

"뗏목이다!" 어머니가 소리쳤다.

그들은 침대에 나란히 앉았다. 그날은 요아킴이 쪽지를 읽을 차례였다.

이삭

800년대 말, 포 강에는 이상한 뗏목 한 척이 동쪽 아드리아 해협으로 향하고 있었다. 일행이 항해하며 거친 나라의 이름은 롬바르디아였다. 뗏목에는 몇 마리 양이 강물을 마시지 못하게 하는 양치기에게 항의라도 하듯이 쉴 새 없이 메~ 메~ 울어대고 있었다. 가장 어린 아기 양의 목에 달린 방울도 귀가 따가울 정도로 딸랑거렸다. 두 명의 양치기는 양들이 강물에 빠지지 않게 보호하느라 잠시도 한눈을 팔 수 없었다.

두 명의 동방박사는 주변의 아름다운 풍경에 대해 머리가 절로 끄덕여질 것 같은 현명한 말을 주고받았다. 그중 한 명은 피부가 검었고, 다른 한 명은 피부가 희었다. 오렌지와 대추야자의 축복에 대해 길게 토의하던 그들은 하느님이 이보다 더 좋은 세상을 창조할 수는 없다는 데 의견을 모았다. 그것도 엿새 만에 불가능한 일을 이루어냈다는 사실에 감탄했다. 로마 집정관 차림의 남자는 뗏목 맨 뒤에 앉아 기다란 노를 젓고 있었다. 사실상 그의 옷차림은 얼마 전부터 유행에서 사라지고 있었다. 그와 대화에 열중한 소녀는 손에 빳빳한 종이를 쥐고 있었다. 그 종이 한쪽 면에는 '베들레헴으로!'라는 글자가 적혀 있었고, 다른 쪽 면에는 긴 금발 머리의 젊은 여인이 그려져 있었다.

가장 눈에 띄는 것은 뗏목에 앉아 양 날개를 노처럼 사용해 물을 젓는 천사들 모습이었다. 그도 그럴 것이 당시에는 보트의 프로펠러가 발명되기 전이었으니까. 아기 천사 유 무리엘은 가끔 일행을 돌아보며 아름다운 자연경관에 대해 한 마디씩 감탄의 말을 던지곤 했다.

"정말 놀라워요! 숨이 막힐 만큼 아름다워서 바라보기만 해도 기분이 좋아져요. 세상이 창조된 지 닷새째 되던 날 창조주가 보시기에도 좋았던 그 세상의 모습을 직접 보는 듯한 느낌이에요."

그때 뭍에 서 있던 한 인간이 뗏목을 타고 가는 일행을 발견했다. 하지만 그의 눈에 뗏목이 보였던 것은 불과 몇 초간에 지나지 않았다. 그것은 일행이 포강을 건넘과 동시에 시간을 거슬러 갔기 때문이었다. 강가에 서 있던 작은 아이도 이들 일행을 발견하고 어머니와 아버지가 이 이상한 광경을 보도록 뗏목을 가리키려고 했지만, 아이가 집게손가락을 채 펴기도 전에 뗏목은 순식간에 시야에서 사라져버렸다.

그들은 고대 로마의 다리와 건물, 극장과 사원, 도수관을 지나쳤다. 천사 에피리엘은 성당이 보일 때마다 손가락으로 가리켰다.

"저는 젊은 시절에 이곳을 자주 산책했습니다." 크비리니우스가 물속에 잠겨 있는 노의 끝을 바라보며 말을 꺼냈다. "하지만 그건 아주 오래전 일입니다… 아니, 그 반대지요… 그러니까 그때까지는 아직 시간이 남아 있었다는 말입니다. 딕시!"

엘리사벳은 그가 로마 군인들이 거의 전 세계를 점령했던 시기를 이야기한다고 짐작했다.

"그때는 이곳 모습이 어땠나요?" 소녀가 물었다.

"로마 시대 원형극장은 아직도 여기저기 남아 있지. 오렌지 나무도 강가의 빨간 양귀비꽃도 그대로 남아 있어. 하지만 그때는 예수님을 아는 사람이 거의 없었어. 성당과 사원과 목회자와 수도자들이 생겨난 것은 그 이후에 일어난 일이란다. 딕시! 딕시!"

그때 요스바가 육지를 가리켰다.

"저기에 뗏목을 댑시다."

크비리니우스는 뗏목을 육지 쪽으로 향하게 하려고 애썼고, 두 명의 천사는 힘차게 날갯짓하면서 그를 도왔다. 먼저 뗏목에서 내린 양치기 요스바는 지팡이를 이용해 뗏목을 육지 쪽으로 끌어당겼다. 에피리엘이 아기 천사 유무리엘에게 당부했다.

"인간을 만나면 가장 먼저 아주 온화한 천사 목소리로 '두려워하지 마라'라고 말해야 한다는 걸 잊지 마라. 그래야 놀라지 않는단다. 우리는 이곳을 잠깐 스쳐 갈 뿐이야. 그래서 바르게 행동해야 한단다. 알았지?"

네발 달린 짐승과 두발 달린 인간들, 날개 달린 천사들이 모두 뗏목에서 내려 도시를 향해 걸어갔다.

당시의 대부분 도시와 달리 그 도시는 꽤 커 보였다. 에피리엘은 그곳이 '파도바'라는 도시라고 했다.

일행이 도성의 문을 지날 무렵, 하늘색 옷을 입은 한 남자가 눈에 띄었다. 그는 양손으로 머리를 감싼 채 바위 위에 앉아 있었다. 보아하니 무척이나 오래 그 자리에 앉아 있었던 것 같았다.

유무리엘은 날개를 파닥이며 그 남자 앞으로 날아갔다.

"두려워하지 마세요. 놀랄 필요도 없어요. 저는 하느님이 주신 임무를 수행하고 있는 천사 유무리엘이라고 해요."

이번에는 아기 천사의 말이 효과가 있었는지 남자는 땅에 엎드려 얼굴을 숨기는 일 따위는 하지 않았다. '할렐루야'나 '주님께 영광을!'이라는 말도 하지 않았다. 그는 자리에서 일어나 일행을 향해 다가갔다.

"우리 일행 중 한 사람이군." 에피리엘이 말했다.

남자는 엘리사벳에게 손을 내밀었다.

"난 앞으로 너희 일행과 함께 여행할 양치기 이삭이라고 해."

양치기가 한 사람 더 늘자 양들을 돌보기가 훨씬 수월해졌다. 양들을 앞세운 세 명의 양치기 뒤에는 두 명의 동방박사, 두 명의 천사, 그리고 로마 집정관 한 명과 노르웨이 소녀 한 명이 따랐다. 그렇게 일행은 모두 열다섯 명이 되었다.

일행이 걷는 속도가 너무 빨라서 거리의 행인들은 눈앞을 스치고 지나간 그들을 알아보지도 못했다. 엘리사벳 일행도 행인들을 거의 보지 못한 채 지나가기는 마찬가지였다. 이른 아침에 종종걸음으로 걷는 행인들을 보았다 싶으면, 바로 다음 순간 그들은 눈앞에서 사라졌고, 뒤이어 새로운 사람들이 나타나곤 했다.

엘리사벳은 파도바에서 30초 정도밖에 머무르지 않았다고 생각했다. 하지만 실제로 이들이 머문 것은 7, 8년이 넘는 긴 세월이었다. 이들에게 30초는 보통 사람들의 7, 8년과 맞먹는 세월이었던 것이다.

고문서를 찾아보면 804년에서 811년 사이에 파도바에서는 유난히 천사를 보았다고 말하는 사람들이 많았다는 기록이 나온다. 모두 길에서 천사를 포함한 기이한 행렬을 보았다고 증언했다. 그렇다면 역사 기록에 천사를 보았다고 주장하는 사람들은 모두 엘리사벳 일행을 보았던 것이 아닐까?

도시를 에워싼 성곽 밖에 나온 일행은 어느 작은 수도원 앞에서 발길을 멈추었다.

"고대 로마의 도시를 다시 보니 참으로 감회가 새롭습니다." 크비리니우스가 말했다. "이 시기엔 누가 황제로 즉위해 있는지 궁금하군요."

에피리엘은 천사 시계를 확인했다.

"예수님이 탄생하신 지 정확하게 800년이 흘렀군요. 이해 12월 25일에는 카를루스 대제가 로마 황제의 자리에 올랐습니다."

"새로운 세기가 시작되기까지는 얼마 남지 않았군요." 양치기 요스바는 말을 마치고 지팡이로 땅바닥을 내리쳤다.

"베들레헴으로! 베들레헴으로!"

아버지는 지도책을 펼쳐 포 강과 파도바 시를 찾고 나서 손가락으로 엘리사벳 일행이 거쳐 간 길을 따라갔다.

"여기, 할덴에서부터 스웨덴 남쪽 커다란 호수로 내려가면… 베네른이 나오는군. 거기서부터 쿵엘브, 고테보르그, 할름스타드, 그리고 룬드를 거쳤던 거야. 이들은 셀란을 거쳐 코펜하겐으로 갔어. 모두 지도에 나오는 지명이야. 퓐에서 오덴세를 지나 미델파르트에서 릴레벨트 해협을 건너 윌란으로 갔어. 그다음엔 콜딩과 플렌스부르크를 지났군…."

"그 사람들이 시간을 거슬러 여행했다는 것도 잊지 마세요." 어머니가 끼어들었다.

하지만 아버지는 아무 말 없이 손가락으로 지도에 나와 있는 도시들을 짚어나갔다.

"여기가 함부르크야. 엘리사벳이 광장에서 넘어졌던 도시는 하노버였는데… 아, 바로 여기 있군. 그리고 여긴 하멜른. 쥐 잡는 청년과의 약속을 어겼던 주민이 살았던 도시지."

"예, 맞아요. 그들은 약속의 신성함을 무시했어요." 요아킴이 아버지 말에 끼어들었다. "약속을 어기고 제 비밀 상자를 열어보았던 어머니와 아버지도…."

아버지는 아들의 말에 개의치 않고 계속했다.

"독일 남쪽에 '파더보른'이라는 도시가 있군. 아기 천사가 일행에 합류했던 지점은 바로 여기야. 그리고 퀼른을 지나 라인 강에 이르렀어. 천사 유무리엘의 말이 맞는 것 같아. 이곳의 자연 풍경은 대단히 아름답다고 하더군."

"유무리엘이 라인 강을 지나쳤을 때는 1200년대였잖아요." 어머니가 말했다.

"잠깐만! 일행의 여정을 모두 지도에서 찾아보고 싶어서 그래. 마인츠에선 발타사르가 합류했고… 보름스와 바젤을 거쳤군. 바젤은 오늘날 스위스 도시잖아…."

"하지만 엘리사벳이 바젤에 갔던 건 1100년대였어요." 어머니가 말했다.

아버지는 여전히 손가락으로 지도를 짚었다.

"비엘 호수… 레만 호수. 아, 여기 마르티나라는 작은 도시도 있어…. 그러고 보니 이 지도책이 참 쓸모 있군그래. 세인트버나드 길, 맞아… 오늘날에는 모두 터널로 연결되어 있지. 아오스타 골짜기와 롬바르디아를 거쳐 포 강까지."

"브라보!" 어머니가 다시 아버지의 말에 끼어들었다. "하지만 그들 일행이 과거로 시간을 거슬러 올라가며 여행했다는 것도 염두에 두어야 해요. 생각할수록 정말 이상한 여행 경로네요."

아버지는 지도책에서 고개를 들었다.

"하지만 이건 꽃장수가 지어낸 이야기일 뿐이야."

"저는 모두 사실이라고 생각해요." 요아킴이 말했다.

어머니도 고개를 끄덕이며 말했다.

"내가 보기에도 그런 것 같아. 사실이 아니라고 누가 자신 있게 말할 수 있겠어?"

하지만 아버지는 고개를 저었다.

"난 이 사람들의 다음 여정이 궁금해."

"이런! 벌써 여덟 시에요!" 어머니가 소리쳤다.

요아킴 가족은 소리를 지르며 허둥지둥 출근하고 등교할 준비를 서둘렀다. 소년은 부모님이 시간에 쫓기며 스트레스를 받을 때마다 기분이 좋지 않았다. 솔직히 가슴 뛰는 일, 재미있는 일을 다 제쳐놓고 오로지 돈 버는 데 모든 시간을 투자하고 시간에 쫓기는 것보다 더 나쁜 일은 없는 것 같았다.

학교로 뛰어가던 요아킴은 온갖 이상한 이름을 떠올려 보았다. 이야기에 나오는 여러 지명도 되새겨보았다.

학교에서는 크리스마스 연극 준비로 학생들이 강당에 모여 분주하게 시간을 보냈다. 요아킴은 극에서 두 번째 양치기 역할을 맡았다.

12월 15일

…두려워하지 마세요,
천사는 비단결처럼 부드러운 목소리로 말했다…

아버지는 베들레헴으로 향하는 엘리사벳 일행의 여정을 따라가기 위해 커다란 지도책을 가져왔다. 북이탈리아에 도착한 일행이 앞으로 어떤 길을 택해 목적지로 갈지 매우 궁금해하는 것 같았다.

어머니는 일행의 시간 여정에 더 큰 관심을 보였다. 일행은 이미 800년대에 도착해 있었다.

요아킴은 마법의 대림절 달력에 나오는 엘리사벳이 수십 년 전 백화점에서 자취를 감추고 오랜 세월이 흐른 뒤에 로마에서 사진을 찍었던 여인과 같은 인물이라고 확신했다.

12월 15일 아침, 잠에서 깬 요아킴은 마법의 대림절 달력을 열어볼 날도 열흘밖에 남지 않았다는 사실을 깨달았다. 부모님은 아들이 침대에서 채 일어나기도 전에 방으로 들어왔다.

요아킴은 이제 부모님이 자기 비밀 상자를 마음대로 열었다는 사실에 개의치 않았다. 물론 부모님이 하지 말아야 할 일을 했던 것은 사실이지만, 요아킴은 이미 부모님을 용서했다. 솔직히 무언가에 화가 났을 때 앙심을 품는 것은 그리 좋은 태도가 아니다. 더욱이 엘리사벳의 여행 이야기를 부모님과 함께 읽게 되어 요아킴은 기분이 더 좋아졌다. 소년은 크리스마스이브까지 매일 생일 파티라도 하는 것처럼 신나고 좋았다.

"자, 이제 시작해볼까?" 아버지가 말했다.

부모님도 요아킴만큼이나 기대와 흥분에 가득 차 있음을 감추려고 하지 않았다.

요아킴은 침대에서 일어나 숫자 '15'가 적힌 칸의 문을 열고 얇은 종이쪽지가 찢어지지 않도록 조심해서 꺼냈다. 그날 그림은 섬에서 햇살을 머금고 빛을 발하는 집들을 그린 풍경화였다.

오늘은 아버지가 읽을 차례였다. 아버지는 요아킴이 들고 있던 종이쪽지를 가져가 헛기침하며 목을 가다듬은 다음, 큰 소리로 또박또박 읽기 시작했다.

일곱 번째 양

여섯 마리의 양, 세 명의 양치기, 두 명의 동방박사, 두 명의 천사, 한 명의 로마 집정관과 한 명의 노르웨이 소녀는 아드리아 해 깊숙한 곳에 있는 베네치아에 도착했다.

그들은 작은 산등성이에 올라 베네치아 앞바다를 내려다보았다. 에피리엘은 여기저기 퍼져 있는 수많은 섬을 가리키며 이것저것 설명해주었다. 베네치아 사람들은 섬에 집을 지어 놓았고, 그중에는 교회도 있었다. 섬과 섬 사이는 다리로 연결된 곳도 있었고, 바다에는 작은 고기잡이배들이 떠 있었다.

"예수님이 태어나신 지 797년째 되는 해야." 에피리엘이 말했다. "지금 우리 눈앞에 보이는 것은 초기 베네치아의 모습이지. 118개의 작은 섬이 모여 '베네치아'라는 이름을 얻게 되었단다. 이곳 사람들은 원래 외부에서 끊임없이 쳐들어오는 해적들과 야만인들을 방어하기 위해 섬에서 생활했지. 정확히 100년 전에 이곳 사람들은 모두 모여서 지도자를 선출하고, 그를 '총독'이라고 부르기 시작했단다."

"그런데 곤돌라가 한 척도 안 보여요." 엘리사벳이 궁금한 듯이 말했다. "다리도 엄청나게 많은 줄 알았는데 별로 보이지 않고…."

에피리엘은 웃음을 터뜨렸다.

"지금 이곳은 20세기 베네치아와 전혀 다르단다. 조금 전에 말했듯이 지금은 797년이야. 이곳에 사람들이 정착해 살게 된 지는 200년도 채 되지 않았단다. 하지만 베네치아는 앞으로 크게 번성하게 되지. 수많은 사람이 몰려와서 살고 섬과 섬을 잇는 다리도 많아져서 알아볼 수 없을 정도로 변할 거란다."

그들이 수없이 많은 작은 섬을 내려다보고 있는 동안, 작은 돛단배 한 척이 지나갔다. 배의 한쪽 구석에는 소금 자루가 가득 쌓여 있었고, 다른 쪽 구석에는 막 떠오르는 해를 향해 메~ 메~ 울어대는 양들이 타고 있었다.

돛단배에 타고 있던 남자는 일행을 보더니 깜짝 놀라 한쪽 팔을 들어 두 눈을 가렸다. 그 순간, 배가 기우뚱하자 남자는 균형을 잃고 물에 빠졌다. 엘리사벳은 남자가 몇 초 동안 수면 위로 머리를 내밀었다가 다시 물속에 잠기는 것을 보았다.

"사람이 물에 빠졌어요! 얼른 구해야 해요!" 엘리사벳이 소리쳤다.

그러나 천사 에피리엘은 이미 물에 빠진 남자를 향해 날아가고 있었다. 그는 반짝이는 물 위로 춤추듯 다가가 남자를 건져내 뭍으로 데려왔다. 물에 빠졌던 남자는 온몸이 흠뻑 젖어 있었다. 에피리엘은 돛단배도 육지로 끌어왔다.

정신을 차린 남자는 두 명의 천사를 보고 깜짝 놀라 당황하면서 심하게 기침을 하면서도 땅에 납작 엎드렸다. 잠시 후, 그는 숨을 크게 들이쉬고는 이렇게 말했다.

"살려주셔서 고맙습니다, 고맙습니다…."

엘리사벳은 일행이 아기 예수의 탄생을 찬양하러 베들레헴으로 가는 중이며, 그가 놀라고 두려워할 이유는 전혀 없다고 말해주고 싶었다. 하지만 아기 천사 유무리엘이 남자의 주위를 빙빙 돌며 먼저 말을 꺼냈다.

"두려워하지 마세요." 아기 천사는 비단결처럼 부드러운 목소리로 말했다. "놀랄 필요도 없어요. 앞으로는 헤엄칠 줄도 모르면서 혼자 바다에 나가지 마세요. 물에 빠질 때마다 천사가 나타나 구해줄 수는 없잖아요. 우리 천사들이 땅에 내려오는 건 흔한 일이 아니거든요."

남자는 유무리엘의 말이 귀에 들어오지 않는 것 같았다. 아기 천사는 남자 옆에 앉아 그를 다독였다. "두려워하지 마세요." 천사는 몇 번이나 같은 말을 되풀이했다. 그러자 남자는 그제야 정신을 차린 듯 몸을 일으켜 한쪽 다리를 절뚝이며 일행에게 다가왔다. 그는 양 한 마리를 번쩍 들어 일행에게 건네주었다.

"주님의 어린 양에게 경배하소서!"

일행은 다시 길을 떠났다. 행렬의 가장 앞쪽에는 아기 천사 유무리엘이, 그 뒤를 일곱 마리의 양과 세 명의 양치기, 두 명의 동방박사, 크비리니우스, 엘리사벳, 천사 에피리엘이 따랐다.

베네치아 만에서 안쪽으로 깊숙하게 들어가니 고대 로마의 도시 아퀼레이아가 모습을 드러냈다. 에피리엘은 그곳에 있는 수도원 건물을 손으로 가리켰다.

"지금은 예수님이 태어나신 지 718년째 되는 해란다. 이곳은 오래전 고대 기독교도들이 뿌리를 내렸던 곳 중 하나야."

순례 일행은 트리에스테를 거쳐 크로아티아의 황야를 지나 계속 걸어갔다.

아버지는 종이쪽지를 침대에 내려놓고 요아킴의 책상에 올려두었던 지도책을 가져왔다.

"베네치아는 여기 있고, 트리에스테는 여기 있군. 유고슬라비아 국경은 이곳인데…. 아퀼레이아는 찾을 수가 없네."

"옛날 도시 중에는 없어지거나 이름이 바뀐 곳이 많아요." 어머니가 말했다. "차라리 역사 지도를 찾아보는 게 나을 거예요."

아버지는 역사 지도책을 펼쳤다. 유럽 지도를 펼치니 수많은 나라가 촘촘히 모여 있었다. 하지만 같은 지역이라도 쪽마다 그 이름이 달랐다.

"700년대 지도를 찾아보세요." 어머니가 제안했다.

아버지는 다시 책장을 넘겼다.

"여기 있군! 아퀼레이아! 맞아, 바로 이거야. 이 도시는 당시 베네치아와 트리에스테 사이에 있었군. 정말 대단한걸?"

"뭐가요?" 요아킴이 궁금한 표정으로 물었다.

"요한네스도 이런 고대의 지도책을 보면서 이야기를 지어낸 게 틀림없어. 세상은 시간이 흐르면 변하게 마련이잖아. 역사는 잔뜩 쌓아놓은 팬케이크 같은 거야. 그 각각의 팬케이크가 서로 다른 역사와 지도를 그려내지."

요아킴은 아버지를 쳐다보았다.

"팬케이크라고요?"

아버지는 고개를 끄덕였다.

"어떤 일을 알고자 할 때 그 일이 어디서 생겼는지 아는 것만으로는 충분하지 않아. 언제 그 일이 있었는지 아는 것만으로도 충분하지 않단다. 어떤 일에 대해 정확히 알려면 그 일이 언제, 어디서 왜 일어났는지 동시에 알아야 해."

아버지는 양손으로 요아킴의 손을 잡으며 말을 이었다.

"네 앞에 스무 개의 팬케이크가 쌓인 접시가 있다고 상상해보렴. 그런데 그 팬케이크 중 하나에 거뭇거뭇한 얼룩이 묻어 있다고 가정해보자. 너는 어느 팬케이크에 얼룩이 묻어 있는지 찾아내기로 했어. 그럴 때 너는 그 스무 개의 팬케이크를 하나하나 들쳐보아야 하겠지. 어쩌면 가장 밑에 있는 팬케이크까지 모두 들쳐보아야 할지도 몰라."

요아킴은 고개를 끄덕였다.

"지금 이 일행이 베들레헴으로 가는 여행은 스무 개의 팬케이크를 위에서부터 하나하나 들추어보는 것과 비슷해. 왜냐면 엘리사벳의 여정은 맨 위에 놓인 팬케이크부터 시작되니까."

요아킴은 그제야 아버지가 무슨 말을 하는지 이해할 수 있을 것 같았다.

"하나의 팬케이크가 100년을 의미한다면, 2천 년을 거슬러 올라가는 그들의 여행은 시간상으로 스무 개의 팬케이크를 들추어보는 것이나 마찬가지잖아. 이 지도책은 지난 20세기에 세계가 어떻게 변해왔는지 자세하게 보여주고 있어. 요한네스도 이런 팬케이크 책을 뒤져보았을 거야."

요아킴과 어머니는 아버지가 '팬케이크 책'이라고 말한 것이 너무도 웃겨서 소리 내어 웃었다.

가족 중에 팬케이크를 가장 맛있게 구워내는 사람은 바로 어머니였다. 하지만 어머니는 요아킴과 아버지의 대화를 멍하니 듣고만 있었다. 마침내 아버지가 손가락을 맞부딪치며 딱! 소리를 내자 어머니가 정신을 차린 듯 말문을 열었다.

"797년에 베네치아에서 천사에게 구조되어 목숨을 건진 뱃사람이 실제로 살았는지 궁금해요. 그런 일도 책을 찾아보면 확인할 수 있을까요?"

이번에는 아버지가 웃음을 터뜨렸다.

"당신은 달력 쪽지에 적혀 있는 이야기를 사실로 믿는 거요?"

어머니는 당황한 듯이 눈을 깜박이며 대답했다.

"아니, 꼭 그런 건 아니지만…."

어머니는 요아킴과 아버지의 표정을 번갈아 살폈다.

"만약 그게 실제로 있었던 일이라면 천사의 도움을 받았던 남자는 분명히 주위 사람들에게 그 일을 이야기했을 거예요. 예를 들어 성당 신부님한테 그 이야기를 했다면, 어딘가에 기록이 남아 있을지도 몰라요. 그렇다면 지금도 도서관 같은 데서 그 기록을 찾아볼 수 있지 않을까요?"

아버지는 그런 터무니없는 이야기를 더는 듣고 싶지 않다는 듯한 표정을 지으며 말머리를 돌렸다.

"오늘 저녁은 시내에 가서 피자로 해결하는 게 어때? 그런 다음에 광장에 나가보자. 요아킴, 꽃장수 요한네스가 어떻게 생겼는지 아직도 기억하고 있니?"

"그럼요! 눈에 띄면 곧바로 알아볼 수 있어요. 그 할아버지는 말도 좀 이상하게 했어요. 외국인 같았어요."

수업을 마치고 요아킴은 학교 앞에서 어머니와 함께 버스를 타고 시내에 가서 아버지를 만났다. 그들은 피자 가게에서 저녁을 먹고 나서 광장에 가기로 했다.

아버지는 피자를 먹으면서도 쉴 새 없이 아들에게 질문을 던졌다.

"밖에 있는 사람 중에 요한네스가 보이니? 아직 못 봤어?"

요아킴은 아버지의 질문에 아니라고 대답할 수밖에 없었다. 광장에는 꽃장수 요한네스의 모습이 보이지 않았다.

그들은 식사를 마치고 양초와 크리스마스 선물을 샀다. 집으로 돌아가기 전, 그들은 요아킴이 마법의 대림절 달력을 찾아냈던 바로 그 서점에 가보았다.

나이 많은 서점 주인은 요아킴과 아버지를 한눈에 알아보았고, 어머니에게도 정중하게 인사했다.

"다시 찾아왔습니다. 최근에 꽃장수를 보신 적이 있는지 궁금해서요." 아버지가 말했다.

서점 주인은 고개를 저었다.

"꽃장수를 보지 못한 지 꽤 오래되었어요. 서점에 들러도 오래 머물지 않는 사람이라…. 특히 요즘 같은 겨울철에는 오랫동안 모습을 드러내지 않지요."

"마법의 대림절 달력은 수수께끼 자체에요." 이번에는 어머니가 말했다. "우리는 그분을 집으로 모셔서 정식으로 인사라도 드렸으면 좋겠다고 생각했답니다."

부모님은 서점 주인에게 전화번호를 건네주고 꽃장수 요한네스가 오면 꼭 전화해달라고 당부했다. 서점 문을 나서던 아버지가 갑자기 생각난 듯이 한마디 덧붙였다.

"그런데 그 꽃장수가 어디에서 왔는지 아십니까?"

서점 주인은 곰곰이 생각을 더듬었다.

"언젠가 다마스쿠스에서 왔다고 말했던 것 같아요. 그런 기억이 어렴풋이 나는군요."

집으로 돌아오는 길에 아버지는 초조한 듯 운전대를 손가락으로 타닥타닥 두드리면서 어머니에게 말했다.

"그 꽃장수를 찾을 수만 있다면⋯."

"그래도 이제 그 사람이 어디서 왔는지는 알고 있잖아요." 어머니가 말했다. "그런데 다마스쿠스는 시리아의 수도가 아닌가요?"

12월 16일

···신성한 딸꾹질에
시달리는 사람은···

그날 오후, 요아킴 가족은 엘리사벳과 요한네스, 마법의 대림절 달력에 관한 이야기로 시간 가는 줄 몰랐다. 말하지 않을 때도 그들 일행에 대한 생각이 뇌리를 떠나지 않았다.

아버지는 바닥에 떨어뜨린 포크를 집어 올리면서도 이렇게 말했다.

"그 사람을 만나지 못해 참으로 아쉽다. 여우 같은 사람이라는 생각마저 드는구나. 영리한 여우는 좀처럼 사람 손에 잡히지 않는 법이지."

어머니는 읽고 있던 신문을 무릎에 올려놓고 한동안 허공을 바라보더니 혼잣말로 중얼거렸다.

"사라진 소녀가 영영 돌아오지 않은 것도 수수께끼야."

벽난로 위에는 '엘리사벳'이라는 이름의 여인 사진이 놓여 있었다. 요아킴은 텔레비전 어린이 프로그램을 보다가 갑자기 그 빛바랜 사진으로 시선을 옮겼다.

"어쩌면 엘리사벳은 요한네스의 애인인지도 몰라요."

부모님은 요아킴의 뜬금없는 말에 하던 일을 멈추었다. 아버지는 식탁에 커피 잔을 올려놓고 말했다.

"그래… 정말 그럴지도 모르겠군."

어머니도 한마디 거들었다.

"달력 속의 엘리사벳은 크비리니우스한테서 대림절 달력을 얻었지. 그 달력에는 '엘리사벳'과 '테바실레'라는 글자가 적혀 있었어. 그리고 '로마(ROMA)'와 '아모르(AMOR)'라는 글자도 적혀 있었잖아. 라틴어로 아모르는 '사랑'을 뜻하잖니."

텔레비전을 보던 요아킴이 갑자기 튀어 오르듯 자리에서 일어났다.

"아모르에 그런 뜻이 있나요?"

어머니는 고개를 끄덕였다.

"'로마(ROMA)'를 거꾸로 읽으면 '아모르(AMOR)'가 되잖아요." 요아킴이 말을 이었다. "그렇다면 '테바실레'라는 이름도 실제로 존재하는 사람의 이름이 아닐까요?"

12월 16일 이른 아침, 부모님은 자고 있던 요아킴을 깨웠다.

"얼른 일어나, 요아킴." 어머니가 말했다. "아직 일곱 시밖에 되지 않았지만, 시간에 쫓기지 않으려면 일찍 달력을 열어보는 게 좋지 않겠니?"

요아킴은 그 말에 자리에서 벌떡 일어났다. 긴장과 흥분이 밀려왔다. 마치 하루하루가 생일 같았다. 일 년 내내 이런 달력을 열어볼 수 있다면 얼마나 좋을까?

문득 요아킴은 지난밤에 꾸었던 꿈이 생각났다. 작은 소녀가 무언가 잃어버린 것을 찾으려고 산더미처럼 쌓여 있는 팬케이크를 헤집는 꿈이었다. 결국, 소녀는 가장 밑에 있는 팬케이크에서 천에 싸여 있는 작은 인형을 찾아냈다. 그것은 숨 쉬고 움직이는, 살아 있는 인형이었다.

요아킴은 눈을 비비며 대림절 달력을 들여다보았다.

"얼른 열어봐!" 아버지가 조바심하며 말했다. "어서 열어보라니까!"

요아킴은 얼른 몸을 일으켜 숫자 '16'이 적혀 있는 칸의 문을 열었다. 아니나 다를까, 그날도 종이쪽지 한 장이 침대로 떨어졌다. 아버지는 기다렸다는 듯이 얼른 쪽지를 주워들었다. 종이 뒤에 숨겨져 있던 그림은 낡은 성이었다.

"오늘은 내가 읽을 차례야." 어머니가 말했다.

아버지와 아들은 자리를 잡고 앉아 귀를 기울였다.

다니엘

당시에는 고대 로마가 동로마제국과 서로마제국으로 나뉘어 있었다. 서로마제국에서 동로마제국으로 향하는 길에는 이상한 행렬이 이어지고 있었다. 로마의 동서를 잇는 길에는 이미 기독교가 깊이 뿌리내리고 있었으나 이교도들의 침략은 여전히 계속되었다. 금은보화를 노략질하는 이교도들 때문에 새로운 성당을 짓는 일은 늦어지기 일쑤였다.

보다 못한 로마의 교황은 예수에 대해 무지한 이들과 이교도들의 침략을 막기 위해 성당을 보호하라는 특별 지시까지 내렸다. 천사를 앞세우고 베들레헴으로 향하는 기이한 행렬이 로마를 지나가던 때가 바로 그 시기였다.

일행의 맨 앞에는 다섯 마리의 어미 양과 두 마리의 아기 양이 보였다. 양들 주위에는 아기 천사가 쉴 새 없이 날갯짓하며 '두려워하지 마세요, 두려워하지 마세요'라고 종알거리고 있었다. 그 모습을 보니, 마치 아기 천사가 딸꾹질하는 것 같기도 했다.

양들과 아기 천사 뒤에는 세 명의 양치기, 두 명의 동방박사, 천사, 시리아를 통치하던 로마 집정관, 그리고 노르웨이에서 온 작은 소녀가 걷고 있었다.

그들은 달마티아에 있는 살로네 마을에 들어가서 폐허가 된 로마 황제의 성 앞에서 발걸음을 멈추었다. 그 성은 겉으로 보기에 너무나 황폐해서 아무도 살지 않는 것 같았다. 하지만 작은 성문을 지나 안으로 들어가니 수많은 사람이 발 디딜 틈이 없이 북적이고 있었다. 마치 고목의 껍질을 벗겨보면 온갖 벌레가 득실거리는 모습과 비슷했다. 성안에는 마치 작은 도시처럼 없는 것이 없었다.

우글거리는 사람들을 바라보던 천사 에피리엘이 말했다.

"천사 시계를 보니 지금은 688년이군. 이곳은 디아클레티아누스 황제의 성이었어. 그 황제는 예수님보다 약 250년 전에 태어났단다. 여러 종족을 통합하고 고대 로마의 영광을 되살리려고 무척 노력했지. 성당 건축을 중단시키고, 교회를 폐쇄하고, 기독교도들을 탄압했단다. 그는 세상을 떠난 뒤에 바로 이 성에 묻혔어. 디아클레티아누스가 죽은 지 몇 년이 지나자 로마제국은 기독교를 국교로 선포했단다. 그가 살던 성안에는 새로운 도시가 형성되었지. 그리고 오랜 세월이 흐른 뒤에 이 도시는 '스플릿'이라는 이름을 얻게 되었어."

천사 에피리엘이 말하는 동안, 한 소년이 천사를 발견했다. 상체에 아무것도 걸치지 않은 소년은 천사 일행을 가리키며 소리쳤다.

"앙겔로스! 앙겔로스!"

엘리사벳은 에피리엘을 향해 몸을 돌리고 물었다.

"저 말은 무슨 뜻인가요?"

"'천사'라는 뜻이야. 아마 천사를 처음 보는 모양이구나."

그 순간, 그곳에 모여 있던 사람들은 모두 천사 일행을 향해 눈을 돌렸다. 아이들은 멍하니 서서 바라보았고, 어른들은 땅바닥에 엎드리며 '글로리아', '아멘', '할렐루야' 같은 말을 중얼거렸다.

유무리엘은 그들의 머리 위를 빙빙 돌며 날기 시작했다.

"두려워하지 마세요. 두려워할 이유는 하나도 없어요. 지금으로부터 688년 전에 다윗의 도시 베들레헴에서 구세주가 태어났기 때문이랍니다. 우리는 아기 예수님을 만나러 그곳으로 가는 중이에요."

검은색 옷을 입은 한 남자가 일행에게 다가왔다.

"성직자야." 천사 에피리엘이 귓속말했다.

그는 엘리사벳이 알아듣지 못하는 언어로 이야기했다. 천사는 그가 아기 예수님께 안부를 전해달라고 부탁했다고 통역해주었다.

요스바는 낡은 성벽을 지팡이로 내리치며 소리쳤다.

"베들레헴으로! 베들레헴으로!"

그들은 달마티아를 가로질러 계속 걸어가서 아드리아 해가 내려다보이는 나직한 언덕에 다다랐다. 에피리엘은 아래에 보이는 항구도시를 가리켰다.

"시계는 659년을 가리키고 있어. 저 도시는 '라구사'라고 해. 펠로폰네소스의 그리스인들이 세운 도시지. 나중에 상업이 발달한 항구도시로 발전했고, 도시 이름도 '두브로브니크'로 바뀌었어."

그때 언덕 아래에 있는 큰 잣나무 그늘에서 따가운 햇볕을 피하고 있는 양치기 한 사람이 보였다. 그는 요스바, 야콥, 이삭과 마찬가지로 하늘색 옷을 입고 있었다. 일행을 본 그는 벌떡 일어나 다가왔다.

"주님께 영광을!" 그가 말을 건넸다. "저는 다니엘이라고 합니다. 이곳에서 참으로 오랫동안 여러분을 기다렸습니다. 저는 여러분이 600년대에 달마티아를 지나가리라는 걸 알고 있었습니다. 저도 여러분과 함께 베들레헴으로 가서 다비드의 도시에서 구세주가 태어난다는 소식을 전해줄 천사들을 맞이할 것입니다."

"그렇군요!" 아기 천사 유무리엘이 외쳤다. "그렇다면 당신도 이제부터 우리 일행이에요."

요스바는 지팡이를 들어 잣나무를 내리쳤다.

"베들레헴으로! 베들레헴으로!"

일행이 한동안 걸어가자 앞에 커다란 강이 나타났다. 강 건너편에 도시가 보였다.

"저 도시는 '슈코더르'라고 하고, 이 강의 이름은 '슈코더르'라고 하지." 에피리엘이 설명했다. "아주 긴 세월이 지나면 이 지역은 '알바니아'라는 이름을 얻게 된단다.

우리는 지금 기독교가 성했던 로마제국을 지나 비잔틴 제국으로 들어왔단다."

엘리사벳은 너무도 낯선 말에 어리둥절해서 어떻게 대답해야 좋을지 몰랐다. 소녀의 생각을 읽기라도 한 듯이 천사는 친절하게 말을 이었다.

"천사 시계를 보니 예수님이 태어나신 지 602년이 되었구나. 이 시기를 포함해서 중세 시대에는 기독교가 두 지점을 중심으로 뿌리를 내리고 있었단다. 그 하나는 로마이고, 다른 하나는 흑해 입구에 있는 비잔틴이었지."

"그 사람들의 종교는 같은 것이 아니었나요?"

"크게 보면 그렇지. 하지만 믿는 방식이 조금 달랐어. 사람은 세상에 태어나서 죽게 마련이고 세상도 변하게 마련이지. 교회와 교회 의식도 마찬가지야. 하지만 뿌리는 같아. 그 뿌리란 크리스마스이브에 다비드의 도시 베들레헴에서 있었던 바로 그 사건이란다."

유무리엘은 날개를 파닥거리며 말했다.

"맞아요! 이 세상에서 예수님은 한 분뿐이죠. 세상 사람들은 예수님을 수없이 그렸지만, 어느 하나 똑같은 그림이 없어요. 사람들의 상상력이 저마다 달랐으니까요."

엘리사벳은 아기 천사의 말을 가슴에 잘 간직했다. 유무리엘은 엘리사벳에게 바짝 다가와 말했다.

"하느님은 단 하나의 아담과 단 하나의 이브를 창조하셨어. 그들은 에덴동산에서 나무에 기어오르고 숨바꼭질하며 노는 천진한 아이 같은 존재였지. 하느님은 장난치고 뛰노는 아이들이 없다면, 그토록 아름다운 정원도 아무 소용 없다고 생각하셨어. 아무리 멋진 천국이라도 거기서 뛰노는 아이들이 없다면 아무짝에도 쓸모가 없지 않겠니? 그런데 아담과 이브는 지혜의 나무에 열린 열매를 따 먹고 어른이 되어버렸단다. 그들은 곧 자식도 낳게 되었지. 어쩌면 그 또한 하느님의 뜻이었는지도 몰라. 하느님은 이 세상이 늘 천진한 아이들로 가득하기를 바라셨으니까. 하느님은 아이들 눈으로 발견할 수 있는 새로운 것들로 가득한 세상을 만드셨는데, 정작 아이들이 없다면 이 세상을 창조하신 하느님의 뜻도 물거품이 되어버리는 셈이지. 이렇게 하느님은 세상을 계속 창조하셨어. 어떻게 보면 하느님의 창조는 지금도 계속되고 있어. 갓 태어난 아이의 눈에 세상은 처음 보는 것들로 가득하니까."

두 명의 동방박사는 서로 마주 보았다.

"글쎄…."

카스파르는 말끝을 흐린 발타사르에 이어 말문을 열었다.

"그건 좀 이상한 설명이군. 하지만 좋은 이야기는 언제나 몇 가지 서로 다른 방법으로 해석할 수 있지. 그런데 문제는 우리 인간이 한 번에 한 가지 이야기밖에 할 수 없다는 거야."

"지구에는 수억 명의 아이가 살고 있어요. 하지만 그중에 똑같은 아이는 단 한 명도 없잖아요." 유무리엘이 말했다. "심지어 길가에서 자라는 풀 한 포기도 똑같은 게 없어요. 그건 하느님의 상상력이 무한하기 때문이에요. 하느님은 천지를 창조하실 때 엿새째 되는 날, '물속에도 생명으로 가득 차게 하고, 공중에는 새들이 날게 하라'고 말씀하셨어요. '땅 위에는 온갖 종류의 생명체가 있으라, 가축과 날벌레와 야생동물은 각각 한 종류씩….'"

유무리엘은 문득 말을 하다 말고 엘리사벳을 바라보았다.

"난 이 모든 이야기를 외워서 할 수도 있어."

엘리사벳은 손뼉을 쳤다. 소녀는 옛날이야기를 하거나 놀이 규칙을 말할 때 적은 것을 보지 않고 외워서 하기는 참으로 어렵다고 생각해왔다.

그때 요스바가 길바닥을 지팡이로 내리쳤다.

"베들레헴으로! 베들레헴으로!"

일행은 마케도니아의 고지로 향하는 가파른 길을 오르기 시작했다.

어머니가 쪽지에 적힌 글을 모두 읽고 나자, 요아킴 가족은 서로 마주 보며 미소를 나누었다.

"꽃장수의 상상력은 정말 대단한걸!"

아버지가 지도책을 펼치며 말했다.

"이제 엘리사벳 일행은 유고슬라비아를 지나갔구나. 하루 만에 여행하기엔 쉽지 않았을 텐데…."

"그들의 하루는 인간 세계의 100년과 맞먹잖아요." 요아킴이 말했다.

"맞아. 게다가 아주 빠르게 이동했지. 역사와 시간을 거슬러 여행했으니 바람을 등에 업고 달리는 것이나 마찬가지였을 거야."

아버지는 고개를 끄덕였다.

"그런데 그 시절에는 그 지역을 '유고슬라비아'라고 부르지 않았잖아요." 어머니가 말했다. "서기 600년대였으니까요. 오늘날 유고슬라비아 지역은 '크로아티아'와 '달마티아'라는 두 개의 나라로 나뉘어 있었죠."

아버지는 지도에서 엘리사벳 일행이 걸어간 경로를 요아킴에게 보여주었다. 마지막으로 아버지는 스플릿과 두브로브니크도 찾아서 보여주었다.

저녁 때 퇴근한 아버지가 대문을 열고 들어오면서 말했다.

"오늘 경찰서에 다녀왔어."

어머니는 놀라서 두 눈을 크게 떴다.

"요한네스가 어디 있는지 알아보려고요?"

아버지는 고개를 저었다.

"아니, 1948년에 실종되었다는 소녀에 대해 좀 더 알아보려고 했지. 경찰 자료에 의하면, 실제로 일곱 살짜리 소녀가 그해에 실종된 적이 있다고 하더군. 행방불명된 소녀를 찾으려고 경찰은 몇 달 동안 노력했지만, 결국 모든 게 물거품이 되고 말았대. 경찰이 찾아낸 건 소녀의 모자밖에 없었대. 변두리에 있는 작은 숲길에서 발견했다고 하더군. 경찰은 소녀가 사고로 죽었을지도 모른다고 결론을 내렸대."

"하지만 그건 확신할 수 없는 일이잖아요?" 어머니는 요아킴에게 눈을 찡긋해 보이며 말했다.

"그래서 소녀의 가족과 연락해보려고 했지. 여기저기 전화해서 알아보다가 마침내 소녀의 어머니와 통화할 수 있었는데, 그분은 나이가 칠순도 넘은 노인이었어."

어머니와 요아킴은 놀라서 동시에 질문을 던졌다.

"그분이 뭐라고 하던가요?"

"그분도 요한네스를 알고 있던가요?"

"아, 정신없으니 한 번에 한 가지씩 물어봐." 아버지가 말했다. "소녀의 어머니도 경찰보다 더 많이 알고 있는 건 없었어. 그런데 아주 오래전에 시리아에서 온 어느 남자와 이야기를 나눈 적이 있다고 하더군. 그 남자 이름이 요한네스라고 했어. 몇 년 전에 세상을 떠난 소녀의 아버지도 살아생전에 시리아를 포함해서 몇몇 나라를 돌아본 적이 있다고 했어. 하지만⋯."

아버지는 잠시 말을 멈추고 숨을 깊이 들이쉬었다.

"노부인은 엘리사벳이 실종되고 나서 십여 년 뒤에 로마에서 찍은 사진은 본 적이 없다고 했어. 그래서 내가 그 사진을 복사해서 가져다주기로 했지."

밤이 늦어 방으로 들어온 요아킴은 침대에 누웠다가 몇 분 후 다시 일어나 책상 앞으로 갔다.

요한네스가 로마에서 사진을 찍었던 그 여자는 대체 누구일까? 그녀가 정말 엘리사벳일까? 아니면 전혀 다른 여자일까?

"사벳… 테바스…" 소년은 혼잣말로 중얼거렸다. 요한네스가 그 말을 중얼거린 이유는 무엇일까? 그것은 마치 마법의 주문처럼 들리기도 했다.

요아킴은 공책을 펼치고 지난번에 적어두었던 두 개의 이름을 살펴보고 나서 다시 연필로 무언가를 꼭꼭 눌러썼다.

```
S A B E T E B A S
A         E         A
B         B         B
E         A         E
T E B A S A B E T
E         A         E
B         B         B
A         E         A
S A B E T E B A S
```

쓰고 나서 가만히 보니 형태가 창문 같기도 하고 십자가 같기도 했다.

어떻게 보면 대림절 달력을 닮은 것 같기도 했다.

12월 17일

…예수의 이름을 내걸고 했던 수많은 일 중에는
하늘나라에서 보기에 그리 좋지 않은 것도 있었다…

꽃장수 요한네스는 로마에서 한 젊은 여인을 만났다. 그는 성 베드로 대성당 앞에서 찍은 그녀의 사진을 오랫동안 간직하고 있었다. 사진에 보이는 구식 자동차로 미루어볼 때 그 사진은 매우 오래전에 찍은 것이 분명했다. 사진 아래에는 '엘리사벳'이라는 글자가 적혀 있었다.

정말 사진 속 여인의 이름이 엘리사벳일까? 그렇지 않다면 누군가가 그냥 적어놓았던 것일까?

요아킴 가족이 매일 읽고 있는 대림절 달력 속의 이야기에도 '엘리사벳'이라는 소녀가 나온다. 실제로 크리스마스 직전, 한 백화점에서 같은 이름의 소녀가 실종된 적도 있었다. 아버지는 실종된 소녀의 어머니와 전화 통화도 했다.

부모님은 궁금증을 풀려고 꽃장수 요한네스를 찾아다니기도 했다. 하지만 그도 어디론가 사라져버렸기에 만날 수 없었다. 부모님은 가끔 요한네스가 물을 얻어 마시러 들르는 서점에 집 전화번호를 남겨두었다.

그가 다마스쿠스로 돌아가지 않았으면 좋겠는데….

12월 17일 아침, 가장 먼저 눈을 뜬 사람은 요아킴이었다. 소년은 부모님이 자리에서 일어나기도 전에 혼자 대림절 달력을 열어보았다. 그날의 그림은 가파른 산길을 내려오는 일행의 모습이었다.

요아킴이 달력 속의 종이쪽지를 펴는 순간, 아버지가 방에 들어왔다.

"벌써 대림절 달력을 열어본 거야?"

요아킴은 느닷없는 아버지의 말소리에 깜짝 놀랐다.

"예, 하지만 아직 쪽지를 읽진 않았어요."

"우리가 올 때까지 기다리지 그랬어…." 아버지가 시무룩하게 말했다.

아버지는 곧 침실로 돌아가 어머니를 깨웠다. 어머니는 욕실에 들르지도 않고 곧바로 요아킴의 방으로 왔다. 모두 요아킴의 침대에 앉자, 아버지가 종이에 적힌 글을 읽기 시작했다.

세라피엘

때는 500년대 말이었다. 일행은 마케도니아의 가파른 산길을 내려오는 중이었다.

악시오스에 있는 널찍한 강가에는 양치기 한 명이 산을 바라보고 있었다. 그는 멀리서 산길을 따라 하얀 진주 목걸이처럼 줄지어 내려오는 일곱 마리의 양을 보았다. 그 주변에는 흰 새 한 마리가 날개를 파닥이며 날고 있었다. 그 새는 얼핏 보기에도 독수리와는 비교도 되지 않을 만큼 컸다. 하지만 몸통은 눈처럼 흰색을 띠고 있었다. 양들 뒤를 네 명의 남자가 따르고 있었는데, 그중 한 명은 기다란 지팡이를 들고 있었다. 네 명의 양치기 뒤에는 더 많은 사람이 따르고 있었다.

그 이상한 행렬은 단 몇 초 동안 보이더니 마치 땅속으로 꺼진 듯이 순식간에 사라져버렸다. 멀뚱멀뚱 서서 눈만 비비던 그리스인 양치기는 문득 몇 년 전 아버지가 그와 비슷한 행렬을 보았다고 했던 말을 기억했다. 그의 아버지는 거기서 조금 떨어진 악시오스 평원에서 이상한 행렬을 보았다고 했다. 양들을 몰고 가는 몇 명의 양치기와 그 뒤를 따르던 고상한 옷차림의 남자 두 명이 있었는데, 그중 한 명은 흑인이었다고 했다. 행렬의 맨 뒤에는 빨간색 옷을 입은 작은 소녀가 종종걸음으로 일행을 따라갔는데, 특히 눈에 띄었던 것은 일행을 인도하던 두 명의 천사였다고 했다.

눈앞에서 일행이 사라지고 나서 한참 뒤에야 그 양치기는 흰 새인 줄 알았던 것이 천사였음을 깨달았다. 그도 이제 하늘나라에서 온 천사를 두 눈으로 똑똑히 보았던 것이다.

엘리사벳 일행은 에게 해의 테르마이코스 만으로 흐르는 강을 따라 발길을 옮겼다. 소녀는 그토록 눈부시게 푸른 강을 난생처음 보았다.

천사 에피리엘은 만의 오른쪽에 우뚝 솟아 있는 산꼭대기를 가리켰다.

"저 산이 바로 유명한 올림포스 산이란다. 고대 그리스인들은 저 산의 꼭대기에 제우스, 아폴론, 아테네, 아프로디테 같은 신들이 살고 있다고 믿었단다. 천사 시계를 보니 지금은 569년이야. 이 시기엔 그리스인들의 신을 믿는 사람이 아무도 없었지."

"그럼, 예수님을 믿었나요?"

엘리사벳의 말에 천사는 고개를 끄덕였다.

"기독교 교회가 아테네에 있던 고대 철학 학교의 문을 닫게 한 지는 얼마 되지 않았어. 그 학교는 천여 년 전에 플라톤이라는 철학자가 세웠지."

"그 역사 깊은 학교의 문을 왜 닫게 했나요?"

에피리엘은 고개를 가로저으며 말을 이었다.

"이 땅에서는 예수님의 이름을 앞세워 저지른 일이 참 많단다. 그중에는 하늘나라에서 보기에 절대 용납할 수 없는 것도 많아. 예수님은 모든 이와 대화하시려고 했고, 누구에게도 침묵을 강요하지 않으셨단다. 하지만 바오로는 생각이 달랐어. 그는 기독교를 전파한 사도 중 한 사람이야. 아테네로 온 바오로는 그리스의 철학자들과 대화했어. 철학자들의 말을 들어보고 싶었던 거지. 하지만 그는 철학자들이 자기 생각을 버리고 오로지 하느님의 말씀만을 새겨 듣고, 그 말씀을 영원히 가슴에 새기기를 원했단다."

그때 마침 요스바가 지팡이로 땅을 내리치는 바람에 에피리엘은 말을 미처 끝맺지 못했다.

"베들레헴으로! 베들레헴으로!"

잠시 후, 그들은 만 안쪽 깊숙한 곳에 자리 잡은 대도시에 이르렀다. 에피리엘은 그때가 551년이라고 했고, 도시의 이름은 '테살로니키'라고 말해주었다. 그곳은 로마인들이 마케도니아의 수도로 일으켜 세웠던 곳이기도 했다.

"예수님이 탄생하시고 50년쯤 지났을 때 바오로는 이곳에 기독교의 뿌리를 내렸단다. 여기서 베들레헴까지는 아주 멀어. 바오로는 바로 이 도시에서 모든 기독교도에게 긴 편지 두 장을 썼단다. 그 편지들은 오늘날 성경에도 수록되어 있어서 지금도 읽어볼 수 있어."

엘리사벳은 천사의 말을 곰곰이 되새겨보았다. 편지를 그토록 오랫동안 보존할 수 있다는 것이 정말 가능한 일인지 궁금하기도 했다.

일행은 성문을 지나 도시 안으로 들어갔다. 이른 아침이었기에 거리에는 사람이 많이 보이지 않았다. 에피리엘은 수없이 많은 교회 건물을 가리키며 그중 몇몇은 지어진 지 수백 년이 넘은 것도 있다고 말했다. 그는 한 교회 건물 앞에서 걸음을 멈추었다.

"이 게오르기우스 성당은 무려 1,500년 동안이나 유지되어서 먼 훗날에도 볼 수 있단다."

동쪽으로 향하던 일행은 새로운 도시에 이르렀다.

"이곳은 '필리페'라고 해." 천사 에피리엘이 설명했다. "사도 바오로가 유럽 땅에서는 최초로 설교한 곳이란다. 유럽 최초로 기독교가 제대로 뿌리내린 곳도 바로 여기지. 바오로는 자신의 믿음 때문에 박해당했고, 결국 옥에 갇혔어. 그가 필리페의 감옥에서 쓴 편지는 지금도 성경에서 읽어볼 수 있단다."

에피리엘은 팔각형 교회 건물을 가리켰다. 그 순간, 교회 문이 열리자 유무리엘은 기다렸다는 듯이 날아가 '두려워하지 마세요'를 반복해서 외치기 시작했다. 하지만 교회 문을 열고 나온 사람은 교인도 사제도 아니고 바로 천사였다. 그 천사는 일행을 향해 다가왔다.

"인사드립니다. 제 이름은 세라피엘이고, 여러분과 함께 베들레헴으로 가서 아기 예수님이 이 땅에 태어나심을 축하할 것입니다."

요스바는 지팡이로 교회 건물 벽을 탕탕 쳤다.

"베들레헴으로! 베들레헴으로!"

일행은 이오니아 해와 콘스탄티노플 사이로 뻗은 오래된 길을 걷기 시작했다. 세라피엘은 그 길을 '비아 에그나티아'라고 부른다고 알려주었다.

일행의 맨 앞에는 노르웨이의 어느 백화점에서 도망쳐 나온 아기 양이 뛰어가고 있었다. 그 뒤를 양들과 네 명의 양치기가 따랐으며, 양치기 뒤에는 로마 집정관인 크비리니우스와 두 명의 동방박사, 노르웨이에서 온 작은 소녀와 천사 에피리엘, 세라피엘이 줄지어 걸었다. 아기 천사 유무리엘은 쉴 새 없이 날갯짓하며 일행 주위를 오락가락했다.

에피리엘은 콘스탄티노플을 향해 동쪽으로 움직이던 일행에게 소리쳤다.

"지금은 예수님이 탄생하시고 나서 511년이 지난 시점입니다. 우리는 500년이 되기 전에 콘스탄티노플에 도착할 예정입니다."

아버지는 일행의 여정을 따라잡기 위해 또다시 지도책을 펼쳤다.

"마케도니아 산에서 이쪽으로 내려가면 악시오스 강이 나오는군. 이건 테르마이코스 만이고, 그 오른쪽에는 정말 올림포스 산이 있네. 모두 정확해. 하나도 빠짐없이."

아버지는 또 다른 지도책을 펼쳤다. 500년대 유럽의 모습을 보여주는 지도였다.

"비아 에그나티아는 이 길이 틀림없어. 테살로니키와 필리페도 여기 있군."

"바오로의 여행 경로만을 따로 그려놓은 지도책도 있을까요?" 어머니가 궁금한 듯 물었다.

아버지는 지도책을 이리저리 뒤져보았다. 요아킴은 시대에 따라 다르게 변해온 세상의 모습을 볼 수 있다는 것이 신기하기만 했다. 심지어 그 지도책에는 이미 오래전에 흙과 모래에 파묻힌 고대 도시들까지도 찾아볼 수 있었다.

"찾았어!" 아버지는 바오로의 네 차례 전도 여행길을 한눈에 볼 수 있게 그려놓은 쪽을 펼쳤다.

"여기엔 바오로가 필리페와 테살로니키를 거쳤다고 분명하게 나와 있군."

요아킴이 학교에서 돌아왔을 때 전화벨이 울렸다. 소년은 부모님 중 누군가의 전화라고 짐작했다. 부모님은 퇴근이 늦을 때면 요아킴에게 기다리지 말고 냉장고에서 음식을 꺼내 먹으라고 전화하곤 했다. 요아킴은 그런 전화를 별로 좋아하지 않았다.

소년은 수화기를 들었다.

"여보세요!"

"요한네스입니다." 전화기 저편에서 남자 목소리가 들렸다.

무슨 말을 할까? 요아킴은 잠시 생각에 잠겼다가, 가끔 친구들과 놀다가 늦게 들어오는 날이면 자주 어머니에게 들었던 말을 그대로 해보았다.

"도대체 지금까지 어디 있었던 거예요?"

"황야에서 며칠 보냈지." 요한네스가 대답했다. "우리는 언젠가 만날 날이 올 거야. 그건 그렇고, 마법의 대림절 달력은 요즘도 매일 열어보고 있니?"

"예. 그 달력 덕분에 하루하루가 생일 같아요. 요즘은 부모님도 저와 함께 달력을 열어보고 계세요. 달력에 들어 있는 쪽지도 함께 읽어요."

"그래? 아직도 그 쪽지에 적힌 글자들을 읽을 수 있단 말이지?"

요아킴은 그가 하는 말을 이해할 수 없었다.

"매일 읽고 있는데요?"

"그렇구나. 좋아. 오늘은 순례자 일행이 어디에 도착했지?"

"필리페에 도착했어요. 우리는 지도에서 그 도시를 찾아봤어요."

"잘했어. 그렇게 하면 달력을 열어보는 의미도 더 커지겠지."

"아…."

"그런데… 요아킴?"

"예?"

"그리스인 양치기는 악시오스 평원으로 내려오던 엘리사벳 일행을 보고 무슨 생각을 했을까?"

"깜짝 놀라 어리둥절했을 것 같아요."

"그래, 그렇겠지."

"그런데 부모님이 물어볼 게 아주 많다고 했어요. 언제 우리 집에 오실 수 있어요?"

요한네스는 웃음을 터뜨렸다.

"아직 크리스마스가 되려면 더 기다려야 하는데…."

"우리 집에 오시면 커피와 빵도 드실 수 있어요. 어머니가 빵을 잔뜩 구워놓았거든요."

요아킴은 문득 요한네스가 전화를 끊어버리면 어쩌나 싶어 서둘러 말을 계속했다.

"그런데 사진에 있는 여자 분 이름이 정말 엘리사벳인가요?"

전화기 저편에서 침묵이 흘렀다. 한참 뒤에 요한네스가 말했다.

"거의 확신해…. 만약 엘리사벳이 아니라면 테바실레인지도 모르지."

요아킴은 생각에 잠겼다. 소년의 머릿속에서는 크비리니우스가 엘리사벳에게 준 이상한 대림절 달력과 며칠 전 대문 앞에서 만났던 요한네스가 중얼거렸던 이상한 말이 계속해서 맴돌았다.

"어쩌면 그분 이름은 둘 다인지도 모르잖아요? 엘리사벳 테바실레!"

요한네스는 한동안 침묵하다가 말문을 열었다.

"그래, 그럴지도 모르겠구나. 그래… 정말 그럴지도 모르지."

"그분은 노르웨이 사람인가요?"

요한네스는 요아킴의 질문에 무거운 한숨을 내쉬었다.

"그렇다고 할 수도 있고, 아니라고 할 수도 있어. 그 여자는 베들레헴 근처 작은 마을에서 왔단다. 팔레스타인 지역이지. 자기가 팔레스타인 난민이라고 했으니까. 하지만 태어난 곳은 노르웨이라고 하더구나. 처음부터 끝까지 참 이상한 이야기야."

"그분은 정말 아기 양이랑 천사 에피리엘하고 베들레헴까지 갔을까요?"
요아킴은 여러 가지 생각에 머릿속이 몹시 복잡해졌다.

"네 궁금증은 끝이 없구나." 요한네스가 말했다. "미안하지만 이젠 전화를 끊어야 할 것 같다, 요아킴, 우리는 기다리는 법도 배워야 해. 크리스마스가 되기 전 한 달 동안을 '대림절'이라고 하지. 그런데 대림절이 무슨 뜻인지 아니? 그건 바로 구세주가 오실 때까지 '기다리는 기간'이라는 뜻이란다."

요한네스는 전화를 끊었다.

요아킴은 부모님이 올 때까지 안절부절못하며 집 안을 서성였다. 마침내 아버지가 들어오자 요아킴은 기다렸다는 듯이 요한네스와 통화한 내용을 들려주었다. 아버지는 요아킴이 혹시 놓친 것은 없는지 확인하려고 몇 번이나 똑같은 질문을 던졌다.

"엘리사벳 테바실라!" 아버지는 코웃음 쳤다. "세상에 그런 이름은 없어!"

요아킴은 전쟁이나 천재지변이 생겼을 때 자기 나라를 떠나는 사람들을 '난민'이라고 부른다는 것을 잘 알고 있었다. 하지만 베들레헴을 떠나야 했던 난민이 있었는지는 알 수 없었다.

아버지는 지도책을 펴들고 베들레헴에서 가까운 여러 도시에서 전쟁을 피해 피난길에 오른 사람이 많다고 설명해주었다. 어떤 이들은 가진 것을 모두 잃었기에 난민 수용소에서 살기도 했다.

"착한 사마리아 사람들이 와서 도와주었더라면 좋았을 텐데…." 요아킴이 말했다. "왜냐면 예수님은 이웃이 어려움을 겪을 때 서로 도와야 한다고 말씀하셨잖아요. 사람들이 그렇게 할 수 있다면 세상이 평화로울 텐데…. 저는 크리스마스의 가장 중요한 메시지는 평화라는 것도 잘 알고 있어요."

12월 18일

…하느님의 왕국은 누구에게나 열려 있단다.
입장권 없이도 들어갈 수 있는 곳이지…

요한네스는 요아킴에게 전화했을 때 그동안 황야에서 지냈다고 했다. 요아킴은 그를 집으로 초대했지만, 그는 아직 크리스마스가 되려면 멀었다면서 기다리는 법도 배워야 한다고 했다.

요아킴의 부모님은 마법의 대림절 달력을 만든 사람이 꽃장수 요한네스가 틀림없다고 확신했다. 아버지는 그가 영리한 여우 같다고 했고, 어머니는 그가 수수께끼 자체라고 했다. 요아킴은 아기 예수의 탄생을 축하하러 베들레헴으로 가고 있는 엘리사벳과 로마에서 사진을 찍었던 젊은 여인이 같은 인물이라고 믿었다.

1948년 '엘리사벳 한센'이라는 소녀가 실종된 사건이 있었다. 만약 그녀가 그때 일곱 살이었다면, 1960년대에는 이십 대 초반이 되어 있지 않았을까?

그런데 요한네스는 사진 속 여자 이름이 엘리사벳인지 테바실레인지 왜 확신하지 못하는 것일까? 베들레헴에 도착한 엘리사벳이 팔레스타인 사람처럼 보이려고 의도적으로 이름을 바꾸었던 것은 아닐까?

아버지는 요아킴이 먼저 일어나 혼자서 대림절 달력을 열어보는 것을 달가워하지 않았다. 12월 18일 아침, 아버지는 일찍 일어나 요아킴을 깨웠다. 크리스마스까지 일주일밖에 남지 않아서 출근 전에 여유 있게 달력을 열어보고 싶다고 했다.

그날의 그림은 빛나는 황금 공이 한쪽 끝에 달린 지팡이였다.

"이 지팡이는 '왕홀'이라고 한단다." 어머니가 설명해주었다. "왕권의 상징으로 왕이나 황제들이 사용하던 장식물이지. 끝에 달린 황금 공은 태양을 상징한단다."

요아킴은 달력에서 쪽지를 꺼내 큰 소리로 읽기 시작했다. 부모님은 요아킴의 양옆에 바짝 붙어 앉아 아들이 읽어주는 이야기에 귀를 기울였다.

아우구스투스 황제

일곱 마리의 양, 네 명의 양치기, 두 명의 동방 박사, 세 명의 천사, 노르웨이에서 온 소녀 일행은 트라키아를 거쳐 마르마라 해와 흑해 사이에 있는 금각만 안쪽의 콘스탄티노플로 향했다. 그들의 목적지는 베들레헴이었다. 빈방을 찾지 못했던 마리아와 요셉은 하는 수 없이 세상에 갓 태어난 아기 예수를 외양간의 말구유에 눕혀야만 했다. 일행이 그곳을 지날 때는 아기 예수가 태어난 지 500년이나 지난 시기였지만, 세상 사람들은 아기 예수의 탄생을 어제 일처럼 잘 알고 있었다.

그들이 성문 앞에 이르자 창과 칼로 무장한 군인들이 일행을 막아섰다. 그러자 천사 세라피엘이 하늘로 날아올라 군인들 앞에 모습을 드러냈다.

"두려워하지 마라. 우리는 아기 예수를 경배하러 베들레헴으로 가는 중이다. 어서 문을 열어라."

군인들은 창과 칼을 내던지고 납작 엎드렸고, 그중 대장 격으로 보이는 군인이 일행을 향해 성문을 통과해도 좋다는 신호를 보냈다.

이른 아침이어서 그런지 성안은 매우 조용했다. 그들은 사방이 시원하게 트인 언덕에 서서 유럽과 아시아의 경계인 보스포루스 해협을 내려다보았다. 앞쪽에는 교회 건물 하나가 세워지는 중이었다.

"지금은 495년이야." 에피리엘이 말했다. "이곳은 원래 '비잔틴'이라고 불렀지. 하지만 예수님이 탄생하신 지 330년째 되던 해에 이 도시는 콘스탄티누스 황제가 지배하던 로마제국의 수도가 되었단다. 황제는 이 도시를 '신 로마'라고 불렀지만, 그 후 얼마 지나지 않아 '콘스탄티노플'이라는 이름으로 바뀌었고, 또 시간이 흐르면서 원래의 그리스식 이름인 '비잔틴'으로 바뀌었단다. 1453년에는 터키의 침략을 받았고, 그때부터 이 도시를 '이스탄불'이라고 부르기 시작했어."

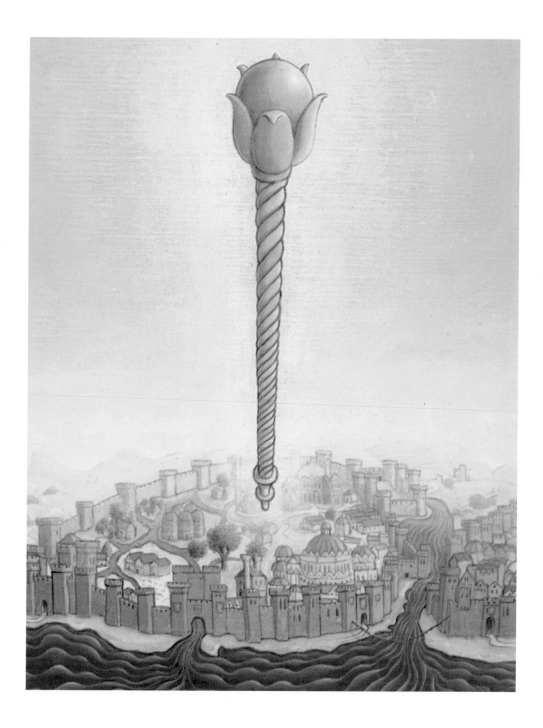

"군인들도 예수님 이름을 들어본 적이 있을까요?" 엘리사벳은 궁금해서 천사에게 물어보았다.

"그럴 거야. 313년에는 콘스탄티누스 황제가 기독교를 합법적으로 인정했으니까. 황제도 죽기 전에 세례를 받았단다. 380년에는 기독교가 전 로마제국의 국교가 되었어."

엘리사벳은 천사의 말에 놀란 표정을 지었다.

"그런 일들이 몇 년에 있었는지 어떻게 그리 자세히 알고 있나요?"

"천사 시계에 다 나와 있어." 에피리엘이 대답했다. "우리 시계는 연도와 햇수를 따른단다. 그러니 연도를 기억하기는 어렵지 않아. 참, 기억할 만한 또 다른 해는 지금으로부터 딱 100년 전인 395년이란다. 그때 로마제국이 둘로 나뉘면서 콘스탄티노플은 동로마제국의 수도가 되었어."

천사 세라피엘이 다가와 아름다운 교회 하나를 가리키며 말했다.

"저 교회는 '바실리카'라고 부르는데, 하느님의 영광과 콘스탄티누스 황제의 지혜를 기리기 위해 지어졌단다. 불행하게도 지어진 지 얼마 안 돼서 불에 타버렸지. 하지만 그 자리에 '소피아 성당'이라는 아주 아름다운 건물이 다시 세워졌고, 수백 년 동안 이곳을 대표하는 명소가 되었단다."

크비리니우스가 목청을 가다듬으며 천사의 말에 끼어들었다.

"이제 보스포루스 해협을 건너야 합니다. 이 해협을 건너기만 하면 시리아까지는 그리 멀지 않아요. 딕시!"

요스바가 지팡이로 땅바닥을 내리쳤다.

"베들레헴으로! 베들레헴으로!"

일행은 도시를 가로질러 금각만에 도착했다. 부두에 다다른 그들 앞에 화려한 옷차림의 남자가 모습을 드러냈다. 그는 한 손에는 왕홀을 들고, 다른 한 손에는 두꺼운 책을 들고 있었다.

유무리엘은 '두려워하지 마세요!'라고 외치며 허공으로 날아올랐다. 하지만 남자는 아기 천사를 거들떠보지도 않고 엘리사벳을 향해 다가왔다.

"나는 아우구스투스 황제다. 너희 일행과 함께 보스포루스 해협을 건널 텐데, 앞으로 내게 불쾌한 말과 행동은 삼가도록 해라."

그는 돛이 여러 개 달린 배를 가리켰다. 양들은 누가 시키지도 않았는데 차례차례 배 안으로 뛰어올랐다.

"우리 일행 중 한 사람이군." 에피리엘이 말했다.

엘리사벳은 천사를 향해 몸을 돌려 나직이 속삭였다.

"저는 아우구스투스 황제도 기독교도인 줄 몰랐어요."

소녀의 말을 들은 천사의 얼굴에 알 듯 모를 듯 희미한 미소가 스쳤다.

"저 황제는 자신도 모르는 사이에 크리스마스와 관련된 모든 옛이야기에 등장한단다. 마치 무임승차한 사람처럼 말이야. 하느님의 나라는 모든 이에게 열려 있단다. 입장권이 없어도 들어갈 수 있는 왕국이지."

천사의 말에 엘리사벳은 그 많은 사람이 들어가려면 하늘나라는 짐작했던 것보다 엄청나게 클 수밖에 없다고 생각했다. 소녀는 천사의 이야기를 가슴속에 잘 간직해 두었다.

일행은 곧 보스포루스 해협 건너편에 도착했다. 엘리사벳은 로마 황제에게 예의 바르게 인사하고 나서 그가 들고 있는 책의 내용이 어떤 깃인지 경중하게 물어보았다. 소녀는 그 책이 성경책이나 찬송가 책일 거라고 짐작했다. 나이 든 황제를 회개하게 하고 베들레헴으로 향하게 하는 일쯤은 하느님에게 식은 죽 먹기였을 테니까. 하지만 아우구스투스 황제의 대답은 예상과 전혀 달랐다.

"이건 신성한 인명부란다."

황제는 그렇게 말하고는 입을 다물었다. 아마도 그는 자신이 너무도 위대해서 긴말이 필요 없다고 생각하는지도 몰랐다. 특히, 꼬마 소녀 따위와는 말을 섞고 싶지 않은지도 몰랐다. 하지만 엘리사벳은 여전히 무언가 이상하다는 생각을 지울 수 없었다. 대로마제국 황제가 노르웨이의 한 백화점에서 튀쳐나와 베들레헴으로 가는 순례 행렬을 따라가는 여자아이에게 먼저 인사말을 건네는 것이 흔한 일은 아니기 때문이었다.

그때 양치기 요스바가 땅바닥을 지팡이로 내리치며 말했다.

"베들레헴으로! 베들레헴으로!"

일행은 한참 걷다가 칼케돈 시가 내려다보이는 언덕에서 걸음을 멈추었다.

시내에는 성직자가 많이 눈에 띄었다. 엘리사벳은 그렇게 많은 성직자가 한데 모여 있는 모습을 처음 보았기에 적잖이 놀랐다.

"놀랄 필요는 없어." 천사 세라피엘이 말했다. "지금은 예수님이 탄생하신 지 451년이 지난 때란다. 우연히 이 도시에서는 기독교 역사상 가장 규모가 큰 성직자 모임이 열리는 중이야. 전 세계의 성직자들이 회의를 하기 위해 이곳 칼케돈에 모였단다."

"회의에서 무슨 이야기를 하나요?" 엘리사벳은 궁금해서 물어보았다.

천사는 웃음을 터뜨렸다.

"기독교도로서 알아야 하고 실천해야 할 올바른 것이 무엇인지 토론한단다."

"그래서 모든 성직자가 어떤 결론에 도달했나요?"

"아주 긴 토론 끝에 예수님이 하느님의 아들이면서 동시에 인간의 아들이라는 사실을 인정했단다. 그 밖에도 이 사람들은 아주 많은 문제에 관해 토론했지. 어떤 사람들은 무엇이 올바른 믿음이냐는 문제에 대해 지나치게 몰두한 나머지 정작 중요한 사실을 잊어버리기도 했어."

엘리사벳은 두 눈을 크게 뜨고 물었다.

"그 중요한 사실이 뭐죠?"

"예수님이 이 땅에 내려오신 목적은 사람들이 서로 사랑하고, 착하게 살아야 한다는 말씀을 전하는 데 있었어. 인간에게는 이보다 더 어려운 과제도 없고, 이보다 더 중요한 과제도 없단다. 하늘나라에 천사가 몇 명이나 있는지, 하느님 새끼손가락에 가시가 박혔는지, 이런 문제는 전혀 중요하지 않다는 거야."

"정말 하느님의 손가락에 가시가 박혔나요?"

"내가 방금 그런 것은 중요하지 않다고 말했잖니. 가장 중요한 건 다른 사람의 손에 박힌 가시를 보는 것이 아니라, 자기 눈을 가로막는 대들보를 볼 수 있어야 한다는 거야."

엘리사벳은 천사의 말이 너무 어려워 잘 이해할 수 없었다. 하지만 소녀는 천사의 말을 잘 기억해두기로 했다. 어쩌면 오랜 시간이 지난 뒤에는 이해할 수 있을지도 모르니까.

동방박사는 천사의 말을 그다지 탐탁해하는 것 같지 않았다. 카스파르는 비스듬히 고개를 젖힌 채 불평하듯 말했다.

"솔직히 천사를 믿는다는 건 쓸데없는 일이란다. 예수님의 가르침과는 전혀 상관없는 일이니까."

그는 천사 에피리엘이 쏘아보자 얼른 말을 멈추었다. 하지만 옆에 있던 발타사르는 개의치 않고 그의 말을 이었다.

"천사에 관한 이야기는 모두 동화라고 생각하면 돼. 하지만 인간들한테 서로 사랑하고, 착하게 살라고 하셨던 예수님 말씀은 절대로 동화가 아니지."

에피리엘이 참다못해 끼어들었다. 하지만 그의 목소리는 뜻밖에도 온화하고 상냥했다.

"우리 천사들은 어떤 경우에도 심한 말을 하지 않습니다. 하지만 지금까지 들어왔던 어떤 말보다도 엉뚱한 말을 들었으니 한마디 하지 않을 수가 없군요. 당신들은 부끄러워야 해야 합니다. 그런 말을 하려면 이 순례 여행에 참여하기보다는 동방에 그대로 남아 있는 편이 나을 뻔했군요."

"맞아요!" 유무리엘이 맞장구를 쳤다. "부끄러운 줄 알아야 해요. 저도 참 기분이 나빴다고요!"

그 순간, 유무리엘은 하늘나라의 천사들이라면 절대 할 수 없을 것 같은 짓을 했다. 아기 천사는 동방박사들을 향해 코에 주름을 잡으며 혀를 삐죽 내밀었던 것이다.

"메롱!"

아기 천사가 동방박사들에게 약을 올렸다.

분위기가 어색해지고 긴장감이 번지자, 천사 세라피엘이 한번 헛기침을 하고 나서 모두 진정하자는 듯이 두 팔을 벌리며 말했다.

"가장 가까운 사람들한테서도 믿음을 얻지 못한다면 용기를 잃게 됩니다. 오늘 우리는 믿음에 관한 아주 중요한 일에 대해 마음이 하나가 되진 못했지만, 적어도 싸우지는 않았으니 희망은 있다고 봅니다. 지난 일을 잊고 서로 보듬어줘야 합니다."

양치기 요스바는 세라피엘의 말에 만족스러운 표정을 지으며 지팡이로 땅바닥을 내리쳤다.

"베들레헴으로! 베들레헴으로!"

그의 외침에 따라 일행은 프리기아를 향해 걷기 시작했다.

요아킴은 무겁게 한숨 쉬며 종이쪽지를 무릎에 내려놓았다.

"사람들이 말다툼하는 걸 보면 마음이 무거워져요. 그런데 하늘나라 천사들이 말다툼하는 이야기를 읽으니 더 싫어요."

아버지가 고개를 끄덕였다.

"살다 보면 그런 일을 겪을 때도 있단다. 역사를 보면 이런 일로 서로 말다툼하고 전쟁까지 일으킨 경우도 있었지."

"하지만 따지고 보면 그들 의견이 전혀 다르다고 말할 수는 없어요." 어머니가 말했다. "천사와 동방박사는 가장 중요한 문제에는 의견을 같이했어요. 그들은, 인간들에게 서로 사랑하라는 예수님의 가르침이 무엇보다도 중요하다는 데 동의했어요. 사실, 그 가르침은 천사를 믿느냐 마느냐는 문제보다 훨씬 더 중요하잖아요."

아버지는 지도책을 펼쳐 오늘날 '이스탄불'이라고 부르는 도시, 콘스탄티노플을 가리켰다. 그리고 일행이 아우구스투스 황제와 함께 건넜던 보스포루스 해협도 찾아냈다.

팬케이크 지도책에는 전 세계 성직자들이 한데 모여 기독교 신앙 문제를 토의했다는 '칼케돈'이라는 도시도 나와 있었다. 이제 엘리사벳 일행이 아시아 대륙으로 접어들었다는 것을 알 수 있었다.

퇴근하고 집에 돌아온 어머니는 낡은 신문 기사가 가득 들어 있는 커다란 봉투를 내려놓았다. 어머니는 도서관에 들러 1948년에 실종된 엘리사벳 한센에 관한 기사를 모두 찾아보았다고 했다.

요아킴 가족은 거실에 둘러앉아 오래된 기사들을 모두 읽어보았다. 그들은 특히 신문에 난 사진을 눈여겨보았다. 어머니는 벽난로 위에 있던 엘리사벳의 사진을 가져와 신문에 실린 사진과 꼼꼼히 비교했다. 두 사진에 보이는 엘리사벳은 정말 같은 인물일까?

"두 사람 모두 금발이군요. 자세히 보니 코가 뾰족한 게 닮은 것 같기도 해요."

"그것만으로는 확신할 수 없어." 아버지가 반박했다.

아버지는 두 엘리사벳이 같은 인물이냐는 것보다 1948년에 있었던 실종 사건에 더 큰 관심을 보이는 것 같았다. 신문을 읽던 아버지가 말했다.

"실종된 소녀의 어머니는 교사이고, 아버지는 신문사 기자라는군…. 소녀가 행방불명된 지 몇 달 뒤에 눈 녹은 숲길에서 소녀의 모자를 발견했대. 경찰은 아무 단서도 찾지 못했고."

"그때 경찰한테는 마법의 대림절 달력이 없었잖아요." 요아킴의 말에 아버지가 웃음을 터뜨렸다.

"설령 경찰이 달력을 손에 넣었다고 해도, 천사를 체포하진 못했을 거야."

그날 저녁, 요아킴은 침대에 누웠지만 잠을 이룰 수 없었다. 문득, 대림절 달력의 겉면 그림을 자세히 살펴본 지 여러 날이 지났다는 생각이 머리를 스쳤다. 달력의 작은 문들이 대부분 열려 있었기에 큰 그림을 자세히 볼 수 없었던 것도 그 이유였다. 그래서 요아킴은 열려 있는 문을 모두 닫고 달력의 겉면 그림을 자세히 살펴보았다.

말구유에 누워 있는 아기 예수 옆에 요셉과 마리아가 앉아 있었고, 그 뒤에는 동방박사들이 서 있었다. 하늘에서는 구름 사이로 내려온 천사들이 아기 예수의 탄생을 알리고 있었다. 그림의 가장 왼쪽에는 화려한 옷을 입은 두 명의 남자가 서 있었고, 그중 한 명은 등을 돌리고 있었다.

요아킴은 이 그림을 이미 몇 번이나 보았다. 그런데 지금 다시 보니, 그 두 명의 남자가 크비리니우스와 아우구스투스 황제가 아닐까 하는 생각이 들었다. 그 순간, 황제가 들고 있던 왕홀이 눈에 띄었다.

요아킴이 서점에서 대림절 달력을 얻었던 그날도 남자는 손에 왕홀을 들고 있었던가? 그렇지 않다면 왕홀은 요아킴이 쪽지에 적힌 이야기를 읽은 뒤에 저절로 그려진 것일까?

12월 19일

…창을 통해 선물을 던져주는 것이
그에게는 더없이 즐거운 일이었다…

어머니는 큰 도서관에 들러 1948년 크리스마스 즈음에 있었던 실종 사건에 관한 기사를 모두 복사해서 가져왔다. 실종 사건의 주인공은 요아킴이 대림절 달력의 이야기에서 읽었던 소녀와 마찬가지로 이름이 '엘리사벳 한센'이었다. 그런데 '엘리사벳'이라는 또 다른 여인이 나타났다. 그녀는 1960년대 초반, 로마의 베드로 성당 앞에서 찍은 사진 속 여인이다. 어쩌면 사진 속 여인 이름은 엘리사벳이 아니라 테바실레인지도 몰랐다. 테바실레(Tebasile)를 거꾸로 읽으면 엘리사벳(Elisabet)이 된다. 그렇다면 두 여자는 같은 사람일까, 다른 사람일까?

그런데 대체 몇 명의 엘리사벳이 있는 것일까? 세 명? 어쩌면 한 명일지도 모른다.

아버지는 이 모든 이야기를 꽃장수 요한네스가 지어냈다고 믿었기에 세 여자가 각기 다른 인물이라고 생각했다.

어머니는 로마의 젊은 여인이 15년 전 노르웨이에서 실종된 소녀와 같은 인물이라고 믿었지만, 그녀가 베들레헴까지 가지는 않았다고 믿었다. 그래서 어머니는 두 명의 엘리사벳이 있다고 생각했다. 즉, 실제로 존재하는 엘리사벳과 마법의 대림절 달력의 이야기에 나오는 허구의 엘리사벳이 있을 뿐이라고 판단한 것이다.

요아킴은 엘리사벳이 한 사람이라고 생각했다. 천사 에피리엘을 따라 베들레헴까지 간 엘리사벳과 나중에 배나 비행기를 타고 로마로 간 엘리사벳이 같은 인물이라고 믿은 것이다. 어쩌면 소녀 엘리사벳은 나이가 들면서 무언가 새로운 경험을 해보고 싶었던 것이 아닐까? 그래서 로마로 갔고, 이름도 스스로 '엘리사벳'을 거꾸로 읽어 '테바실레'라고 불렀던 것이 아닐까? 어쩌면 신분을 감춰야 했을지도 모른다. 그럴 때 사람들은 흔히 이름부터 바꾸지 않던가?

이들의 의문을 풀어줄 사람은 요한네스뿐이었다. 그는 적어도 세 명의 엘리사벳 중에서 한 명은 직접 만났으니 말이다. 하지만 요한네스는 지금 어디론가 사라져버렸다. 그는 황야에서 지낸다고 했다.

대림절 달력의 12월 19일 그림에는 산타클로스가 등장했다. 흰 수염과 긴 백발의 산타클로스는 끝이 뾰족한 빨간 모자를 쓰고 빨간 망토를 입고 있었다. 목에는 빨간 보석이 박힌 은 십자 목걸이가 걸려 있었다.

어머니는 달력에 들어 있던 종이쪽지를 펼치고 읽기 시작했다.

멜키오르

일행이 소아시아를 지나던 시점은 300년대 말이었다.

일곱 마리의 양 앞에서 날개를 파닥거리며 날아가는 아기 천사. 그 뒤를 따르는 양치기 요스바, 야콥, 이삭, 그리고 다니엘. 동방박사 카스파르와 발타사르, 로마 집정관 크비리니우스와 아우구스투스 황제가 긴 행렬을 이루었다. 한 손으로 왕홀을 높이 치켜든 황제는 다른 손에 두꺼운 인명부를 들고 있었다. 그의 뒤에는 천사 에피리엘과 세라피엘이 땅 위를 미끄러지듯 걷고 있었고, 일행의 맨 뒤에는 작은 소녀 엘리사벳이 걷고 있었다. 소녀는 손에 금발 여인이 그려진 커다란 그림을 들고 있었다.

프리기아의 고지와 숲을 지나 물새가 떼 지어 앉아 있는 바닷가에 다다를 때까지 일행은 곰과 늑대, 자칼과 마주치기도 했다. 하지만 야생동물들이 일행을 발견하고 다가올 즈음이면 그들은 이미 사라져버렸다. 그사이에 일주일이나 열흘쯤 떨어진 곳으로 순식간에 가버렸기 때문이었다.

일행이 지중해를 동서로 가로지르는 팜필리아 산맥의 2천 미터 고지대에 이르자, 녹색 옷을 입은 남자가 눈에 띄었다. 몸집이 거대한 그는 지중해로 흐르는 물이 갈라지는 지점에서 꼼짝도 하지 않고 바위처럼 앉아 있었다.

카스파르와 발타사르는 녹색 옷을 입은 남자를 보자, 양팔을 휘저으며 양들을 헤치고 뛰어갔다.

"저 사람은 누군가요?" 엘리사벳이 물었다.

"우리 일행 중 한 사람인 것 같구나." 천사 에피리엘이 말했다.

녹색 옷을 입은 남자는 카스파르와 발타사르의 어깨를 감싸 안았다.

"순환의 끝이 다가왔군요." 그가 큰 소리로 외쳤다.

엘리사벳은 그가 무슨 말을 하는지 도무지 이해할 수 없었다. 그때 낯선 남자가 소녀를 향해 정중하게 인사를 건넸다.

"팜필리아에 온 걸 환영한다. 내 이름은 멜키오르야. 세 번째 동방박사이자 에그리스쿨라의 왕이지."

"동방박사들은 이름을 기억하기가 쉽지 않군요. 카스파르, 발타사르… 이젠 에그리스쿨라의 멜키오르까지."

멜키오르는 환하게 웃으며 말했다.

"우리는 더 많은 이름으로 불리고 있지. 그리스어로는 갈갈랏, 마갈랏, 사카린이라고 부른단다. 어떤 사람들은 우리를 점술가나 페르시아의 성직자라고 부르기도 하지. 하지만 우리를 어떤 이름으로 부르는지는 중요하지 않아. 우리는 이 땅에 사는 모든 사람을 대신해서 아기 예수님께 경배하러 가는 중이니까."

엘리사벳이 에피리엘을 쳐다보자, 천사는 고개를 끄덕였다.

"맞는 말이야."

"그렇죠, 거짓말하면 안 되니까요." 멜키오르가 말을 이었다. "진실을 말하지 않는다면 성스러운 나라의 왕이 될 자격도 없습니다. 거짓말하면 코가 길어질지도 모르잖습니까?"

엘리사벳은 그의 말에 웃음을 터뜨렸다.

"이름에도 다 뜻이 있지요. 내 이름 멜키오르에는 '우유를 좋아하는 사람'이라는 뜻이 숨어 있답니다. 그리고 이 친구는 설탕과 단것을 아주 좋아해요. 그래서 '사카린'이라는 이름을 얻었던 거죠. 어쨌든, 나는 이 성스러운 행렬에 합류하게 되어 참으로 기분이 좋습니다. 저절로 노래가 나오고 춤을 추고 싶을 정도랍니다. 나는 해마다 아기 예수님이 탄생하신 크리스마스가 되면 기분이 좋아 어쩔 줄 모른답니다."

"그만하면 됐습니다." 양치기 요스바는 멜키오르의 말을 막고 지팡이로 바위를 내리쳤다.

"베들레헴으로! 베들레헴으로!"

하지만 멜키오르는 기어이 한마디 덧붙였다.

"기왕에 여기까지 왔으니 산타클로스를 찾아가서 인사라도 하고 갑시다. 저기 저 집에 살고 있어요."

일행은 멜키오르의 제안에 따라 지중해로 향하는 가파른 산길을 내려갔다.

"정말 산타클로스를 만날 수 있나요?" 엘리사벳이 천사에게 물었다.

에피리엘은 산등성이에 있는 작은 마을을 가리켰다. 그 뒤에는 햇살을 머금은 지중해가 반짝이고 있었다.

"지금은 322년이야. 저 도시 이름은 '뮈라'라고 해. 예전에 예수님의 가르침을 전하러 로마로 가던 사도 바오로는 이곳에 들러 기독교를 전파하기도 했단다."

"그런데 그게 산타클로스와 무슨 상관이죠?"

"사도 바오로가 뮈라를 거쳐 간 뒤 200년이 지났을 때 이 도시에서 니콜라우스라는 소년이 태어났어. 니콜라우스의 부모는 독실한 기독교 신자였지. 니콜라우스는 성인이 되었을 때 이곳 뮈라의 주교로 임명되었단다. 당시 이 도시엔 너무도 가난한 한 소녀가 살고 있었지. 소녀의 아버지는 가진 것을 모두 잃어버렸기에 딸을 결혼시킬 돈도 없었어. 이 이야기를 들은 니콜라우스 주교는 그 불쌍한 소녀를 도와주기로 마음먹었단다. 하지만 그냥 돈을 주면 소녀 가족이 자존심에 상처를 줄까 봐 이런저런 궁리를 했지."

"이름을 밝히지 않고 소녀의 아버지 은행 계좌에 돈을 입금해주면 되잖아요?"

"그래, 하지만 그때는 은행이 생겨나기 훨씬 전이었거든. 니콜라우스는 궁리 끝에 한밤중에 몰래 소녀의 집에 가서 창문 안으로 금화를 담은 주머니를 던져주었어. 그 덕분에 가난한 소녀는 결혼할 수 있게 되었지."

"니콜라우스는 참 착한 사람이었군요."

"그의 선행은 거기서 그치지 않았단다. 창문을 통해 선물을 던져주는 일이 너무도 재미있어서 그 후에도 무언가가 필요한 사람이 있으면 밤에 몰래 나가 선행을 계속했지. 그가 세상을 떠난 뒤에 사람들은 그의 선행을 기리기 위해 그를 여러 가지 애칭으로 불렀단다. 영어로는 '산타클로스', 노르웨이어로는 '니세'라고 하지. 니세는 니콜라우스에서 유래된 말이야. '닐스'와 '클라우스'라는 이름도 바로 이 '니콜라우스'에서 나온 이름이란다."

"그분은 정말 머리와 수염이 하얗게 세었나요? 그리고 정말 빨간 망토를 입고 다녔나요?"

"그건 네가 직접 확인해보렴." 천사 에피리엘이 눈을 찡긋하며 말했다.

해가 뜨기도 전에 일행은 뮈라의 한 작은 교회를 향해 걷기 시작했다.

그들이 교회에 다다르기도 전에 문이 열리고 빨간 모자를 쓰고 빨간 망토를 걸친 흰 수염 노인이 모습을 드러냈다. 목에는 빨간 보석이 박힌 은 십자 목걸이가 걸려 있었다. 언뜻 봐도 그 사람은 영화나 텔레비전에서 보던 산타클로스의 모습 그대로였다. 에피리엘은 엘리사벳에게 예수가 태어난 지 325년째 되던 해에는 모든 주교가 그런 옷차림을 하고 있었다고 귓속말로 가르쳐주었다. 주교들의 복장이 검은색으로 바뀐 것은 그로부터 몇 년이나 지나서였다.

"이분은 뮈라의 주교, 니콜라우스라고 해." 천사가 말했다.

곰곰이 생각에 잠겼던 엘리사벳이 물었다.

"'몰약'을 뜻하는 '미르'가 '뮈라'라는 도시 이름에서 따온 것인가요?"

천사의 얼굴에 의미심장한 미소가 스쳤다.

"그럴 수도 있겠지. 왜냐면 '미르'라는 몰약은 세 명의 동방박사가 아기 예수님에게 바쳤던 선물 중 하나니까. 요즘도 크리스마스 선물로 몰약을 주고받는 사람이 꽤 많은 이유는 동방박사들이 바친 선물이어서 그렇기도 하고, 니콜라우스 주교의 선행 때문이기도 하단다."

주교는 세 명의 동방박사를 향해 다가가 머리 숙여 절한 다음, 손에 들고 있던 세 개의 상자를 동방박사들에게 하나씩 건네주었다. 카스파르가 받은 상자에는 반짝반짝 빛나는 금화가 들어 있었고, 발타사르의 상자에는 유향이 들어 있었으며, 멜키오르의 상자에는 몰약이 들어 있었다.

"우리는 베들레헴으로 가고 있습니다." 카스파르가 말했다.

니콜라우스 주교가 큰 소리로 껄껄 웃음을 터뜨리자 그의 흰 수염이 춤추듯 흔들렸다.

"허허! 그렇다면 구유에 누워 있는 아기에게 줄 선물을 가져가시는 게 좋겠습니다. 아니, 동방박사님들은 반드시 선물을 가져가야 하죠? 허허!"

엘리사벳은 눈앞에 진짜 산타클로스가 있다는 사실을 믿을 수 없어 노인의 빨간 옷을 살짝 만져보았다. 그러자 산타클로스는 허리를 굽혀 소녀를 번쩍 안아 올렸다. 엘리사벳은 노인의 흰 턱수염도 진짜인지 확인해보려고 수염 한 올을 힘껏 잡아당겼다.

"산타클로스는 왜 착한 일만 하죠?"

"허허허." 빨간 옷의 주교는 다시 너털웃음을 터뜨렸다. "남에게 무언가를 줄수록 부자가 된단다. 반대로 자기 혼자 가진 것이 많을수록 더 가난해진단다. 그게 바로 나눔의 기쁨에 숨어 있는 비밀이지. 내가 남에게 무언가를 주는 이유는 그것뿐이란다. 그건 행복한 가난의 비밀이라고도 할 수 있지."

천사 유무리엘이 손뼉을 치며 외쳤다.

"참 좋은 말씀이에요, 주교님!"

니콜라우스 주교는 말을 이었다.

"땅에서 금은보화를 모으는 사람은 언젠가 가난해지게 마련이란다. 하지만 자기 것을 남에게 주고 함께 나누는 사람은 절대로 가난해지지 않아. 나눌 때의 기쁨은 무엇과도 바꿀 수 없을 만큼 크기 때문에 주는 사람의 마음은 항상 행복하단다. 허허허! 이 세상에서 가장 큰 기쁨은 무언가를 줄 때 느끼는 기쁨이지."

"예, 정말 그렇겠어요." 엘리사벳이 말했다. "하지만 무언가를 주려면 먼저 내게 가진 것이 많아야 하잖아요?"

소녀의 말에 니콜라우스 주교는 너무나 큰 소리로 웃어 온몸이 흔들렸다.

"꼭 그렇지는 않단다." 노인은 겨우 웃음을 멈추고 대답했다. "가진 것이 없는 사람한테도 남에게 무언가를 주고 싶은 본능 같은 것이 있단다. 반드시 손으로 만질 수 있는 것이 아니어도 좋아. 따스한 미소도 좋고, 다정한 말도 좋지."

엘리사벳은 교회 앞 모자이크 판석에 앉아 니콜라우스 주교의 말을 가슴에 새겼다.

요스바가 지팡이로 땅바닥을 내리쳤다.

"베들레헴으로! 베들레헴으로!"

일행은 주교의 너털웃음을 뒤로하고 그곳을 떠났다.

종이쪽지를 내려놓은 어머니도 웃었다. 요아킴도 어머니 웃음에 전염된 듯 웃었다. 아버지도 따라 웃었다.

웃음을 멈춘 어머니가 말했다.

"웃음은 들판의 야생화 같다는 생각이 들어."

아버지도 요아킴도 어머니가 무슨 말을 하는지 이해할 수 없었다.

"둘 다 하늘나라의 아름다움이 땅으로 내려와 널리 퍼진 것 같으니까."

아버지는 이미 지도책을 펼쳐 뒤적이기 시작했다. 그 책에는 지난 세기마다 변해온 유럽의 모습이 담겨 있어서 엘리사벳 일행이 2천 년의 시간을 거슬러 올라간 여정도 쉽게 찾아볼 수 있었다. 각각의 세기를 한눈에 볼 수 있도록 그려놓은 지도를 차례대로 차곡차곡 포개어 놓으면, 그것은 아마도 접시에 쌓아올린 팬케이크와 비슷할 것이다. 그런데 모양이 똑같은 팬케이크는 이 세상에 하나도 없다.

아버지는 지도책을 들여다보며 말했다.

"이 지도책에서 이야기에 나오는 지명을 모두 찾아볼 수 있어. 예루살렘에서 로마로 가던 바오로가 '뮈라'라는 작은 도시를 거쳐 갔던 것도 사실인가 봐."

"어쩌면 사진 속 엘리사벳도 바오로와 같은 길을 갔던 게 아닐까요? 그 여자도 로마로 갔잖아요." 요아킴이 말했다.

"그러고 보니 사진 속 엘리사벳도 빨간 보석이 박힌 은 십자 목걸이를 걸고 있었어. 이야기에 나오는 산타클로스도 그런 목걸이를 걸고 있었잖니? 너도 기억하지?"

어머니 말을 듣고 아버지는 거실에서 백과사전을 가져와 펼쳐 읽으면서 아들 방으로 들어왔다.

"실제로 그런 주교가 뮈라에 살았다는군. 그 주교가 산타클로스의 원조라고 적혀 있어."

"달력의 이야기에는 온갖 사실이 수수께끼처럼 서로 얽혀 있군요."

12월 20일

…문득,
하늘에서 무언가가 툭 떨어졌다…

12월 20일 일요일 아침, 눈을 뜬 요아킴은 부모님의 방에서 울리는 자명종 소리를 들었다. 부모님이 일요일에 자명종을 사용하는 일은 거의 없었다. 어쩌면 요아킴이 혼자서 먼저 대림절 달력을 열어볼까 봐 걱정되었는지도 모른다.

몇 분 후에 부모님이 아들 방으로 들어왔다.

"자, 이제 시작해볼까?" 아버지가 말했다.

요아킴은 달력에서 숫자 '20'이 적힌 칸의 문을 열었다. 안에는 하늘에서 내려오는 강렬한 빛에 눈이 부셔 고개를 돌린 남자의 모습이 그려져 있었다.

"참 이상한 그림이죠?"

아버지는 그림보다 달력의 종이쪽지에 더 관심 있는 것 같았다.

"얼른 읽어보자!"

요아킴 가족은 함께 쪽지를 읽기 위해 자리를 잡았다. 그날은 아버지가 읽을 차례였다 아버지는 얇은 종이쪽지를 펼치고 거기에 적힌 깨알 같은 글자들을 읽기 시작했다.

세루비엘

일행은 소아시아를 지나갔다. 이들이 타우루스 산 남쪽에 있는 팜필리아와 킬리키아를 지날 때의 시점은 대략 200년대였다. 일곱 마리의 양, 네 명의 양치기, 세 명의 동방박사, 세 명의 천사, 노르웨이에서 온 작은 소녀 엘리사벳 한센은 강과 비옥한 평원과 높은 산등성이를 지나 가파른 언덕길을 내려왔다. 곧 이들 앞에 바다를 배경으로 넓은 모래밭이 나타났고, 일행은 모래바람을 헤치며 계속 걸어서 아탈리아, 셀루키아, 타르수스 같은 로마의 도시들을 지나갔다. 타르수스에서 잠시 발길을 멈춘 천사 에피리엘은 바로 그곳에서 바오로가 태어났다고 알려주었다.

이들이 거쳐 간 곳에는 로마식 원형극장, 경기장, 개선문, 사원 등 다양한 건물이 자리를 잡고 있었고, 가끔 기독교 교회처럼 보이는 건물도 있었다.

일행은 되도록 사람들과 마주치지 않도록 외딴길을 택했다. 그들은 백여 년 시간을 거슬러 여행하는 동안 주로 사람들이 일어나기 전인 이른 새벽에 이동했지만, 가끔 사람들과 마주칠 때가 있었다. 그 시간에 깨어 있는 사람은 대부분 야근을 마치고 집으로 돌아가는 병사들이나 동틀 무렵 바다에 나가는 어부들이었다. 일행은 사람들 눈에 띄더라도 순식간에 과거 속으로 사라졌기에 사람들은 멍하니 서서 눈을 비비며 의아해하기 일쑤였다. 어떤 때는 아기 천사 유무리엘이 사람들을 향해 "두려워하지 마라."라고 소리치기도 했다.

사람들은 대부분 평생토록 천사를 본 적이 없었다. 설령 천사를 보아도 천사는 순식간에 사라졌기 때문에 사람들은 환영을 보았다고 믿었다. 특히, 밤샘 근무를 한 사람들은 잠이 모자라 헛것을 본 것이 틀림없다고 생각했다.

이 이상한 순례 행렬은 지중해 안쪽 깊숙한 곳에 있는 알렉산드레타 만을 지나 지중해 남동쪽에 있는 베들레헴으로 가는 중이었다. 이들은 시리아의 도시 안

티오케이아에 도착하자 잠시 걸음을 멈추었다.

"지금은 238년이야." 천사 에피리엘이 말했다. "바오로의 전도 여행은 바로 여기서 시작되었어. '기독교'라는 명칭이 처음 사용되었던 곳도 바로 이 안티오케이아란다."

"예수님의 사도들은 기독교도가 아니었나요?" 엘리사벳이 궁금증을 참지 못하고 물었다.

"그렇다고 할 수도 있고, 아니라고 할 수도 있어. 자신을 '기독교도'라고 불렀던 사람들은 예수님이 탄생하시고 나서 한참 뒤에 생기기 시작했단다. 바로 이 도시에서였지. 그전에는 자신을 유대교인으로 간주한 사람이 많았어. 바오로도 유대교도였단다. 하지만 예수님의 가르침을 전파하러 여행길에 올랐던 바오로는 로마인과 그리스인도 예수님을 믿을 수 있다는 사실을 깨달았어. 그 후에 바오로는 예수님을 믿기 위해선 꼭 유대인이 아니어도 상관없다고 생각하게 되었지. 물론, 모세 율법을 달달 외우지 않아도 예수님을 믿을 수 있었어. 왜냐면 예수님은 유대인들만이 아니라 이 세상의 모든 사람에게 복음을 전하고 싶어 하셨으니까."

동방박사들과 함께 에피리엘 곁으로 다가온 카스파르가 말문을 열었다.

"우리 동방박사들은 각자 누비아, 사바, 에그리스쿨라의 왕이기도 합니다. 우리한테 유대인의 피는 한 방울도 섞여 있지 않습니다. 하지만 우리는 이 세상에 오신 아기 예수님을 가장 먼저 찾아뵙고 경배하고자 합니다."

요스바는 돌담길을 지팡이로 내리쳤다.

"베들레헴으로! 베들레헴으로!"

순례 행렬이 다시 움직이기 시작했다. 에피리엘은 곧 시리아의 수도인 다마스쿠스에 도착한다고 알려주었다.

잠시 후, 에피리엘은 일행에게 걸음을 멈추라고 소리쳤다. 그곳은 시리아를 관통하는 고대 로마의 길이었다. 주변을 보니 황량하기 그지없었다.

"바로 여깁니다." 천사 에피리엘은 길가에 피어 있는 피처럼 붉은 양귀비꽃을 가리켰다.

천사 세라피엘은 의미심장하게 고개를 끄덕였다.

"맞습니다. 정확하게 이 자리입니다."

엘리사벳은 영문을 몰라 어리둥절했다. 그러자 에피리엘이 설명했다.

"지금은 예수님이 태어나신 지 235년째 되는 해란다. 지금으로부터 약 200년 전, 여기서 참으로 기이한 일이 벌어졌지. 그 사건은 세계 역사에 매우 큰 의미가 있어."

세 명의 동방박사는 엄숙한 표정으로 허리 숙여 절했다. 아우구스투스 황제도 동방박사들과 뜻을 같이한다는 듯이 왕홀을 들어 천사가 가리킨 곳을 짚었다.

네 명의 양치기는 양들을 왕홀 주위로 모았다. 왕홀의 둥근 장식은 마치 작은 태양처럼 빛났다. 한때 이곳 집정관이었던 크비리니우스는 감회가 새롭다는 듯이 두 팔을 활짝 벌렸다.

"고향에 다시 돌아온 듯한 기분입니다. 시리아 집정관을 지내던 때가 200년 전이군요."

"저… 죄송하지만 한 가지 물어봐도 될까요?" 엘리사벳이 주저하며 말했다. "가만히 보니 여러분이 하는 말을 못 알아듣는 사람은 저밖에 없는 것 같아요. 혹시 여기가 예수님이 태어나신 곳인가요?"

천사 에피리엘이 큰 소리로 웃었다.

"예수님이 탄생하신 지 35년째 되던 해에 한 유대인이 소아시아의 '타르수스'라는 곳에서 다마스쿠스를 향해 걷고 있었단다. 그 사람의 로마식 이름은 바오로였고, 유대식 이름은 사울이었지. 예루살렘에 살던 젊은 청년 바오로는 고대 유대 문자를 공부하던 중에 예수님에 관해 알게 되었고, 점점 관심이 깊어졌지. 하지만 바오로는 바리새인이었단다. 바리새인들은 모세 율법과 구약에 나오는 하느님 야훼를 절대적으로 믿고 따르던 사람들이었어. 바오로는 초기 기독교도들이 야훼의 말씀과 모세의 율법을 따르지 않는다고 그들을 박해하고 심지어 고자질해서 감옥에 보냈단다. 성 스테파누스를 죽이는 데 결정적인 역할을 했던 사람도 바로 바오로였어."

"몹쓸 사람이었군요."

엘리사벳이 정색을 하고 말하자, 에피리엘과 나머지 일행도 미소 지었다.

"그런데 기독교도의 뒤를 몰래 밟으며 다마스쿠스까지 가던 바오로한테 기이한 일이 벌어졌단다. 하늘에서 갑자기 눈부신 빛 한 줄기가 내려오더니 어디선가 목소리가 들려왔어. '사울아, 사울아, 너는 어찌하여 내 뒤를 쫓고 있느냐?' 바오로는 깜짝 놀라서 목소리의 주인에게 정체를 밝히라고 소리쳤어. 그러자 하늘에서 다시 이런 소리가 들려왔단다. '나는 예수이니라. 네가 뒤를 쫓는 사람이 바로 나라는 것을 몰랐느냐? 어서 일어나 도시로 들어가거라. 거기서 앞으로 네가 무슨 말을 하고 어떤 일을 해야 하는지 알게 되리라." 바오로와 그를 따르던 일행은 이 기이한 말에 깜짝 놀라 몹시 당황했지. 그들은 하늘에서 들려오는 말을 똑똑히 들었고, 하늘에서 내려오던 빛줄기도 두 눈으로 똑똑히 보았거든. 바오로는 다마스쿠스에 도착한 뒤에 예수님의 말씀을 따르는 기독교도가 되었어. 그뿐 아니라 예수님의 가르침을 전파하는 데도 앞장섰지. 그는 원래 로마 시민이었고, 그리스어와 예수님의 모국어인 아람어에도 능통했단다. 게다가 히브리어로 쓴 고대 문서도 읽을 수 있었어. 바오로는 네 차례나 전도 여행을 하면서 그리스, 로마, 시리아, 소아시아에 예수님의 가르침을 전했지."

에피리엘이 말을 채 끝내기도 전에 하늘에서 무언가가 번개처럼 툭 떨어졌다. 너무나 순식간에 일어난 일이라 엘리사벳은 놀랄 틈도 없었다. 처음에는 하늘에서 떨어진 것이 커다란 새인 줄 알았다. 하지만 자세히 보니 그것은 천사였다.

"두려워하지 마라." 천사가 부드러운 목소리로 말했다. "나는 천사 셰루비엘이고 베들레헴으로 함께 갈 것이다."

아우구스투스 황제는 왕홀을 들어 하늘을 가리켰다. 그러자 양치기들은 양들을 재촉했고, 곧이어 요스바의 목소리가 들렸다.

"베들레헴으로! 베들레헴으로!"

아버지는 종이쪽지에 적힌 글을 다 읽고 나서 침대에 내려놓았다.

"믿을 수가 없어."

지도책을 펼친 아버지는 예수 탄생 이후 200여년 동안 세계가 어떤 모습이었는지 훑어보았다. 손가락으로 지도에 표시된 도시를 따라가며 지명을 읽는 아버지는 마치 노래를 부르는 것 같았다.

"팜필리아, 킬리키아, 아탈리아, 셀루키아, 타르수스, 안티오케이아…."

그날은 일요일이었기에 요아킴의 가족은 여유 있게 크리스마스를 맞을 준비를 시작했다. 빨래하고, 집을 청소하고, 빵을 굽고, 예쁜 색 착색제를 넣은 마지팬(아몬드 기름과 설탕이 섞인 끈적한 반죽)을 돌돌 말기도 했다. 어머니와 아버지는 달력의 쪽지를 읽고 나서 역사지리책과 백과사전을 펼쳐놓고 엘리사벳 일행의 여정을 따라가 보기도 했다.

"마치 다시 학생이 된 것 같은 기분이 들어요." 어머니가 웃으며 말했다.

성경책까지 펼쳐놓은 아버지는 사도행전에 나오는 몇몇 문장을 소리 내어 읽기도 했다. 거기에는 다마스쿠스로 가던 바오로가 하늘에서 내려오는 소리를 들었다는 이야기도 적혀 있었다. 그 기적을 경험한 바오로는 지중해 연안 여러 나라를 돌며 예수의 말을 전했다고 한다.

요아킴은 녹색 흔들의자에 앉아 성경을 읽는 아버지 모습이 낯설게만 느껴졌다. 흔히 볼 수 있는 모습은 아니었기 때문이다.

성경을 읽던 아버지는 책을 무릎에 내려놓고 잠시 생각에 잠겼다.

"성경책을 읽다 보니, 성경은 마법의 대림절 달력만큼이나 놀라운 이야기로 가득하다는 생각이 드는구나."

아버지는 성경 몇 구절을 소리 내어 읽기 시작했다.

"다마스쿠스에 가까워졌을 때, 갑자기 하늘에서 큰 빛이 내려와 그를 감쌌다. 그리고 그는 말에서 떨어지며 어떤 목소리를 들었다. '사울아, 사울아, 너는 어찌하여 나를 박해하느냐?' 그는 깜짝 놀라 되물었다. '당신은 누구십니까?' 그러자 하늘의 목소리는 이렇게 답하였다. '나는 네가 박해하는 예수이니라. 이제 일어나서 귀 기울여 들어라. 네가 앞으로 할 일을 새겨듣고 이를 행하라.' 바오로를 따르던 사람들은 겁에 질려 어쩔 줄을 몰랐다. 그들은 하늘에서 들려오는 말소리는 들을 수 있었지만, 그 모습은 볼 수 없었기 때문이었다. 바오로가 몸을 일으켜 눈을 뜨자 눈앞에 보이는 것은 아무것도 없었다. 갑자기 눈이 멀어버린 바오로는 동행인의 부축을 받으며 다마스쿠스로 향했다. 그는 사흘 동안 아무것도 볼 수 없었고, 아무것도 먹거나 마시지 못했다."

요아킴이 오후에 늦은 점심을 먹는데 전화벨이 울렸다. 전화를 받은 어머니는 수화기를 아버지에게 넘겨주었다.

"예, 접니다… 아주 오래전 일이지요… 아닙니다, 충분히 이해합니다… 예, 사진은 아직도 선명합니다… 그럴 거예요… 뒤에는 성 베드로 성당이 보이더군요… 저라도 희망을 버리지 않을 겁니다… 아니에요, 저도 그런 건 원치 않습니다… 이상한 대림절 달력을 우연히 손에 넣었어요… 그 사람은 어디론가 사라져버렸어요… 아닙니다, 그 사람을 만난 적은 없어요… 제 집사람도 그런 말을 했습니다만… 예, 코가 뾰족하고… 아니요, 전 천사를 믿진 않습니다… 글쎄요… 납치당했다고 생각할 수도 있겠습니다만… 아니요, 천사가 아니라 정체 모를 어떤 사람이… 글쎄요, 잘 모르겠습니다… 하지만 그 여자가 아직 살아 있을 가능성도 없지 않습니다… 물론, 그 여자가 옛날 일을 모두 선명하게 기억하고 있을지는 모르겠지만… 그때 겨우 일곱 살밖에 안 되었으니까요… 글쎄요… 아, 제게도 아들이 하나 있습니다 … 저 같아도 희망을 버리지 않을 겁니다… 예, 지금 당장… 알았습니다… 그건 약속할 수 있습니다… 전화해주셔서 고맙습니다."

아버지가 통화를 마치자 요아킴이 물었다.

"요한네스 할아버지가 전화했나요?"

아버지는 고개를 저었다.

"아니, 한센 부인이야. 엘리사벳의 어머니…. 로마에서 찍은 낡은 사진을 내가 복사해서 그분께 가져다 드렸지. 그분은 사진의 여인이 45년 전에 실종된 당신 딸일 수도 있다고 하더군. 하지만 실종 당시 아이는 겨우 에닐곱 살밖에 되지 않았으니 확신할 수 없는 모양이야. 그 노부인한테는 딸이 한 명 더 있다고 했어. 이름은 안나라던가…."

아버지는 갑자기 말을 멈추고 생각에 잠겼다.

"당신, 무슨 생각을 하고 있어요? 얼른 말해보세요!" 어머니가 재촉했다.

"'안나'라는 둘째 딸이 베드로 성당 앞에서 사진을 찍었던 그 여자와 많이 닮았다고 생각하던 중이었어…."

그날 저녁, 아버지는 요아킴에게 잘 자라고 인사하고 방을 나서다가 갑자기 멈춰 서서 캄캄한 창밖을 바라보았다.

"요한네스는 지금 어디 있을까?"

"황야에 있다고 했잖아요." 요아킴이 대답했다. "크리스마스까지는 아직 며칠 남았으니까 좀 더 기다려봐요."

12월 21일

…바다는 금테를 두른
파란 접시 같았다…

크리스마스까지는 이제 나흘밖에 남지 않았다. 하지만 며칠 전 시내 광장에서 자취를 감춘 요한네스는 여전히 행방이 묘연했다. 아버지는 마법의 대림절 달력과 그 속에 들어 있는 종이쪽지의 이상한 이야기를 지어낸 사람이 요한네스가 틀림없다고 확신했다.

요한네스는 다마스쿠스에서 태어났다. 그런데 어떤 연유로 노르웨이에 오게 되었을까? 왜 다마스쿠스가 아니라 노르웨이의 시내 광장에서 꽃을 파는 것일까?

그는 분명히 '엘리사벳'이라는 여인을 한 번쯤 만나보았을 것이다. 로마에서 찍은 엘리사벳의 사진을 가지고 있었던 것으로 보아, 그들은 로마에서 만났는지도 모른다. 그런데도 그는 왜 그녀의 이름이 엘리사벳인지 테바실레인지 확신하지 못하는 것일까?

여인은 자신이 베들레헴 근처 시골 마을에서 도망쳐 나온 팔레스타인 난민이라고 했다. 그런데 그녀는 자기가 노르웨이에서 태어났다고도 말하지 않던가?

언젠가 요한네스는 1948년 12월에 실종된 소녀의 어머니를 찾아본 적도 있다고 했다. 그렇다면 그는 엘리사벳의 여동생 안나도 만나보았을까? 요한네스도 베드로 성당 앞에서 사진을 찍었던 젊은 여인과 안나가 닮았다고 생각했을까?

그런데 시리아에서 온 정체 모를 남자, 요한네스는 왜 수십 년 전에 노르웨이에서 일어난 실종 사건을 파고든 것일까? 그가 노르웨이로 왔던 것도 그 사건 때문이었을까?

12월 21일 월요일 아침, 아버지는 평소보다 이른 시각에 요아킴을 깨웠다.

"서둘러야 해. 오늘은 일찍 출근해야 하거든. 하지만 대림절 달력을 열어보는 것도 똑같이 중요한 일이야. 어쩌면 직장에서 일하는 것보다 더 중요할지도 몰라."

요아킴은 침대에서 몸을 일으켜 달력을 열어보았다. 소년은 크리스마스가 얼마 남지 않았다는 사실 때문에 마음이 착잡해졌다. 크리스마스가 지나고 나면 마법의 대림절 달력을 열어볼 일도 없을 테니까.

그날 그림은 맑은 호수 옆에 있는 작은 마을이었다. 마을과 강을 둘러싼 나직한 산은 쏟아지는 햇빛을 받아 빛나고 있었다.

요아킴은 여러 번 접힌 쪽지를 펴고 큰 소리로 읽기 시작했다.

에반겔리엘

예수 탄생 이후 100년이 지난 어느 이른 아침, 엘리사벳 일행은 바라다 강 옆에 있는 도시, 다마스쿠스에 들어갔다. 이제 일행은 일곱 마리의 양, 네 명의 양치기, 세 명의 동방박사, 네 명의 천사, 로마 집정관 크비리니우스, 아우구스투스 황제와 엘리사벳으로 인원이 꽤 많아졌다.

일행은 도시로 향하는 성문을 지키는 두 병사를 번개처럼 지나쳤다.

깜짝 놀란 병사들은 멍한 표정으로 서로 마주 보며 말했다.

"방금 뭐가 지나갔지?"

"북서풍이 순식간에 지나간 것 같은데…."

"아니, 그건 바람이 아니었어. 사람들이 스쳐 지나간 것 같단 말이야."

그들은 이야기로 전해지는 몇 년 전 일을 떠올렸다. 도시의 동쪽 성문 앞에서 있었던 일이었다. 성을 지키던 병사들은 사람과 동물이 한데 섞인 행렬이 성안의 도시를 동서로 가로질러 가는 것을 보았다. 어떤 병사는 행렬 중에 천사도 있었다고 했다.

엘리사벳 일행이 성안을 가로질러 동쪽 성문으로 나갈 때도 몇 명의 로마 병사와 마주쳤다. 병사들은 땅에 엎드려 머리를 숙였다가 몸을 일으켜 일행의 뒷모습을 멍하니 바라보았다. 그 순간, 일행은 이미 몇 킬로미터나 떨어진 곳에 모습을 드러냈다.

서기 100년대 중반 어느 날 오후, 일행은 갈릴레아의 게네사렛 호숫가에 도착했다. 그들은 걸음을 멈추고 넋을 잃은 채 그 맑은 물을 바라보았다. 호수를 에워싼 나직한 산 위로 저녁 햇살이 내려앉고 있었다. 그 광경을 바라보던 엘리사벳은 호수가 마치 금테를 두른 파란 접시 같다고 생각했다.

호숫가에 있는 작은 마을에는 마당에 외양간이 있는 지붕 낮은 집들이 옹기종기 모여 있었다. 집과 집 사이로 짐을 잔뜩 실은 나귀를 끌고 가는 남자들이 보였다. 그들은 발목까지 내려오는 긴 옷을 걸치고 있었다. 여자들은 통 넓은 옷을 입고 머리에 물 항아리를 인 채 걸어갔다.

"이곳은 카페르나움이야. 이집트와 다마스쿠스를 오가던 상인들이 주로 이용하던 길목에 있는 마을이란다." 에피리엘이 설명했다. "예수님은 바로 이곳에서 첫 제자를 찾으셨지. 그중 한 사람은 세관원이었던 마테우스(마태)였어. 당시에 카페르나움은 세금을 걷는 데 매우 중요한 역할을 하던 곳이었지. 예수님의 제자가 된 사람 중에는 마테우스 말고도 시몬 페터(베드로)와 안드레아스(안드레) 형제가 있었단다. 그들은 모두 고기를 잡던 어부였지만, '나를 따르라. 고기가 아니라 사람을 잡아 올리는 사람으로 쓰겠다'고 하셨던 예수님 말씀을 듣고 그물을 내던지고 곧바로 예수님을 따랐지."

"예수님은 그 사람들이 물고기를 잡는 데도 큰 도움을 주었어요." 유무리엘이 끼어들어 한마디 했다.

에피리엘은 고개를 끄덕였다.

"한번은 바닷가에서 수많은 사람을 향해 말씀을 전하시던 예수님이 바닷가에 놓여 있던 두 척의 배를 발견하셨어. 그중 하나는 시몬 페터의 배였단다. 예수님은 그 배에 올라타시고 뭍에서 조금 떨어진 곳으로 가서서 말씀을 시작하셨지. 그건 아주 현명한 일이었어. 그렇게 하면 육지에 있는 사람들이 모두 예수님을 볼 수 있었으니까. 예수님은 말씀을 마치시고 시몬 페터를 향해 바로 그곳에 그물을 던져보라고 하셨단다. 하지만 시몬 페터는 전날 밤 같은 곳에 그물을 던졌어도 고기 한 마리 잡지 못했다고 투덜대면서 마지못해 그물을 던졌지. 그런데 참으로 신기하게도 예수님 말씀대로 하니까 그물이 찢어질 정도로 고기가 많이 잡혔단다."

"또 한번은 예수님과 제자들이 배를 타고 먼바다로 나간 적이 있었어." 유무리엘이 아는 척하며 끼어들었다. "갑자기 폭풍이 몰아치자 제자들은 두려움에 떨었지. 하지만 예수님은 세상 모르고 잠만 쿨쿨 주무셨단다. 제자들이 겁에 질려서 소리를 지르자 잠에서 깨신 예수님은 거센 바람을 잠재우시고 제자들을 위로하셨어."

"예수님은 제자들의 믿음이 얼마나 보잘것없는지 스스로 깨닫게 해주려고 하셨단다." 에피리엘이 덧붙였다.

유무리엘은 고개를 끄덕이며 맞장구쳤다.

"맞아요! 그것뿐이 아니에요. 언젠가는 제자들이 바닷가에 있는데, 예수님이 물 위를 걸어오셨대요. 제자들은 자기 눈을 믿을 수가 없었어요. 예수님이 혼령이나 귀신이 아닐까 싶어 두려워하기도 했지요. 시몬 페터는 그분이 예수님이라는 걸 확인하고는 자기 믿음이 굳건하다는 걸 자랑하고 싶었답니다. 그래서 자기도 물 위를 걷기 시작했지요. 몇 초 동안은 괜찮았어요. 그런데 파도가 몰려오자 그만 겁을 집어먹고 뒤뚱거리다가 물에 풍덩! 빠져버렸답니다. 믿음이 자기 말만큼 굳건하지 못했던 거죠."

요스바는 조각난 돌무덤을 지팡이로 내리쳤다.

"베들레헴으로! 베들레헴으로!"

일행은 게네사렛 호숫가를 따라 걸어갔다. 잠시 후, 에피리엘은 일행에게 멈추라고 말하고는 언덕에 있는 커다란 바위를 가리켰다.

"예수님이 산상설교를 하신 곳이 바로 저기야. 저 바위에 서서 제자들과 군중에게 가르침을 전하셨지."

"그때 예수님은 무슨 말씀을 하셨나요?" 엘리사벳은 궁금해서 물어볼 수밖에 없었다.

그때 아기 천사 유무리엘이 날개를 파닥이며 공중으로 날아올랐다.

"하늘에 계신 우리 아버지, 아버지의 이름이 거룩히 빛나시고 그 나라가 오시며, 아버지의 뜻이 하늘에서와 같이 땅에서도 이루어지소서…."

에피리엘이 아기 천사의 말을 가로막았다.

"예수님은 사람들에게 기도하는 법을 가르쳐주셨어. 무엇보다도 인간들이 서로 사랑하며 살기를 원하셨지. 하지만 어떤 인간도 하느님 앞에서는 보잘것없는 존재라는 것을 보여주고 싶어 하셨어."

"마음이 가난한 자는 복이 있으리라…." 유무리엘이 말을 이어받았다. "만약 누군가가 너의 오른뺨을 때리면, 왼뺨까지 내어주어라…. 너를 박해하는 적을 사랑하라…. 너희가 싫어하는 일을 남에게 하지 마라…."

"고마워. 그 정도면 됐어." 에피리엘이 아기 천사의 말을 가로막았다. "네가 예수님의 말씀을 모두 외우고 있다는 건 잘 알고 있단다. 그건 하늘나라 천사들한테는 기본이니까."

세 명의 동방박사는 무슨 말인가 하고 싶은 듯 모두 헛기침을 해댔다. 카스파르와 발타사르는 멜키오르에게 고개를 끄덕이며 그에게 먼저 말하라고 신호를 보냈다.

"예수님 말씀을 그저 외우는 것만으로는 충분하지 않습니다. 더 중요한 것은 그 말씀을 직접 실천하는 것이죠. 그중에서도 가장 중요한 것은 어려움을 겪는 병약하고 가난한 자들을 내 몸처럼 돌봐야 한다는 것입니다. 곤경에 빠져 삶의 터전을 버리고 도망쳐 나와야 했던 사람들한테도 문을 열어주어야 합니다. 그것이 바로 크리스마스의 의미이지요."

"베들레헴으로!" 요스바가 소리쳤다. "베들레헴으로!"

일행이 몇 걸음을 채 떼기도 전에, 천사 에피리엘은 엘리사벳에게 방금 지나온 곳이 바로 예수가 두 마리 생선과 다섯 개 빵으로 오천 명의 군중을 배불리 먹인 기적이 일어난 곳이라고 말해주었다.

"맞아요!" 이번에도 아기 천사 유무리엘이 끼어들었다. "예수님은 사람들이 서로 나누기를 바라셨어요. 나눔을 배우고 실천하면 배고픔과 가난도 없어진다고 하셨죠. 몇 사람의 부자가 있는 것보다는 배고프고 가난한 사람들이 한 사람도 없는 것이 훨씬 나아요."

티베리아스에 도착한 일행은 게네사렛 호수를 벗어나 울퉁불퉁한 자갈길을 걷기 시작했다. 그 길을 벗어나니 눈앞에는 야자수와 과일나무가 줄지어 서 있는 작은 마을이 보였다. 에피리엘은 일행에게 걸음을 멈추라고 말했다.

"지금 시점은 예수님이 탄생하신 지 107년째 되는 해입니다. 이 마을은 '나사렛'이라고 합니다. 예수님은 바로 이곳에서 목수의 아들로 성장하셨습니다. 천사가 성모 마리아 앞에 나타나 하느님의 아들을 잉태하시리라고 알려주었던 곳도 바로 이 마을입니다."

에피리엘이 미처 말을 끝내기도 전에 하늘에서 무언가가 툭 떨어졌다. 가만히 보니 그것은 손에 나팔을 들고 있는 천사였다.

"저는 천사 에반겔리엘이라고 합니다. 아기 예수님을 경배하러 가는 여러분의 여정에 기쁜 마음으로 동참하려고 합니다. 이제 아기 예수님이 세상에 오실 시간이 얼마 남지 않았습니다."

유무리엘은 엘리사벳의 주위를 날며 들뜬 목소리로 말했다.

"저 천사도 우리와 함께 베들레헴으로 갈 거야."

문득 엘리사벳은 크리스마스캐럴 가사가 생각났다.

"하늘에서 내려오는 천사…." 소녀는 목소리를 가다듬어 예쁘게 노래를 부르기 시작했다.

세 명의 동방박사가 감탄하며 힘차게 손뼉을 치자 엘리사벳은 수줍어하며 얼굴을 붉혔다. 시선을 온몸에 받자 공연히 민망해진 소녀는 얼른 말을 꺼냈다.

"천사들이 점점 많아지는 걸 보니 이제 베들레헴이 가까운 것 같군요."

요스바는 양의 머리를 쓰다듬고 나서 지팡이로 땅바닥을 내리쳤다.

"베들레헴으로! 베들레헴으로!"

이제 다비드의 도시에 도착하기까지는 백여 년밖에 남지 않았다.

요아킴이 쪽지에 적힌 글을 모두 읽자, 아버지는 멍하니 허공을 바라보았다.

"이제 수수께끼들이 하나씩 풀리는 것 같구나."

어머니는 놀란 표정으로 아버지를 바라보았다.

"아기 예수님의 탄생지에 도착할 날이 얼마 남지 않았다는 뜻인가요?"

아버지는 고개를 저었다.

"어제 크비리니우스가 다마스쿠스에 도착하기 직전에 했던 말이 기억났어. 고향에 다시 돌아온 것 같은 기분이라고 했지. 그 사람은 시리아 집정관이었으니 당연히 다마스쿠스에서 살았을 거야. 그 이야기를 읽었을 때 나는 요한네스를 떠올렸어. 마치 요한네스가 그렇게 말하는 것만 같았지. 고향에 다시 돌아온 것 같은 기분이라고."

"당신은 요한네스가 다마스쿠스에서 왔다고 생각하세요?"

어머니의 말에 아버지는 고개를 끄덕였다.

"달력의 이야기에 나오는 크비리니우스가 누구인지 생각해봤어. 그 사람은 엘리사벳한테 금발의 여인 그림이 그려진 대림절 달력을 주었지. 난 요한네스가 대림절 달력을 만들면서 거기에 자기 이야기를 집어넣었다고 생각해. 무슨 말이냐면 크비리니우스가 바로 요한네스라는 거야. 로마에서 만났다는 젊은 여자도 이야기에 슬쩍 집어넣은 것 같아. 이야기에 나오는 크비리니우스의 대림절 달력 일화는 12일과 13일 이야기에서만 읽을 수 있잖아. 그리고 크비리니우스는 말끝마다 '딕시'라고 했어. 라틴어로 '딕시(dixi)'는 '내 말이 끝났다', 즉 '내가 말했다'라는 뜻이야. 난 종이쪽지에 적힌 그 대목을 읽으면서 요한네스의 목소리를 듣는 것만 같았어. 다시 말해 그건 '요한네스가 말했다'라는 뜻이야. 그리고 그 말은 이 기묘한 대림절 달력에 들어 있다는 뜻이기도 하겠지."

"듣고 보니 그럴듯하군요." 어머니가 말했다.

"따지고 보면 오늘 이야기에도 흥미로운 점이 있어." 아버지가 말을 이었다.

"그게 뭔가요?" 어머니와 요아킴은 거의 동시에 물었다.

"꽃장수 요한네스는 베들레헴으로 가는 길에 있는 수많은 도시와 마을 이름을 이야기에 집어넣었어. 그런데 오늘은 아주 구체적으로 표현된 것이 하나 있더군. '성안의 도시를 동서로 가로질러' 갔다고 했는데, 그건 다마스쿠스의 서쪽에서 동쪽으로 향하는 길을 의미해. 그런 글을 쓰는 건 그곳 지리를 자세히 알지 못하고는 불가능한 일이야."

"당신 말이 맞는 것 같아요." 어머니가 말했다. "그럼, 당신은 요한네스가 천사 일행을 보았다고 주장한 병사들의 말을 직접 듣고 글을 썼다고 생각하세요?"

아버지는 머리를 가로저었다.

"그건 터무니없는 이야기야."

아버지는 잠시 생각에 잠겼다가 다시 말을 이었다.

"하지만 나도 확신할 수는 없어. 요한네스를 직접 만날 수 있다면 참 좋겠는데…."

요아킴의 머릿속은 아버지의 말과 상관없는 전혀 다른 생각들로 가득했다. 소년은 방금 읽은 종이쪽지를 내려다보면서 거기 적힌 한 문장을 손가락으로 가리켰다.

"동방박사는 곤경에 빠져 삶의 터전을 버리고 도망쳐 나와야 했던 사람들한테도 문을 열어주어야 한다고 했어요. 동방박사는 왜 이런 말을 했을까요?"

아버지는 자세를 고쳐 앉았다.

"아마 난민들을 두고 한 말이겠지."

"바로 그거에요!" 요아킴이 소리쳤다. "저도 그렇게 생각했어요."

어머니와 아버지는 멀뚱멀뚱 서로 얼굴을 마주 보았다.

"무슨 생각을 했다는 거니?" 어머니가 요아킴에게 물었다.

"혹시 그림 속 여자와 관계있는 말이 아닐까요? 그 여자는 난민이라고 했어요. 그리고 요한네스 할아버지가 사랑한 사람이잖아요."

그때 아버지가 갑자기 침대에서 일어나며 소리쳤다.

"이런, 오늘도 또 지각하겠어. 십 분 후에는 집에서 나가야 해!"

그날 저녁, 요아킴은 침대에 앉아 알파벳을 이리저리 배열해보았다. 소년은 요한네스가 로마에서 엘리사벳을 만나 사랑에 빠졌고, '로마(Roma)'라는 글자를 거꾸로 읽으면 '사랑(Amor)'이 된다는 사실을 깨달았다고 생각했다.

요아킴은 머릿속으로 생각했던 알파벳을 공책에 적어보았다.

```
E  L  I  S  A  B  E  T
L                    E
I        R O M A     B
S        O     M     A
A        M     O     S
B        A M O R     I
E                    L
T  E  B  A  S  I  L  E
```

이렇게 글자들을 나열하자, 그 형상이 마치 문처럼 보였다. 큰 문 안에 작은 문이 들어 있는 것처럼 보이기도 했다. 그렇다면 작은 문 안에는 무엇이 숨어 있을까?

12월 22일

…그는 황야에서

메뚜기와 벌꿀을 먹으며 연명했다…

12월 22일 아침, 요아킴은 평소보다 훨씬 일찍 눈을 떴다. 크리스마스까지는 사흘밖에 남지 않았고, 대림절 달력의 닫힌 문도 이젠 세 개밖에 남지 않았다.

크리스마스이브가 되면 요한네스를 만날 수 있을까? 그는 요아킴에게 크리스마스 전에 다시 온다고 약속하지 않았던가? 그런데 황야에 있다는 말은 대체 무슨 뜻으로 했던 것일까?

요아킴은 생각에 잠겼다. 서점 주인은 요한네스가 어디서 꽃을 가져와 파는지 아무도 모른다고 했다. 그렇다면 요한네스는 황야로 나가 거기서 꽃을 따가지고 오는 것일까?

하지만 지금은 한겨울이니 어디를 가도 꽃을 꺾어 오기는 쉽지 않을 것이다. 요한네스가 말했던 그 황야가 사시사철 꽃이 피는 따스한 나라라면 몰라도…. 그런데 바로 요한네스의 고향이 사시사철 꽃이 피는 더운 나라가 아닌가?

요아킴은 기억을 더듬었다. 엘리사벳은 한겨울에 백화점을 뛰쳐나갔지만, 여행하는 동안 어느새 계절이 여름으로 바뀌었음을 깨달았다. 엘리사벳은 길에 피어 있는 파란 아네모네 꽃을 보고 놀랐고, 그 꽃을 꺾지 않았던가?

요아킴은 대림절 달력의 마지막 문을 열면 어떤 이야기를 읽게 될지 너무도 궁금해서 조바심이 났다. 마음이 조급해진 소년은 부모님이 일어날 때까지 기다릴 수 없었다. 그래서 달력 문을 열려고 손을 올리는 순간, 부모님이 방으로 들어왔다.

아버지는 자못 긴장한 듯 표정이 굳어 있었다.

"자… 이제 시작해볼까?"

요아킴이 달력 문을 열자, 거기에는 허리까지 잠기는 강물 속에 서 있는 한 남자가 그려져 있었다. 그는 누더기처럼 해진 옷을 입고 있었다.

어머니는 꼬깃꼬깃 접힌 종이를 펴서 읽기 시작했다.

여관 주인

예수 탄생 이후 100년도 채 되지 않았을 때 순례 일행은 사마리아를 지나쳤다. 일행의 맨 앞에서는 아기 천사 유무리엘이 바쁘게 날갯짓하고 있었고, 그 뒤를 일곱 마리의 양과 양치기 요스바, 야콥, 이삭, 다니엘이 따라갔다. 그리고 그 뒤를 동방박사 카스파르, 발타사르, 멜키오르가 따랐고, 그 뒤에는 두꺼운 책을 팔에 낀 아우구스투스 황제가 걷고 있었다. 황제는 푸른 하늘을 향해 황금색 왕홀을 치켜들고 걸었으며, 일행의 맨 뒤에는 엘리사벳과 천사 에피리엘, 세라피엘, 셰루비엘, 에반겔리엘이 걷고 있었다. 그들의 목적지는 베들레헴이었다.

기원후 91년, 일행은 게네사렛 호수에서 사해로 흘러 들어가는 요르단 강을 따라 걷고 있었다.

"바로 여기야!"

에피리엘의 말에 세라피엘이 대답하듯 말을 이었다.

"예수님이 요한네스한테 세례를 받으신 곳이 바로 여기란다. 세례자는 낙타털로 만든 망토를 걸치고 가죽 띠를 두르고 있었지. 황야에서 살던 요한네스가 먹었던 음식은 메뚜기와 벌꿀뿐이었단다."

"그건 저도 잘 알고 있어요!" 유무리엘이 끼어들었다. "그때 요한네스는 이렇게 말했어요. '내 뒤에 오시는 예언자는 나보다 훨씬 훌륭한 분이니라. 나는 그분의 신발 끈을 묶을 자격도 없는 사람이다. 나는 물로 세례를 해주지만, 그분은 성령으로 세례를 해주시는 분이시니라.' 구름 위에 앉아 그 모습을 보던 나는 마음이 들떠 어쩔 줄 몰랐던 기억이 나요. 역사에 길이 남을 아주 중요한 순간이었으니까요."

"그때 하늘에서 비둘기 한 마리도 내려오지 않았나요?" 엘리사벳은 언젠가 들은 말을 떠올리며 물었다.

유무리엘은 날개를 파닥이며 고개를 끄덕였다.

"맞아!"

"베들레헴으로!" 요스바가 소리쳤다. "베들레헴으로!"

다시 걷기 시작한 일행은 꽤 큰 도시를 지났다. 천사 에피리엘은 그 도시가 세상에서 가장 오래된 도시 중 하나인 예리코라고 말해주었다.

일행은 예리코와 예루살렘 사이에 있는 길을 따라 걸었다. 착한 사마리아인이 도적 떼에게 물건을 빼앗기고 다친 사람을 도와준 곳도 바로 그 길이었다.

잠시 후 예루살렘에 도착한 그들은 올리브 산으로 올라갔다. 산꼭대기에 이르니 제자들이 기도하기를 잊고 잠든 사이에 예수가 유대인들에게 잡혔던 겟세마네동산을 한눈에 볼 수 있었다.

엘리사벳은 예루살렘을 내려다보았지만, 폐허가 된 건물밖에 보이지 않았다. 그곳이 유대인들의 수도였을까?

소녀의 생각을 알아차리기라도 한듯 에피리엘이 말했다.

"지금은 예수님이 태어나신 지 71년째 되는 해야. 일 년 전 이곳에서 로마의 지배에 항거하는 주민 폭동이 일어났지. 이 폭동을 진압하려고 들어왔던 로마 군인들은 도시를 폐허로 만들어버렸단다. 그 후에 이 도시는 깨진 도자기처럼 산산이 조각나버리고 말았어."

"당시 로마의 황제였던 티투스가 그런 짓을 한 거예요." 유무리엘이 말했다. "물론 황제 혼자 했던 일은 아니에요. 명령을 받은 만여 명의 군사가 도시를 짓밟았던 거죠."

에피리엘이 그의 말을 이어받았다.

"병사들은 신전도 파괴해버렸지. 지금 남아 있는 건 서쪽 벽밖에 없어. 오늘

날 그 벽을 '통곡의 벽'이라고 부른단다. 유대인들이 세계 곳곳으로 뿔뿔이 흩어지기 시작한 것도 바로 이때부터였지."

"생각하면 할수록 슬퍼서 눈물이 나올 것 같아요." 유무리엘이 중얼거렸다. "우리는 흔히 '이 땅에 평화가 있으라'라고 말하죠. 하지만 사람들은 지금도 여전히 싸우기만 하잖아요. 예수님이 칼을 든 병사에게 붙잡혔을 때 마지막으로 하셨던 말씀도 '칼로 흥한 자는 칼로 망하리라'였는데…."

에피리엘은 고개를 끄덕였다.

"크리스마스가 되면 예수님 말씀을 기억해야 해. 크리스마스는 바로 평화를 의미하니까."

"우리는 크리스마스 때마다 이런 노래를 불러요." 유무리엘이 말했다. "하늘에는 주님의 영광, 땅에는 주님께서 사랑하시는 이들의 평화! 그런데 사람들은 이 노래를 별로 좋아하지 않나 봐요. 그래서 크리스마스가 되어도 저는 이 노래를 부르고 싶지 않아요."

그때 요스바가 올리브 산 꼭대기를 지팡이로 내리치며 소리쳤다.

"베들레헴으로! 베들레헴으로!"

일행은 인적 드문 황폐한 도시 한가운데로 걸어갔다. 한 여인이 잃어버린 물건을 찾는 듯 폐허가 된 길을 두리번거렸다.

일행은 남아 있는 서쪽 성벽을 지나 베들레헴을 향해 걸음 옮겼다. 이제 다비드의 도시까지는 몇 킬로미터도 남지 않았다.

그때 노새를 끌고 가던 남자가 일행을 발견하고 다가왔다. 그는 두 팔을 흔들며 혼잣말처럼 무언가를 중얼거렸다.

"두려워하지 마세요!" 유무리엘은 멀리서부터 소리쳤다.

하지만 남자는 전혀 두려워하는 것 같지 않았다.

"우리 일행 중 한 사람이군." 에피리엘이 말했다.

남자는 노새와 함께 일행에게 다가와 엘리사벳에게 손을 내밀었다.

"나는 여관 주인이란다. 요셉과 마리아가 찾아오면 방이 없다고 하고, 외양간을 내줄 거야."

그는 말을 마치자 엘리사벳을 안아 올려 노새의 등에 태웠다.

"긴 여행을 하느라 몹시 피곤하지?"

엘리사벳은 고개를 저었다.

"저는 유럽 대륙뿐 아니라 2천 년이나 되는 역사를 거슬러 여행하고 있지만, 이상하게도 전혀 피곤하지 않아요. 마치 아래층으로 내려가는 에스컬레이터에서 뛰고 있는 듯한 기분이 드는걸요."

남자는 멍한 표정으로 소녀를 바라보았다.

"에스컬레이터? 지금 에스컬레이터라고 했니?"

엘리사벳은 고개를 끄덕였다.

"에스컬레이터라고? 참으로 우스운 말이구나. 에스컬레이터라…."

그때 요스바가 땅바닥을 지팡이로 내리쳤다.

"베들레헴으로! 베들레헴으로!"

어머니는 종이쪽지를 내려놓고 상기된 표정으로 요아킴과 아버지를 번갈아 바라보았다.

"예수님이 황야에서 세례자 요한네스에게 세례를 받았다고 적혀 있구나." 아버지가 말했다.

"그건 저도 알아요." 요아킴은 아기 천사 유무리엘처럼 두 팔을 흔들어가며 상기된 표정으로 말했다. "꽃장수 요한네스도 황야에 있다고 했어요. 게다가 요한네스도 가끔 서점 주인한테 물을 뿌려줬다고 했잖아요."

"맞아. 난 그게 우연이 아닌 것 같구나. 게다가 이름까지 똑같잖니!" 아버지가 소리쳤다.

"물은 꽃에도 필요하고, 사람한테도 필요하죠. 그리고 대림절 달력 이야기에는 들판의 꽃이 하늘나라의 아름다움과 신성함이 땅에 내려와 퍼진 것이라는 대목도 있어요. 저는 옛날 요르단 강에도 하늘나라의 기운이 퍼져 내렸다고 생각해요."

아버지는 요아킴의 말을 듣는 둥 마는 둥 자리에서 일어나 거실에 있던 성경책을 가져왔다. 방으로 다시 들어온 아버지는 성경책을 펼치고 한 구절을 소리 내어 읽었다.

광야에 외치는 자의 소리가 있어 이르되
너희는 주의 길을 준비하라.
그의 오실 길을 곧게 하라!
골짜기마다 돋우어지며 산마다, 언덕마다 낮아지며
고르지 아니한 곳이 평탄하게 되며
험한 곳이 평지가 될 것이라,
모든 이는 주님의 영광을 보게 될지니.

"한 편의 시 같군요." 어머니가 말했다.

"어쩌면 바로 이게 대림절 달력이 전하는 메시지가 아닐까? 순례 일행은 골짜기와 산과 언덕을 지나 베들레헴으로 가는 동안 예수님의 가르침이 어떻게 세상에 전파되었는지를 직접 보고 깨달았잖아."

"그럴 수도 있겠어요. 하지만 저는 첫 번째 엘리사벳과 두 번째, 세 번째 엘리사벳의 정체를 확실히 알기 전에는 만족할 수 없을 것 같아요."

그들은 그날도 학교와 직장에 늦지 않게 도착하려고 부랴부랴 밖으로 나갔다. 요아킴은 학교에서 학예회에 참여했다. 요아킴의 반에서는 전교생 앞에서 크리스마스를 주제로 연극을 공연했고, 요아킴은 양치기 역할을 맡았다.

소년은 집으로 돌아오는 길에 대림절 달력에 나오는 순례 일행을 한 사람 한 사람 떠올렸다. 가만히 생각해보니 학교에서 했던 연극에도 그들이 모두 등장했다는 것을 알 수 있었다.

대문을 열고 안으로 들어가던 요아킴은 문턱에 떨어져 있는 봉투를 발견했다. 소년은 얼른 봉투를 주워들고 겉에 적힌 글자를 읽었다.

"요아킴에게!"

요아킴은 얼른 현관에 신발을 벗어놓고 서둘러 봉투를 열어 안에 들어 있는 편지를 꺼내 읽었다.

요아킴에게,

네가 커피와 빵을 준비해 놓았다며 나를 초대한 것을 기억하고 있단다. 고마워. 크리스마스이브 전날 저녁 7시쯤 너희 집에 가도 되겠니? 너희 가족과 모두 한 자리에서 만나봤으면 좋겠구나.

요한네스로부터.

곧 어머니가 집으로 돌아왔지만, 요아킴은 아버지가 올 때까지 요한네스의 편지를 받았다는 이야기를 하지 않기로 했다. 소년은 온 가족이 저녁 식탁에 둘러앉자 그제야 말문을 열었다.

"오늘 편지를 받았어요."

요아킴은 저절로 나오는 웃음을 감추려고 애쓰며 말했다.

"아, 그래?" 하지만 아버지는 별다른 관심을 보이지 않았다.

"요한네스 할아버지한테서 온 편지였어요."

"뭐라고?"

아버지는 불에 덴 듯 펄쩍 뛰며 자리에서 일어나 팔을 휘저었다.

"어서 가져와, 어서!"

아버지는 다른 사람의 편지를 읽는 것이 예의 없는 행동이라는 걸 잊어버린 것일까? 하지만 요아킴은 개의치 않고 방에 감추어두었던 편지를 가져왔다. 아버지가 큰 소리로 편지를 읽는 동안 어머니는 조금 긴장한 것 같았다.

"내일 일곱 시! 그 시간엔 모두 집에 있어야겠구나."

아버지는 환하게 미소 지었다.

"빵과 커피도 준비해야지. 아, 크리스마스 때 먹으려고 구워놓은 과자도 모두 꺼내자. 제대로 크리스마스 기분이 나도록!"

12월 23일

…모두 자기가 맡은 역할을
대본 없이 연기할 수 있게 미리 연습한 듯했다…

크리스마스이브 전날, 아침에 눈을 뜬 요아킴은 이젠 정말 크리스마스가 코앞으로 다가왔다는 사실을 실감하자 가슴이 뛰었다. 소년은 대림절 달력에서 두 개밖에 남지 않은 문 중 하나를 열려고 했지만, 부모님이 오기 전에 그럴 용기를 내지 못했다.

다행히도 부모님은 곧 요아킴의 방으로 들어왔다. 아버지는 그날 직장에 휴가를 냈다고 했다.

"때는 바야흐로 크리스마스잖니!"

요아킴이 달력의 문을 여니, 거기에는 노새를 끌고 가는 한 남자가 그려져 있었다. 노새의 등에는 빨간 옷을 입은 여인이 앉아 있었다.

아버지는 달력에서 떨어진 종이쪽지를 펼쳤다. 요아킴은 쪽지를 들고 글을 읽는 아버지의 손이 떨리는 것을 보았다.

요셉과 마리아

순례 일행은 베들레헴으로 향했다. 일행의 여정은 지도상에서 보자면 북극 아래 있는 북유럽의 길쭉한 나라에서 시작되어 유럽, 아시아, 아프리카 대륙이 만나는 무더운 나라 유다이아까지 계속되었고, 시간상으로 보자면 가까운 과거 시점에서 시작되어 시간을 거슬러 올라가 예수의 탄생 시기까지 계속되었다.

일행은 일곱 마리의 양, 네 명의 양치기, 세 명의 동방박사, 다섯 명의 천사, 아우구스투스 황제, 로마 집정관 크비리니우스, 여관 주인, 엘리사벳으로 구성되어 있었다. 엘리사벳은 다비드의 도시로 향하는 길목에서부터는 노새를 타고 갔다.

그들의 이동 속도는 점점 느려졌고, 마침내 보통 사람이 걷는 속도로 걷게 되었다. 천사 시계를 확인한 에피리엘은 시점이 0년이며, 멀리 보이는 도시가 바로 베들레헴이라고 말했다.

갑자기 걸음을 멈춘 아우구스투스 황제는 왕홀을 올리브 나무 아래 내려놓았다. 등을 곧게 펴고 일어선 그는 겨드랑이에 끼고 있던 두꺼운 책을 펼치더니 엄숙하게 선언했다.

"드디어 때가 왔습니다!"

일행이 모두 걸음을 멈추고 서서 돌아보자, 그는 목소리를 가다듬고 더욱 엄숙하게 말했다.

"모두 이 인명부에 이름을 기록하시오."

그는 일행에게 숯 조각을 차례로 건네주었다. 일행은 그것으로 두꺼운 책에 자기 이름을 적어 넣었다. 천사들도 마찬가지였다. 그 경건한 의식에서 제외된 대상은 일곱 마리의 양뿐이었다. 양들은 글을 쓸 수도 없었거니와 이름도 없었다.

엘리사벳은 인명부에 기록된 이름을 하나하나 읽어보았다.

첫 번째 양치기 : 요스바

두 번째 양치기 : 야콥

세 번째 양치기 : 이삭

네 번째 양치기 : 다니엘

첫 번째 동방박사 : 카스파르

두 번째 동방박사 : 발타사르

세 번째 동방박사 : 멜키오르

첫 번째 천사 : 에피리엘

두 번째 천사 : 유무리엘

세 번째 천사 : 세라피엘

네 번째 천사 : 셰루비엘

다섯 번째 천사 : 에반겔리엘

크비리니우스, 시리아의 로마 집정관

아우구스투스, 로마제국의 황제

여관 주인

엘리사벳은 마지막으로 자기 이름을 적어 넣었다.

첫 번째 순례자 : 엘리사벳

소녀는 한 가지 생각을 떠올렸다. 비록 양들은 글을 쓸 수도 없고, 이름도 없지만, 인명부에 그 존재를 올릴 방법은 있었다.

소녀는 양들을 대신해 그들의 존재를 기록했다.

첫 번째 양
두 번째 양
세 번째 양
네 번째 양
다섯 번째 양
여섯 번째 양
일곱 번째 양

기록을 마친 엘리사벳은 아우구스투스 황제를 곁눈질로 바라보았다. 양들을 인명부에 올려서는 안 된다며 황제가 야단을 칠지도 몰랐기 때문이었다. 다행히도 황제는 인명부에 무엇이 적혀 있는지 확인하지도 않고 책장을 덮었다.

엘리사벳은 인명부에 적힌 순례자들의 이름이 양들까지 합해서 모두 23개가 된다는 것을 보고 만족해했다. 23명이면 작은 학급의 학생 수와 맞먹는 수였다.

인명부에 이름을 올리고 나서 일행은 어느 때보다도 들뜬 마음으로 걸음을 옮겼다. 스코네, 하멜른, 베네치아, 콘스탄티노플, 뮈라, 다마스쿠스 등을 지나칠 때와는 비교도 되지 않을 만큼 경쾌하게 걸었다.

"요셉은 갈릴레아의 나사렛에서 유다이아를 지나 다비드의 도시 베들레헴으로 향했지. 그는 다비드 가문의 직계 후손이었기에 자기 아이를 잉태한 약혼녀 마리아와 함께 인명부에 이름을 올려야 했어." 에피리엘이 말했다.

천천히 움직이던 순례 일행을 향해 천사 에피리엘이 잠시 멈추라고 했다. 그가 손가락으로 가리키는 곳을 보니 노새를 끌고 가는 한 남자가 보였다. 노새 위에는 빨간 옷을 입은 여인이 앉아 있었다. 그녀 뒤로 수없이 많은 양이 모여 풀을 뜯고 있는 베들레헴 언덕이 보였다.

"저들은 요셉과 마리아란다." 에피리엘이 말했다. "이제 때가 되었어. 드디어 열매가 무르익었단다."

여관 주인은 긴장된 표정을 지었다.

"저들보다 앞서 가야 하는데… 서둘러야겠어요."

말을 마친 그는 급히 뛰어가며 연극 대사를 연습하듯 혼자 중얼거렸다.

"죄송합니다만 방이 모두 나갔습니다. 남아 있는 빈방이 없어요. 하지만 외양간이 비어 있으니 거기 묵으면 어떨까요…."

일행에게도 긴장감이 감돌았다. 모두 자기가 맡은 역할을 잘해내기 위해 그동안 연습했던 것들을 되새기고 있었다.

유무리엘은 날갯짓하며 공중으로 날아올랐다.

"두려워하지 마라. 나는 너희에게 기쁜 소식을 전하러 왔노라. 다비드의 도시에 구세주가 태어날 것이니, 전 인류는 기쁨에 휩싸이게 되리라. 그분은 우리의 왕이요 구세주이니라. 너희는 외양간 구유에 누워 계신 아기 예수님을 찾아 경배하라."

에피리엘이 고개를 끄덕이자 유무리엘은 표정이 환하게 밝아졌다.

그때 에반겔리엘은 나팔을 불었고, 다섯 명의 천사는 입을 모아 노래했다.

"하늘에는 주님의 영광, 땅에는 주님께서 사랑하시는 이들의 평화!"

양들도 노래를 따라 부르려는지 메~ 메~ 하고 소리를 질렀다. 그들도 마치 미리 외워두었던 노래를 부르는 것만 같았다.

양치기 요스바는 다른 양치기들을 돌아보며 말했다.

"이제 베들레헴으로 가서 주님께서 하신 영광스러운 일을 증명합시다."

"유대의 왕은 어디서 태어났느냐? 우리는 구세주의 별을 동트는 하늘에서 보았고, 그에게 경배하고자 이곳으로 왔다."

동방박사들도 미리 연습했던 구절을 외워 읊었다.

그들은 무릎을 꿇고 앉아 황금과 향료, 그리고 몰약이 담긴 상자를 꺼냈다.

천사 에반겔리엘은 만족스러운 표정으로 고개를 끄덕였다.

"아주 훌륭합니다."

요스바는 지팡이로 양의 등을 조심스럽게 쓰다듬으며 나직이 귓속말하듯 말했다.

"베들레헴으로! 이제 베들레헴으로 가야지…."

아버지는 종이쪽지를 무릎에 내려놓고 한참 동안 아무 말 없이 앉아 있었다.

순례 일행이 느꼈던 긴장이 아버지에게도 전해진 모양이었다. 그 긴장감은 곧 요아킴의 방에도 퍼지기 시작했다.

"이런 대림절 달력은 전 세계에 하나밖에 없을 거야. 이런 보물을 우리가 가지고 있다는 것이 신기할 뿐이다." 아버지가 말했다.

어머니도 고개를 끄덕였다.

"그리고 진짜 크리스마스는 역사적으로 단 하루밖에 없었어요. 바로 그 크리스마스 밤이 수천 년 동안 전 세계 크리스마스로 퍼져 나갔다는 생각이 드네요."

"하늘나라의 신성함과 아름다움은 세상에 아주 쉽게 퍼질 수 있어서 그런 거예요." 요아킴도 한마디 끼어들었다.

크리스마스 분위기를 제대로 내려면 아직 할 일이 많았다. 요아킴 가족은 집 안팎을 오가며 장식을 하고 음식을 만드는 동안에도 짬이 나면 함께 모여 앉아 곧 찾아올 요한네스에 대한 이야기로 꽃을 피웠다.

원래 부모님은 요아킴이 잠자리에 들고 나면 크리스마스트리를 장식하기로 계획을 세웠지만, 생각을 바꾸어 요한네스가 오기 전에 작업을 마치기로 했다. 그 일만 끝내면 크리스마스 준비는 마무리된 셈이었다.

오후가 되자 어머니는 식탁을 꾸몄다. 아버지 말대로 온갖 크리스마스 과자를 왕관처럼 쌓아올린 커다란 케이크도 내놓았다.

시계가 일곱 시를 가리키자 대문에서 초인종 소리가 들렸다.

"요아킴, 네가 대문을 열어주겠니?" 어머니가 소리쳤다. "마법의 대림절 달력을 손에 넣을 수 있었던 건 네 덕분이니까 말이야. 지금 오시는 손님도 네게 편지를 보내 여기까지 발걸음을 하시는 거니까 네가 대문을 열고 먼저 인사를 드리는 게 좋을 것 같구나."

요아킴은 대문을 향해 달려갔다. 계단에 서 있던 꽃장수 요한네스는 환하게 미소 지으며 장미꽃 다발을 내밀었다.

"안녕하세요. 어서 오세요." 요아킴이 정중하게 말했다.

곧 따라 나온 부모님은 요한네스가 내미는 장미꽃 다발을 받아들었다.

"감사합니다." 꽃다발을 손에 든 어머니가 말했다. "대림절 달력을 만들어주셔서 정말 고마워요."

"고마워해야 할 사람은 접니다."

요한네스는 요아킴의 머리를 쓰다듬으며 수줍은 듯 말했다.

거실에 들어와 자리에 앉은 요한네스는 커피를 한 모금 마시고 나서 이야기를 시작했다.

"저는 다마스쿠스에서 태어났습니다. 부모님은 독실한 기독교 신자였지요. 우리 가문의 조상은 시리아에 뿌리내렸던 초기 기독교 신자라고 들었습니다."

"그래요?" 아버지는 요한네스의 이야기에 놀란 듯했다.

"예. 제가 어렸을 때 저는 아주 오래된 도자기 속에 들어 있던 낡은 문서를 발견했습니다. 제 부모님은 그 도자기와 문서를 박물관에 가져다주어야 한다고 했지요. 박물관에서는 그것들을 보더니 아주 오래된 것이라고 했습니다."

"그 문서에 무엇이 적혀 있었나요?" 아버지가 성마르게 질문했다.

"그건 로마제국에 속해 있던 여러 지역에서 중앙 행정기관에 올리는 보고서였습니다. 예수 탄생 후 약 100년쯤 지난 시기, 다마스쿠스에서 어떤 일이 있었는지 잘 알 수 있는 문서였지요. 175년 기록에는 도시의 동쪽 성문을 지나간 이상한 행렬에 대한 내용이 있었습니다. 그로부터 몇 년 뒤에 그와 비슷한 일행이 서쪽 성문을 지나갔다는 기록도 있더군요. 두 행렬을 목격한 사람들은 모두 일행에 천사가 끼어 있었다고 증언했답니다."

대림절 달력의 이야기를 기어한 어머니와 요아킴은 고개를 끄덕였다.

"오래된 기록을 보면 천사에 대한 이야기를 자주 볼 수 있어요." 요한네스가 다시 말을 이었다. "저는 그 이상한 일행이 도시 성문을 지나가기 전에 어디를 거쳐 갔을지 무척 궁금했습니다. 그걸 살펴보려면 시간을 거슬러 과거의 일까지 알아봐야 하는데, 그건 문자 그대로 불가능한 일이었지요."

"맞습니다. 불가능한 일이죠." 아버지는 맞장구치며 요한네스의 다음 말을 기다렸다.

"그래서 저는 고문서를 읽기 시작했습니다. 특히 천사를 보았다고 주장하는 사람들의 이야기를 중심으로 살펴보았지요. 제가 사는 지역과 유럽에서 전해 내려오는 그런 이야기를 모으다 보니 꽤 많아졌습니다. 하지만 거기서 만족할 수 없어서 몇 년 뒤에 고문서들의 집합지라고도 할 수 있는 로마로 가서 자료를 더 찾아보기로 했습니다."

"거기서 엘리사벳이라는 분을 만났나요?"

요아킴의 질문에 요한네스는 고개를 끄덕였다.

"그건 잠시 후에 이야기해줄게." 요한네스는 말을 이었다. "천사가 등장하는 이야기들을 살펴보니, 거기에는 모두 이상한 공통점이 있다는 사실을 발견했습니다. 하노버, 코펜하겐, 바젤, 베네치아, 이탈리아 북쪽의 아오스타 호수, 마케도니아의 악시오스 평원 등 시간과 공간은 달랐지만 말입니다. 천사를 목격했다는 증언들을 시간과 장소별로 정리해보니 가장 이른 때는 갈릴레아의 카페르나움이었고, 가장 늦은 때는 노르웨이였습니다. 할덴 외곽에 있던 시골 길에서 천사를 보았다는 증언은 1916년 기록에 남아 있었습니다."

"아, 그 구식 자동차!" 요아킴이 소리쳤다.

"오늘날 이런 이야기를 믿는 사람은 거의 없을 겁니다. 제가 수집한 이야기 중에는 천사와 함께 걷던 작은 소녀의 모습을 순간적으로 보았다는 증언도 있었죠. 어쨌든 할덴, 하노버, 하멜른 등지에서 수집한 증언과 아오스타, 악시오스, 그리고 카페르나움 등지에서 수집한 증언을 모두 모아보니 한 편의 동화를 만들 수 있겠다는 생각이 들었습니다."

어머니는 말없이 꽃장수를 바라보았다. 요한네스는 잠시 생각에 잠겼다가 다시 말을 이었다.

"한순간 신비롭다고 생각했던 것들은 다음 순간 꺼져가는 등잔불처럼 빛을 잃게 마련이지요. 어둠 속에서 고개를 돌리는 순간, 다른 곳에서 일렁이는 불빛을 발견하게 되니까요. 우리는 순간적인 경이로움을 주머니에 담아 보관할 수 없습니다. 하늘에서 내려온 천사들은 사람이 많이 모인 시내 광장 한가운데서 모습을 드러내는 일이 거의 없습니다."

"사진 속의 젊은 여인 이야기는 어떻게 나온 겁니까?" 이번에는 아버지가 성마르게 물었다.

요한네스는 길게 한숨을 내쉬었다. 요아킴은 나이 많은 꽃장수의 눈가가 촉촉해지는 것을 보았다. 요한네스는 눈을 살짝 비비고는 말을 시작했다.

"아주 오래전에 저는 로마에서 한 여인을 만났습니다. 불과 몇 주 동안의 짧은 만남이었지만, 저는 그 여인을 마음 깊이 사랑하게 되었습니다."

"얼른 이야기해보세요." 아버지가 재촉했다.

"그 여인은 자기 이름이 '테바실레'라고 했습니다. 조용하고 어딘지 비밀스러운 구석이 있는 여인이었지요. 테바실레는 자기가 노르웨이에서 태어났지만, 팔레스타인의 양치기 아버지 밑에서 자랐다고 했습니다. 그 말은 틀림없는 사실 같았습니다. 왜냐며 그 여인은 아랍어를 유창하게 했거든요. 그리고 '테바실레'라는 이름도 팔레스타인 이름 같았고요…. 물론 그 이름은 이탈리아식 이름일 수도 있었지요."

"그건 '엘리사벳'의 알파벳을 거꾸로 늘어놓은 거예요." 갑자기 요아킴이 끼어들며 큰 소리로 외쳤다.

"넌 아주 똑똑하구나. 맞아. 하지만 자기 원래 이름을 거꾸로 쓰고 부르는 사람은 흔하지 않지."

"이야기를 계속해보세요!" 아버지가 다시 재촉했다.

"그녀가 노르웨이에서 태어났다는 말에도 일리가 있었습니다. 왜냐면 그녀는 금발에 피부는 분홍색이고 눈이 파란색이었으니까요. 그녀에게 왜 팔레스타인까지 가게 되었느냐고 물었더니 그 파란 눈으로 저를 뚫어지게 바라보더니 주저하듯 말하더군요. 자기는 어렸을 때 납치되었다고 했습니다. 누가 납치했냐고 물었더니 이렇게 대답하더군요. '제가 필요했던 베들레헴을 위해 천사가 납치했어요… 하지만 그건 아주 오래전 일이에요… 당시에 저는 작은 아이에 불과했거든요….'"

어머니는 놀라서 벌어진 입을 손으로 가렸다. 아버지는 성냥갑으로 거실 탁자를 탁탁 두들겼다.

"그래서 뭐라고 하셨나요?"

"그런 이야기를 들으면 사람들은 대부분 농담이라고 생각해서 웃어넘겼을 겁니다. 하지만 저는 천사에 대한 옛날 기록들을 모으던 중이라 그녀의 말이 농담으로 들리지 않았습니다. 그래서 그녀의 말을 믿는다고 했지요… 그러자 그녀의 표정이 굳어졌어요. 아마도 제 말이 그녀를 두렵게 했던 것 같습니다."

"그 뒤엔 무슨 일이 일어났나요?" 이번에는 어머니가 물었다.

"우리는 그 뒤로 딱 한 번밖에 만나지 못했습니다. 베드로 성당 앞 화해의 길에서 만났지요. 그녀는 그날 오후 로마를 떠난다고 했습니다. 저는 마지막으로 그녀의 사진을 한 장을 찍을 수 있었습니다. 그때가 1961년 4월이었습니다."

"그런데 선생께서는 어떻게 노르웨이까지 오시게 되었나요? 그리고 그 이유는 무엇인지 궁금합니다." 아버지가 물었다.

요한네스는 아몬드 케이크를 한 조각 떼어 입에 넣으며 말했다.

"저는 그 신비스러운 여인을 다시 만날 수 있을지도 모른다는 희망을 품고 노르웨이로 왔습니다. 그리고 여기 계속 남아 있었지요. 하지만 저는 그 여인을 한 번도 보지 못했습니다. 그녀가 지금 어디 있는지도 모릅니다. 그렇지만 어쩌면…."

그는 아몬드 케이크를 한 조각 더 먹으며 말을 이었다.

"그러던 어느 날 1948년 이곳에서 일어난 실종 사건 이야기를 들었습니다. 당시 저는 어렸을 때 천사에게 납치를 당했다고 말했던 테바실레와 노르웨이에서 어릴 때 실종된 소녀가 같은 인물이 아닐까 하고 생각했습니다. 저는 로마에서 만났던 여인의 나이를 정확하게 알지 못했습니다. 하지만 1940년쯤 태어났다면, 대충 맞는 것 같기도 했지요."

꽃장수 요한네스는 말을 멈추고 한동안 생각에 잠겼다.

"'엘리사벳'과 '테바실레'라는 두 이름의 기묘한 연관성을 깨달은 건 얼마 전이었습니다. 언제나 그 두 이름을 염두에 두고 있던 저는 어느 날 어떤 계기로 그걸 거꾸로 읽으면 같은 이름이 된다는 사실을 발견했지요. 제가 처음 노르웨이에 갔을 때 제 머릿속은 온통 '테바실레'라는 이름이 차지하고 있었습니다. 그런데 어느 날 갑자기 그 이름은 '엘리사벳'을 거꾸로 적어놓은 것이라는 사실을 깨달았습니다. 그때부터 저는 실종된 엘리사벳과 제가 로마에서 만났던 테바실레가 같은 사람이라고 거의 확신했습니다. 마법의 대림절 달력을 만들기 시작한 것도 바로 그 무렵이었지요. 그 달력은 몇 달에 걸쳐 만들었습니다."

"어쨌거나 정말 대단한 우연이군요." 아버지가 말했다.

"저는 그 두 사람이 같은 인물인지 수없이 생각해봤습니다. 하지만 두 이름을 거꾸로 늘어놓으면 같은 이름이 된다는 사실을 알고 나니 참으로 신기하더군요. 사실 저는 엘리사벳의 여동생을 만나고 그녀의 이름이 '안나'라는 것을 알게 되었는데, 가만히 보니 '안나(Anna)'라는 이름은 바로 읽으나 거꾸로 읽으나 똑같았습니다. 그래서 '엘리사벳'의 철자도 거꾸로 써보았습니다. 그랬더니 놀랍게도 '테바실레'가 되더군요. 게다가 저는 엘리사벳의 여동생 안나와 제가 로마에서 만났던 테바실레가 참 많이 닮았다고 생각했지요."

어머니는 요한네스를 뚫어지게 바라보다가 조심스럽게 말문을 열었다.

"그런데 왜 대림절 달력을 딱 하나만 만드셨나요? 달력에 넣어두었던 이야기를 왜 책으로 쓰지 않았죠?"

요한네스는 어머니의 말에 웃음을 터뜨렸다.

"제가 책을 쓴다고 해도 그 책을 읽어줄 사람이 몇 명이나 되겠습니까? 책을 출간해줄 출판사도 없을 겁니다."

어머니는 안타깝다는 듯이 고개를 가로저었다. 요한네스는 담담하게 이야기를 계속했다.

"저는 엘리사벳의 이야기와 순례 여행에 대한 저의 이야기를 이 세상에 단 한 사람만이라도 읽어주었으면 좋겠다고 생각했습니다. 그러면 그 오랜 미스터리가 언젠가는 풀릴지도 모른다는 희망을 품고 있었지요. 이제 저는 얼마나 더 살지 모릅니다. 하지만 저 말고도 이 이야기를 아는 사람이 있다는 사실만으로도 저는 만족합니다.

"엘리사벳의 사진을 서점 창가에 놓아둔 이유도 바로 그런 것이었나요?"

요한네스는 어머니의 질문에 고개를 끄덕였다.

"예. 이곳에 사는 사람 중에 그녀를 알아보는 사람이 있을지도 모른다고 생각했지요."

"그런데 왜 황야로 여행을 가셨나요?" 이번에는 요아킴이 물었다.

"나는 대림절 때가 되면 시골의 숲과 벌판을 거닐곤 한단다. 시끄러운 도시를 떠나 마음의 평화를 찾고 싶기 때문이지. 누가 알겠니… 그러다 보면 1948년에 실종된 아기 양과 천사와 함께 베들레헴으로 갔던 엘리사벳의 자취를 찾을 수 있을지도 모르잖니…. 그래, 난 가끔 두 이름을 끝없이 중얼거린단다. 엘리사벳… 테바실레… 엘리사벳."

"그 후에 다마스쿠스에 간 적은 없습니까?"

요한네스는 아버지의 질문에 고개를 저었다.

"없습니다. 노르웨이는 저의 조국이 되었지요. 제2의 조국…. 저는 광장에서 꽃을 팔면서 사람들에게 하늘나라의 아름다움을 전합니다. 그리고 어느 날 갑자기 엘리사벳이 이곳으로 돌아올지도 모른다는 희망을 버리지 않았습니다."

정적이 흘렀다. 거실 안은 너무도 고요해서 바닥에 먼지 내려앉는 소리가 들릴 것 같았다.

"나는 지난 몇 년 동안 그녀를 찾는 데 온갖 노력을 기울였단다." 요한네스가 요아킴에게 말했다. "하지만 난 그녀의 성도 모르고 있었어. 날아가는 참새보다 손안에 있는 참새를 잡기가 더 어렵다는 말도 있잖니. 그리고 로마에서든 팔레스타인에서든 '엘리사벳'과 '테바실레'는 성이 아니라 이름이라고 생각했지. 나는 대사관과 구청을 수도 없이 찾아갔지만, 아무것도 알아낼 수 없었어. 그런데 네가….."

거실에는 다시 정적이 흘렀다. 요한네스는 요아킴의 부모를 바라보며 말을 이었다.

"요아킴이 저를 도와주었다고 해도 과언이 아닙니다. 요아킴 덕분에 그녀를 찾을 수 있다는 희망이 생겼지요. 그러니 저는 요아킴에게 감사해야 합니다."

요아킴은 부모님을 바라보았다. 소년은 요한네스가 무슨 말을 하려는지 짐작조차 할 수 없었다.

"좀 더 자세히 설명해주세요." 어머니가 말했다.

"엘리사벳과 테바실레…. 요아킴은 그 두 이름이 모두 그녀의 이름일지도 모른다는 생각이 들게 해주었지요. 하나는 이름, 다른 하나는 성이라고는 전혀 생각하지 못하고 오로지 한 가지 생각만으로 몇 년이나 혼자 고민하고 있었으니, 저도 참 한심하지요."

그의 말을 듣던 요아킴의 얼굴이 환해졌다.

"엘리사벳 테바실레! 정말 그 여자 분 이름이 엘리사벳 테바실레였나요?"

꽃장수 요한네스의 눈에서 눈물이 흘러내렸다.

"로마의 전화번호부를 뒤져보았더니 정말 그런 이름이 있었습니다. 하지만 크리스마스까지 기다려보겠습니다. 이제 내일 아침이면 대림절 달력의 마지막 문을 열어볼 수 있겠군요."

요한네스는 이제 가봐야겠다면서 자리에서 일어났다.

"가기 전에… 그 마법의 대림절 달력을 마지막으로 한 번만 나한테 보여줄 수 있겠니?"

요아킴은 얼른 침실로 뛰어가 마법의 대림절 달력을 가져왔다. 요한네스에게 달력을 건네주자 그는 말없이 그림들을 찬찬히 살펴보았다.

"열려 있는 문을 모두 닫아봐."

요한네스는 요아킴이 시키는 대로 했다.

"이렇게 하니까 순례 일행을 모두 볼 수 있구나. 크비리니우스와 아우구스투스 황제, 하늘나라 천사들, 양치기들과 동방박사들, 그리고 마리아와 요셉, 아기 예수님."

"하지만 엘리사벳은 보이지 않아요." 요아킴이 말했다.

"그래, 네 말이 맞는구나."

달력을 요아킴에게 돌려주고 나서 요한네스는 대문을 향해 걸어갔다. 그리고 요아킴 가족에게 작별 인사를 건넸다.

"온 가족이 즐거운 크리스마스를 보내시기 바랍니다."

"예, 감사합니다." 아버지는 꽃장수 요한네스의 이야기를 직접 들을 수 있었기에 무척 만족한 듯했다. 하지만 아직도 요한네스에게 할 말이 더 남아 있는 것 같았다.

"크리스마스이브가 되기 전에 달력의 마지막 문을 열어보시면 안 됩니다."

어머니는 그를 바라보며 궁금한 표정을 지었다.

"예, 알겠습니다. 꼭 참고 기다렸다가 마지막 순간에 열어볼 테니 염려하지 마세요." 아버지가 시원시원하게 대답했다.

"내일 다시 찾아뵈어도 될까요?"

요한네스의 말에 요아킴은 마음이 들떴다. 그를 내일 다시 볼 수 있다고 생각하니 배 속에서 비눗방울이 오글오글 피어나는 것 같았다. 요아킴은 아직도 그에게 듣고 싶은 이야기가 많았다.

12월 24일

크리스마스이브 아침은 여느 날과 다름없이 밝아왔다. 매년 크리스마스 전날에는 언제나 마지막에 해야 할 일이 남아 있게 마련이다. 깜박 잊고 장식을 빼먹은 곳이 있는가 하면, 마지막 순간에 선물을 포장해야 할 일도 생긴다. 동이 트자 부모님은 요아킴의 방에 들어와 기대에 가득 찬 표정으로 벽에 걸린 달력을 바라보았다. 그들은 크리스마스이브 종이 울리기 전에는 절대로 달력을 열어보지 않겠다고 요아킴과 약속했다.

오후가 되자 크리스마스 식사를 준비하기 시작했다. 곧 음식 냄새가 온 집 안에 가득 찼다. 마침내 다섯 시가 되자, 아버지는 창을 열었다. 열린 창으로 교회 종소리가 들려왔다.

그들은 누가 먼저라고 할 것도 없이 요아킴의 방으로 향했다. 요아킴은 침대로 올라가 벽에 걸린 달력의 마지막 문을 열었다. 마지막 문은 다른 날짜의 문보다 훨씬 커서 아기 예수가 누워 있는 구유를 모두 덮을 정도였다. 문을 여니 안에는 산속에 있는 작은 외양간 그림이 보였다.

요아킴은 종이쪽지를 펴고 부모님에게 들리도록 큰 소리로 읽기 시작했다.

아기 예수

그곳은 유럽, 아시아, 아프리카 대륙이 만나는 지점이었다. 때는 오늘날 전 세계 달력의 기점이 된 최초의 날로부터 며칠 전, 캄캄한 밤이었다.

엘리사벳과 천사 일행은 소리 없이 베들레헴의 한 건물을 향해 걸어갔다. 일행은 일곱 마리의 양과 네 명의 양치기, 다섯 명의 천사, 세 명의 동방박사, 로마제국의 황제와 시리아의 로마 집정관, 그리고 북극 아래에 있는 길쭉한 나라에서 온 엘리사벳이었다.

몇몇 나직한 건물 창에서 희미한 등잔 불빛이 새어 나오고 있었다. 하지만 사람들은 대부분 잠자리에 들었는지 칠흑처럼 캄캄한 창이 훨씬 더 많았다.

동방박사 중 한 사람이 밤하늘에서 강한 빛을 발하는 별 하나를 가리켰다. 그 별은 활활 타오르는 모닥불의 불꽃 같기도 했다. 수많은 별 중에서 유난히 밝게 반짝이는 별 하나…. 그 별은 다른 별보다 훨씬 낮은 곳에 있었다.

천사 유무리엘이 일행을 돌아보며 입술에 손가락을 가져갔다.

"쉬… 조용히…."

순례 일행은 도시 초입에 있는 여관을 향해 발소리를 죽이며 다가갔다. 몇 초 후, 창을 통해 여관 주인의 모습이 보였다. 일행을 발견한 여관 주인은 고개를 끄덕이며 진지한 표정으로 마당 앞 외양간을 가리켰다.

천사 에피리엘이 무슨 말인가를 중얼거렸다. 그것은 마치 오래된 법령을 읽는 소리처럼 단조로웠다.

"그들이 그곳에 이르자 여인의 출산이 임박했고, 여인은 아들을 낳아 외양간 구유에서 보살폈다. 그들이 머물고자 했던 여관에는 빈방이 없기 때문이었다."

일행이 외양간 앞에 멈추어 서자 퀴퀴한 냄새가 코를 찔렀다.

그 순간, 정적에 잠겨 있던 밤은 새로 태어난 아기의 우렁찬 울음소리로 가득 찼다.

베들레헴의 초라한 구유에서 위대한 새 역사가 쓰이고 있었다. 외양간 위 밤하늘에서는 별 하나가 유난히 밝게 빛나고 있었고, 외양간에서 태어난 아기는 말구유에 누워 있었다. 하늘과 땅이 만나는 곳에서 일어난 사건이었다. 구유 속 아기는 희미한 저녁 하늘을 밝히는 모닥불 불꽃처럼 이 세상을 밝힐 존재였다.

기적은 그렇게 일어났다. 세상에 새 생명이 태어날 때마다 기적이 일어난다. 하늘 아래 이전에 없던 새로운 세상이 스스로 창조될 때 사람들은 그것을 '기적'이라고 부른다.

여인은 무거운 숨을 가쁘게 몰아쉬며 눈물을 흘렸다. 그것은 슬픔의 눈물이 아니었다. 마리아는 조용하고 깊은, 행복한 눈물을 흘렸다. 아기의 우렁찬 울음소리는 마리아의 조용한 울음을 감쌌다. 아기 예수가 태어난 것이다. 베들레헴의 초라한 외양간에서 이 세상을 구원할 구세주가 태어난 것이다.

천사 에피리엘은 엄숙한 표정으로 일행을 돌아보며 말했다.

"오늘, 인류의 구세주가 다비드의 도시에서 태어났도다."

아우구스투스 황제가 고개를 끄덕이며 말을 이어받았다.

"이제 우리 차례가 왔습니다. 모두 자기 자리에서 자기가 맡은 역할을 해낼 준비를 하십시오. 우리가 이 역할을 하기 위해 지난 2천 년간 꾸준히 준비해왔다는 사실을 기억하시기 바랍니다."

크비리니우스가 다음 말을 이었다.

"양치기들은 양들을 데리고 벌판으로 나가십시오. 선한 양치기의 임무를 끝까지 잊어서는 안 됩니다. 동방박사들은 어서 낙타를 타고 사막에서 대기해주십시오. 하늘에서 빛나는 별을 따라가야 한다는 걸 잊지 마시기 바랍니다. 천사들은 하늘 위로 높이 날아오를 준비를 하십시오. 쓸데없이 사람들 앞에 모습을 드러내는 일이 없도록 조심하시고, 사람들 눈에 띄었을 때는 먼저 '두려워하지 마라'라고 말해서 두려움과 경계심을 품지 않게 해야 한다는 사실을 잊지 마시기 바랍니다. 드디어 아기 예수님께서 세상에 태어나셨습니다."

그의 말이 끝나기가 무섭게 양치기와 양들, 천사들과 동방박사들이 뿔뿔이 흩어져 자취를 감추었다. 그러나 엘리사벳은 크비리니우스와 아우구스투스 황제와 함께 여전히 그 자리에 서 있었다.

"나는 서둘러 다마스쿠스로 돌아가야 합니다. 거기서 맡은 중요한 역할이 있기 때문입니다." 크비리니우스가 말했다.

"나는 로마로 돌아갈 것이오. 그곳에서 내 역할을 다할 것이오." 아우구스투스가 말했다.

그들이 떠나기 전에 엘리사벳은 외양간을 가리키며 물었다.

"제가 저 안으로 들어가도 될까요?"

황제는 미소 지으며 말했다.

"물론이지! 그게 바로 네 역할이니까."

크비리니우스도 힘차게 고개를 끄덕이며 말했다.

"너는 여기 가만히 서 있으려고 이 먼 길을 온 것이 아니란다."

말을 마친 두 사람은 왔던 길로 서둘러 돌아갔다.

엘리사벳은 밤하늘의 별을 올려다보았다. 유난히 밝은 빛을 발하는 별을 보려면 고개를 한껏 뒤로 젖혀야 했다. 그 순간, 외양간에서 아기의 울음소리가 들렸다.

엘리사벳은 외양간을 향해 걸어갔다.

아버지는 기특하다는 듯이 요아킴의 어깨를 두드렸다.

"올해는 네 덕분에 참 신기하고 재미있는 대림절 달력을 가지고 뜻깊은 시간을 보낼 수 있었구나."

아버지는 그 말 한마디로 대림절 달력의 수수께끼를 모두 풀었다고 생각하는 것 같았다.

하지만 요아킴은 만족할 수 없었다. 엘리사벳은 그 후에 어떻게 되었을까? 생각에 잠겨 있던 어머니도 자리에서 일어나며 한마디 했다.

"저녁 식사 시간이에요. 준비하는 동안 당신은 요아킴하고 크리스마스트리 밑에 선물을 놓아두세요. 올해도 뜻밖의 선물을 받을 사람이 있으니까요."

어머니가 말을 마쳤을 때 초인종 소리가 들렸다. 요아킴이 대문을 여니, 요한네스가 서 있었다. 그는 어제와 달리 환한 표정을 짓고 있었다.

"오늘은 정식으로 감사 인사를 하러 들렀단다."

어머니와 아버지는 현관까지 나와 그를 안으로 안내했다. 거실 탁자에는 다시 아몬드 케이크가 놓였고, 아버지는 케이크 위에 빨간 마지팬 과자를 늘어놓았다. 요아킴은 부엌에서 커피 잔을 가져왔다.

모두 거실에 모여 앉자, 요한네스는 입가에 의미심장한 미소를 띠고 요아킴 가족을 한 사람 한 사람 바라보았다.

"대림절 달력 겉면에 큰 그림을 그릴 때 저는 항상 무언가 새로운 것이 눈에 띌 수 있었으면 좋겠다고 생각했습니다. 신의 창조물도 바로 그런 것이라고 생각했으니까요. 저는 세상을 돌아볼수록 신의 뜻과 그 행적을 알아볼 수 있을 것 같았습니다. 눈을 뜨고 귀를 열면 우리가 사는 이 땅에도 얼마나 많은 기적이 숨어 있는지 항상 새롭게 찾아볼 수 있습니다."

아버지는 그의 말에 동의하며 고개를 끄덕였다.

"하지만 저는 달력의 그림이 종이쪽지에 적어 넣었던 이야기에 따라 매일 다르게 보일 수 있다는 생각은 하지 못했습니다. 물론, 아주 오래전 이 도시에서 실종된 소녀에 대한 미스터리를 풀 수 있다고도 생각하지 못했지요."

그의 입가에 다시 의미심장한 미소가 떠올랐다.

요아킴은 그의 얼굴에서 눈을 떼지 못했다.

"엘리사벳에 대해 더 알아낸 것이 있나요?"

요한네스가 채 대답하기도 전에, 초인종 소리가 들렸다.

어머니와 아버지는 궁금한 표정으로 서로 얼굴을 마주 보았다.

"요아킴, 네가 문을 열어보렴." 요한네스가 말했다. "마법의 대림절 달력 문을 열었던 사람도 바로 너였으니까. 이제 마지막 문을 열어볼 때가 되었어. 하지만 이번에는 밖이 아니라 안에서 열어야겠지."

요아킴이 대문으로 가는 동안, 어머니와 아버지는 손을 맞잡은 채 여전히 서로 얼굴을 마주 보고 있었다. 혹시 초인종을 누른 사람이 천사 에피리엘이라고 생각했던 것일까? 어쨌든 부모님의 얼굴에는 긴장하고 궁금해하는 빛이 역력했다.

요아킴이 대문을 열자, 층계참에 오십 대로 보이는 여인이 서 있었다. 백발이 섞인 금발 머리 여인은 빨간 코트를 입고 있었다. 낯선 여인은 환한 미소를 지으며 요아킴에게 손을 내밀었다.

"요아킴? 네가 요아킴이니?"

요아킴은 너무도 뜻밖의 상황에 현기증이 날 것만 같았다. 하지만 소년은 앞에 서 있는 여인이 누구인지 충분히 짐작할 수 있었다.

"엘리사벳 한센 씨죠? 어서 들어오세요!"

부모님은 그들이 거실에 들어올 때까지 손을 맞잡고 서 있었다. 요한네스는 큰 소리로 너털웃음을 터뜨렸다. 요아킴은 요한네스가 이야기에 나오는 니콜라우스 주교를 닮았다고 생각했다.

엘리사벳은 빨간 코트를 벗어 팔에 걸친 채 서 있었다. 그녀의 목에는 빨간 보석이 박힌 은 십자가 목걸이가 걸려 있었다.

웃음을 멈춘 요한네스가 자리에서 일어나며 말했다.

"제가 소개해야겠군요. 이분은 엘리사벳 테바실레 한센 씨입니다."

어머니와 아버지는 깜짝 놀라 어쩔 줄 모르고 서 있었다. 결국, 요아킴은 부모님에게 다가가 팔을 살짝 흔들었다.

"두려워하지 마세요!" 요아킴은 천사 유무리엘을 흉내 내어 말했다. "두려워하지 마세요! 두려워하지 마시라고요!"

부모님은 그제야 엘리사벳 한센에게 손을 내밀어 악수를 청했다. 어머니는 그녀의 코트를 받아 들며 의자에 앉으라고 권했고, 아버지는 부엌에서 커피 잔을 가져왔다.

알고 보니 그녀는 영어로만 대화할 수 있었다. 하지만 아버지는 노르웨이어로 말을 시작했다.

"설명이 필요해요. 아주 그럴듯한 설명을 듣고 싶단 말입니다."

그러자 요한네스가 끼어들었다.

"설명은 제가 하겠습니다. 요아킴이 있으니 노르웨이 말로 해야겠군요. 우리가 오늘 이 자리에 모일 수 있었던 것도 모두 요아킴 덕분이니 말입니다."

낯선 여인은 요한네스의 말을 알아들은 듯 고개를 끄덕이며 요아킴을 향해 미소를 보냈다.

"그럼, 어서 시작하십시오!" 아버지가 재촉했다.

"제가 어제 여러분을 찾아왔을 때, 저는 엘리사벳이 노르웨이로 오고 있다는 걸 이미 알고 있었습니다." 요한네스가 말을 시작했다.

어머니는 눈을 크게 뜨고 그를 바라보았다.

"그런데 왜 우리한테는 그 말씀을 하지 않으셨죠?"

요한네스는 여전히 얼굴에 미소를 띤 채 대답했다.

"크리스마스 선물은 크리스마스이브에 열어야 합니다. 저는 솔직히 어제까지만 해도 엘리사벳이 정말로 올지 확신할 수 없었습니다. 더욱이 이곳으로 오는 여자 분이 정확히 누구인지도 확신할 수 없었으니까요."

아버지는 고개를 절레절레 흔들었다. 요아킴은 아버지가 너무 오래 고개를 흔드는 것은 아닌지 슬그머니 걱정되기 시작했다.

"도무지 이해할 수가 없어요. 좀 더 정확히 말씀해주세요."

"아시다시피 저는 며칠 전 요아킴과 통화한 적이 있습니다. 저는 꽤 오랫동안 엘리사벳과 테바실레가 같은 사람이라고 생각해왔지만, 확신하지 못하는 상태에 있었죠. 그런데 요아킴이 그러더군요, 테바실레는 엘리사벳의 성일지도 모른다고…. 그래서 저는 로마의 전화번호부를 뒤져 '엘리사벳 테바실레'라는 이름을 찾아냈습니다. 그리고 얼마 후에 그녀를 찾아갔지요. 다행히도 그녀는 1961년 4월에 저와 만났던 일을 기억하고 있었습니다."

엘리사벳은 무언가를 말하려고 했으나, 요한네스가 팔을 들어 제지했다.

"저는 그녀에게 1948년 딸을 잃어버린 한 어머니의 이야기를 들려주었습니다. 그런 식으로 그녀의 기억을 되살릴 수 있다고 생각했습니다. 엘리사벳은 어제저녁 노르웨이에 도착했습니다. 45년 전 어느 겨울날 이곳을 떠난 이후 처음으로 노르웨이 땅을 밟은 셈이지요."

아버지는 자리에서 벌떡 일어나 전화 수화기를 들었다.

"지금 뭐하시는 거예요?" 어머니가 물었다.

"한센 부인에게 이 소식을 전해야지!"

요한네스는 아버지의 말에 웃음을 터뜨렸다.

"엘리사벳은 어제 한센 부인 댁에서 묵었습니다. 두 분 모두 지난 일을 이야기하느라고 밤새 한숨도 못 잤다고 하더군요."

"그렇다면 적어도 경찰서에는 연락해야 하지 않겠습니까?" 아버지가 고집을 피웠다. "오래전에 실종된 소녀가 이제 돌아왔다고…."

"그 일도 이미 처리했습니다." 요한네스가 대답했다. "오늘 신문을 읽어보셨다면 알고 계실 텐데요. 이미 라디오 뉴스에서도 방송되었답니다. 시내 전역에서 이 기쁜 소식을 전해 들은 사람이 아주 많아요."

아버지는 소파에 털썩 주저앉았다. 이제 아버지가 할 수 있는 일은 없었다. 그저 자리에 앉아 요한네스에게서 나머지 이야기를 듣는 일 밖에는.

고개를 숙이고 있던 아버지가 말문을 열었다.

"저, 질문 하나 해도 되겠습니까?"

요한네스는 고개를 끄덕였다.

"예, 얼마든지!"

"1948년 겨울에 정확히 무슨 일이 있었던 겁니까? 엘리사벳이라는 소녀가 백화점에 있던 아기 양과 함께 뛰쳐나가 자취를 감추었고, 길을 가던 중에 천사 에피리엘을 만났다는, 그런 허황한 이야기 말고 진실을 말해주십시오."

요한네스는 아버지의 질문에 대답하는 대신 엘리사벳을 돌아보며 영어로 무언가를 말했다. 그러자 그녀는 손으로 입을 가리고 웃으면서 요한네스에게 이야기해도 좋다는 신호를 보냈다.

"엘리사벳은 제가 이 이야기를 꺼낼 때마다 웃는군요." 요한네스가 말했다. "질문에 대한 답을 놓고 본다면, 우리는 서로 의견이 다릅니다. 그러니 우선 엘리사벳의 말부터 전하도록 하지요. 엘리사벳은 당시 경찰들이 사건 해결에 적극적으로 나서지 않았다고 생각한답니다. 어쨌든 저는 일단 뒤에서부터 거슬러 올라가며 설명하겠습니다."

그의 말을 듣고 아버지는 웃으며 말했다.

"뒤에서부터든 앞에서부터든 이해할 수 있게만 설명해주신다면…."

요한네스는 자리에서 일어나 거실 안을 오락가락하며 이야기를 들려주었다. 그리고 말하는 도중에 엘리사벳의 어깨에 가끔 손을 얹기도 했다.

"엘리사벳은 베들레헴의 한 작은 마을에서 성장했습니다. 그곳 사람들은 대부분 농사를 지으며 생계를 유지했는데, 어느 날 농민들이 땅을 모두 빼앗기는 일이 벌어졌습니다. 제가 로마에서 엘리사벳을 만났을 때는 1961년이었습니다. 엘리사벳은 당시 고향을 떠나 이곳저곳 정처 없이 떠도는 난민이 되어 있었습니다. 그렇게 요르단과 레바논을 거쳐 떠돌이 생활을 하다가 난민들의 처지를 호소하기 위해 로마로 갔답니다. 이 이야기는 나중에 하기로 하고, 다시 처음으로 돌아가지요. 엘리사벳은 1948년 겨울 베들레헴에 도착했습니다. 하느님의 도움이 필요한 가난하고 박해받는 사람들에게로 갔던 것이지요. 바로 그 때문에 엘리사벳은 자신이 천사에게 납치를 당했다고 말했던 것이랍니다. 천사가 자기를 납치해서 하느님의 도움이 필요한 베들레헴 사람들에게 보냈다고 생각했던 거지요. 엘리사벳은 거기서 양치기 소녀로 자랐습니다. 그러니 아기 양의 부드러운 털을 마음만 먹으면 얼마든지 쓰다듬어볼 수 있었지요. 대림절 달력 속의 엘리사벳 한센이 원했던 것처럼."

아버지는 요한네스의 말에 끼어들었다.

"그러다가 결국 로마로 갔고, 거기서 당신을 만났다는 말이죠? 그런데 왜 엘리사벳은 당신을 다시 만나려 하지 않았답니까?"

"예, 좋은 질문입니다. 저도 그 질문을 수없이 던져보았습니다. 엘리사벳은 대화할 때 상대방을 아주 조심스럽게 대합니다. 그럴 수밖에 없었지요. 그래서 자기 이름을 거꾸로 쓴 테바실레라는 성을 사용하기도 했고요. 우리는 엘리사벳이 전쟁이 휩쓸고 지나간 나라에서 도망쳐 나온 난민이라는 사실을 기억해야 합니다. 엘리사벳은 다시 납치당할까 봐 두려웠다고 하더군요. 그래서 항상 조심했다고 합니다."

"말씀을 계속해보세요!" 아버지는 손가락을 딱! 소리가 나도록 마주치며 요한네스를 재촉했다.

"제가 로마에서 천사 이야기를 꺼냈더니, 엘리사벳은 저를 의심했습니다. 제가 엘리사벳 자신은 물론 팔레스타인 사람들을 위험에 빠트릴 수 있는 인물인지도 모른다고 생각했다고 하더군요."

"하지만 엘리사벳은 노르웨이 사람이 아니었나요?" 어머니가 궁금해하며 물었다.

요한네스는 고개를 끄덕이며 말을 이었다.

"예, 맞습니다. 엘리사벳은 노르웨이에서 태어났습니다. 엘리사벳은 자기를 납치했던 사람들이 몹시 불행한 사람들이었고, 팔레스타인 국민이 겪는 고통을 세상에 알리기 위해선 무슨 일이라도 할 수 있을 정도로 절망적인 사람들이었다고 말했습니다."

"그래도 죄 없는 아이를 납치했다는 건 용서할 수 없는 일이잖아요." 어머니가 말했다.

요한네스는 어머니 말에 동의한다는 듯 세차게 고개를 끄덕였다.

"맞는 말씀입니다. 엘리사벳을 납치했던 사람들은 언젠가는 돌려보내 주겠다고 약속했다더군요. 어쩌면 그 사람들은 엘리사벳의 아버지가 신문기자라는 사실을 알고 그 딸을 볼모로 잡아 자신들의 처지를 세상에 알려주기를 바랐던 건 아닐까요?"

"그럴지도 모르죠, 그런데 그 납치범들은 엘리사벳을 왜 끝내 돌려보내 주지 않았을까요?" 아버지가 물었다.

"엘리사벳은 베들레헴 외곽 작은 마을에서 어느 대가족의 보살핌을 받으며 살았습니다. 그 밖에는 어린 시절 기억이 별로 없다고 하더군요."

어머니는 요한네스에게서 눈을 떼지 않았다.

"지금까지 엘리사벳의 이야기를 들었으니, 이제 요한네스 당신은 이 사건을 어떻게 생각하는지 말씀해주세요."

요한네스는 머리를 긁적이며 잠시 주저하다가 대답했다.

"제 생각은 이미 잘 알고 계시리라 믿습니다."

요아킴은 의자 끝에 엉덩이를 걸치고 앉아 상기된 얼굴로 소리쳤다.

"아기 양을 따라 백화점에서 도망쳐 나갔다가 숲 속에서 천사 에피리엘을 만났다는 이야기 말인가요?"

요한네스는 고개를 끄덕였다.

"나는 아직도 그랬으리라고 믿고 있어요."

엘리사벳은 두 팔을 휘저으며 미소를 지었다.

"아니에요!"

"맞아요!" 요한네스도 지지 않고 대꾸했다.

"아니라니까요!" 엘리사벳은 결국 웃음을 터뜨렸다.

두 사람은 함께 웃었다.

"자, 자⋯. 싸우지 마세요." 요아킴이 말했다. "어른들이 싸우시면 안 되죠."

"저는 엘리사벳의 이야기에 한 표 던지겠습니다." 아버지가 말했다.

"요아킴과 어머님은 어떻게 생각하나요?" 요한네스가 어머니와 요아킴을 바라보며 물었다.

"저는 요한네스 할아버지 이야기에 스물네 표를 던지겠어요."

"그렇다면 저는 요한네스 씨의 이야기에 열두 표, 엘리사벳 씨의 이야기에 열두 표를 줘야겠군요." 어머니가 말했다. "왜냐면 저는 2천 년 전 최초의 크리스마스에 베들레헴 하늘에서 정말로 천사가 내려왔다고 믿고 싶으니까요. 그리고 매년 크리스마스가 되면 천사가 내려온다고 믿고 싶기도 해요."

요한네스는 다시 말을 이었다.

"요아킴의 말이 맞습니다. 서로 생각이 달라도 싸워서는 안 되겠죠. 그게 바로 크리스마스의 의미입니다. 하늘나라의 신성함과 아름다움은 이 땅에서 아주 쉽게 퍼져나갑니다. 적어도 우리 인간이 그것을 나누려고 마음먹는다면, 더 쉽게 퍼지겠지요. 제가 지어낸 이야기를 작은 종이쪽지에 적어 대림절 달력 속에 넣어두었던 것은 제 믿음을 계속 이어나가고 싶었기 때문입니다. 저는 '엘리사벳 한센'이라는 소녀가 행방불명되었다는 이야기를 들었고, 로마에서 '테바실레'라는 여인을 만났습니다. 게다가 저는 오래전부터 전해 내려오는 천사들 이야기도 수집해왔습니다. 그 밖의 모든 이야기는 제가 지어낸 겁니다."

갑자기 거실에 정적이 감돌았다.

"아주 그럴듯하게 아름다운 이야기를 지어내셨어요." 어머니가 요한네스를 칭찬했다.

요한네스는 어머니의 말에 부끄러운 듯 미소 지었다.

"이야기를 지어내는 능력도 이 땅에 퍼진 하늘나라의 아름다운 것 중 하나가 아닐까 싶어요. 그건 전염성이 아주 강한 능력이기도 하지요."

"어쨌든 참으로 놀라운 이야기인 것만은 분명해요." 어머니가 말했다. "우리 가족은 대림절 달력을 매일 아침 함께 열어보면서 베들레헴 외양간에서 태어난 아기 예수님을 만나러 갔던 엘리사벳의 이야기도 들을 수 있게 되었잖아요."

요한네스는 고개를 끄덕였다.

"그런데 그 이야기가 끝나자마자 실제로 엘리사벳이 우리 집 초인종을 눌렀어요. 그 순간, 저는 우리 집이 마치 예수님이 태어나신 외양간이 된 것 같은 기분이 들더군요."

말을 마친 어머니는 자리에서 일어나 다정하게 엘리사벳을 포용했다.

"노르웨이로 돌아오신 걸 진심으로 환영해요, 아기씨."

요아킴은 어머니가 자기보다 나이가 스무 살이나 더 많은 엘리사벳을 '아기씨'라고 부르는 것이 이상하게 들렸다.

"고마워요." 엘리사벳은 서툰 노르웨이어로 대답했다.

잠시 후 전화벨이 울리자 아버지가 전화를 받았다. 요아킴은 전화한 사람이 누군지 금세 짐작할 수 있었다.

"예, 저희도 많이 놀랐습니다… 아주 큰 크리스마스 선물을 받은 것 같습니다, 한센 부인… 예, 저도 지금은 천사가 있다는 걸 믿어요… 지금 우리 집에 있습니다… 예, 크리스마스 즐겁게 보내시기 바랍니다."

아버지는 엘리사벳에게 수화기를 건네주었다. 그녀는 영어로 말했기에 요아킴은 무슨 말을 하는지 알아들을 수 없었다. 소년은 엘리사벳이 자기 어머니와 외국어로 대화하는 것이 이상하다고 느꼈다.

엘리사벳과 요한네스는 떠날 시간이 되었다며 자리에서 일어났다. 엘리사벳은 요아킴 가족을 크리스마스 다음 날 저녁 식사에 초대했다.

대문을 열어 보니 세상은 어느새 흰 눈으로 덮여 있었다.

아버지는 엘리사벳에게 아직 기억하는 노르웨이 말이 있느냐고 물었다.

잠시 생각에 잠긴 그녀의 빨간 코트 위로 흰 눈이 내려앉았다. 그녀는 갑자기 생각이 떠올랐는지 무릎을 굽혀 떨어지는 눈송이를 잡으려는 듯이 손을 내밀었다.

"메~ 메~."

엘리사벳은 요아킴 가족에게 환한 미소를 보내고 몸을 돌려 종종걸음으로 계단을 내려갔다. 그렇게 요한네스와 엘리사벳은 요아킴 가족의 웃음소리를 뒤로한 채 눈 내리는 어둠 속으로 사라졌다.

그닐 저녁 요아킴은 한동안 창가에 서서 흰 눈이 쌓인 크리스마스 밤 풍경을 바라보고 있었다. 구름 한 점 없는 하늘에는 별들이 반짝이고 있었다.

그 순간, 무언가가 어둠이 내린 길을 쏜살같이 지나갔다. 가로등 불빛을 받아 한순간 빛났던 그것은 눈 깜박할 사이에 자취를 감추었다. 요아킴은 그것이 베들레헴으로 향하던 천사 에피리엘이라고 생각했다.

　　오늘 밤, 천사 에피리엘 일행은 엘리사벳을 따라 이곳에 왔던 것이 틀림없었다.

국립중앙도서관 출판예정도서목록(CIP)

크리스마스 미스터리 / 지은이: 요슈타인 가아더 ; 그린이:
스텔라 이스트 ; 옮긴이: 손화수. — 서울 : 이숲, 2015
        p. ;   cm

원표제: Julemysteriet
원저자명: Jostein Gaarder, Stella East
노르웨이어 원작을 한국어로 번역
ISBN 979-11-86921-03-6 03850 : ₩17000

노르웨이 문학[一文學]

859.82-KDC6
839.828-DDC23   CIP2015033232

크리스마스 미스터리 JULEMYSTERIET

1판 1쇄 발행일 2015년 12월 25일
지은이 | 요슈타인 가아더
그린이 | 스텔라 이스트
옮긴이 | 손화수
펴낸이 | 임왕준
편집인 | 김문영
펴낸곳 | 이숲
등록 | 2008년 3월 28일 제301-2008-086호
주소 | 서울시 중구 장충단로 8가길 2-1
전화 | 2235-5580
팩스 | 6442-5581
홈페이지 | http://www.esoope.com
페이스북 | www.facebook.com/EsoopPublishing
Email | esoope@naver.com
ISBN | 979-11-86921-03-6 03850
ⓒ 이숲, 2015, printed in Korea.

할덴
쿵엘브
예테보리
할름스타드
룬드
윌란
코펜하겐
핀 섬
플렌스부르크
함부르크
하노버
하멜른
퀼른
파더보른
라인 강
보름스
바젤
아오스타
밀라노
아퀼레이아
트리에스테
베네치아
크로아티아
파비아
포 평원
달마티아
스플릿
두브
슈코

다마스쿠스

카페르나움 갈릴레아
나사렛

사마리아 요르단 강
예루살렘 예리코
베들레헴

두브로브니크 트라키아 콘스탄티노플
악시오스 강 칼케돈
슈코더르 필리페
테살로니키 프리기아
올림포스 산 타르수스
킬리키아
팜필리아 산맥 안티오케이아
뮈라